Forget my name

FSC

www.fsc.org

MIXTE

Papier issu
de sources
responsables
Paper from
responsible sources

FSC® C105338

Mise en garde

Ce roman contient des scènes susceptibles de heurter la sensibilité de certaines personnes, avec entre autres :
- violences familiales
- violences physiques et morales
- viol (pas entre les personnages principaux)
- harcèlement

Si vous êtes vous-même victime de l'un de ces actes, ou si vous connaissez quelqu'un qui l'est, des numéros de téléphone et des sites Internet sont à votre disposition pour vous aider.
Ne banalisons pas ce qui doit être condamné.

Mise en garde bis (plus douce)

Ce roman n'est pas une dark romance. Vous n'aurez pas de beau brun ténébreux, ni de « touch her and you die ». Vous n'aurez pas non plus de scènes de sexe à outrance.
Vous consentez donc à lire une romance avec un gentil garçon, avec des scènes réalistes quasiment introuvables dans les romances actuelles, et peu de scènes de sexe.
Un peu de douceur et de légèreté, ça peut changer, pas vrai ?

Je vous souhaite une belle lecture, et en espérant que mon gentil Bastien et ma douce Lili vous fasse succomber à la plus belle des réalités.

Votre dévouée chroniqu... euh, écrivaine.

*À ma sœur Vanessa, ma
alpha-bêta lectrice exemplaire.
À mon mari Bastien, qui a cru en moi
jusqu'à la fin.*

PARTIE 1 : RENCONTRE

Chapitre 1_ Bastien

Écouteurs vissés dans les oreilles, crachant de l'*epic metal*, je garde le regard fixé sur un point au loin, tout en tenant une dernière posture de gainage. Mon objectif du jour est accompli : une séance de footing d'une vingtaine de minutes, avant d'enchaîner sur une série de cent abdominaux, une centaine de pompes puis cinq fois trois minutes de gainage dans différentes positions. Mes matinées étaient rythmées ainsi depuis déjà quelques mois, avant la rentrée universitaire, et mon corps devenant joliment musclé était la preuve que je ne faisais pas tout ça pour rien.

Je finis par quelques étirements pour reposer mon corps lorsque mon meilleur ami, Damien, entre dans ma chambre telle une tornade. Son tee-shirt collé sur son torse est retiré en un rien de temps et vole à travers la pièce pour atterrir sur la pile de linge propre.

– Hé, Webber ! Attention avec mes fringues ! je le sermonne en baissant le son de ma musique.

– Oh, désolé, *maman*, se moque-t-il en retirant tout de même son vêtement trempé de sueur.

Il se dirige vers la salle de douche d'un air nonchalant. Je soupire intérieurement. Nous nous connaissions depuis notre plus jeune âge, si bien qu'en arrivant au collège, j'avais demandé à ma mère de lui faire faire un double des clés de la maison. Il n'a jamais abusé de ce privilège, annonçant toujours ses visites par texto, mais ses visites sont devenues bien plus fréquentes après l'obtention de notre premier scooter, par rapport à l'époque où l'un de nos parents

7

devaient nous déposer. Et aujourd'hui, nous sommes majeurs et fiers détenteurs du permis et d'une voiture.

En nous voyant, personne n'aurait pu deviner que nous étions comme des frères ; Damien était le fêtard de service, toujours prêt à partir en excursion pour s'amuser ou courir après une demoiselle. Frôlant le mètre quatre-vingt-dix depuis ses quatorze ans, doté d'une tignasse de cheveux roux coiffée en épis et ses yeux vert mousse, il était la cible privilégiée de blagues douteuses lorsque nous étions au collège, qu'il est aujourd'hui le premier à clamer haut et fort. Sa faiblesse est devenue sa force, il dégage un charisme qui ne laisse personne indifférent, et surtout pas les filles, qu'il enchaîne les unes après les autres. La liberté avant la corde au cou, ne cessait-il de répéter en haussant les épaules. Et son physique athlétique depuis peu qui attirait les regards achevait de convaincre les plus réticentes.

J'étais son exact opposé. Tout chez moi était moyen ; ma taille, qui n'excédait pas le mètre soixante-huit, ma chevelure brune que tous les garçons avaient, mon visage d'une banalité à pleurer avec mes yeux marrons communs, mes lèvres un peu trop fines et une barbe encore inexistante, à mon plus grand désespoir. Même mon teint était blafard, et avait du mal à prendre le soleil en été. En fait, j'avais la sensation que même ma vie était morne, comparée à celle trépidante de mon meilleur ami. Ma seule fierté restait ma silhouette que je m'évertuais à muscler peu à peu en même temps que Damien.

Parce que j'en avais marre d'être *moyen*. La rentrée à l'université était synonyme de nouvelle vie, et je comptais bien en profiter. J'allais tenter d'endosser le même rôle que Damien ; un éternel dragueur sûr de lui et à qui tout réussissait.

C'est sur ce mantra que je finis donc rapidement ma séance de sport et toque à la porte de la salle de douche.

— Tu sais que tu aurais pu te laver chez toi ? je crie en tapotant du pied.

Pour toute réponse, Damien se met à chanter plus fort, en enchaînant les fausses notes qui me font grincer des dents. Je soupire et me résigne à utiliser la douche du rez-de-chaussée, en priant pour que Zoé ne soit pas dans les parages.

La chance me sourit, la maison est vide. Cette gamine insupportable doit être partie au lycée. Je m'empresse néanmoins de me savonner sous l'eau un coup glaciale, un coup brûlante. Je sautille sous le jet en fusillant le plafond du regard. J'ai horreur de ce changement violent de température, causé par mon abruti de meilleur ami qui se prélasse bien trop longtemps.

J'ai le temps de me sécher et de m'habiller d'un tee-shirt noir et d'un jean de la même couleur, lorsque Damien daigne enfin sortir de la salle de bain embuée. Il me regarde d'un air narquois.

— Alors, on a pris sa douche dans la salle de bain familiale ?

— C'est ça, moque toi. Par ta faute, j'aurais pu tomber sur Zoé.

Damien ricane en s'ébouriffant les cheveux avec une serviette.

— La pauvre chérie ! Elle n'a pas pu se rincer l'œil ne serait-ce qu'une demie seconde.

Mauvais, je pince les lèvres et agite un doigt menaçant sous son nez.

– Magne-toi, au lieu de sortir ce genre de remarque. Tu as cinq minutes pour descendre, sinon je pars sans toi.

Je l'entends protester mais l'ignore. Maintenant, il va se dépêcher, car il sait que je serais capable de mettre ma menace à exécution. Il doit attendre encore quelques jours avant de pouvoir avoir sa propre voiture. D'autant que cette journée est un grand jour : c'est la dernière fois que je dors chez ma mère et son compagnon. Avec Damien, nous partons finir d'arranger le petit appartement que nous avons pris en colocation (c'était une évidence de partager le même lieu de cohabitation pour les trois ans à venir) avant d'y emménager définitivement la semaine. Il n'y aura que quelques week-end où je rentrerais au bercail, mais seulement si j'y suis contraint. Si je peux éviter un maximum la fille de mon potentiel beau-père, je ne m'en porterais que mieux.

Je m'assois derrière le volant et patiente en regardant la rue, calme à cette heure-ci. Je grave chaque détail dans mon esprit, sentant déjà poindre la mélancolie. Ce quartier, je le connais depuis mon plus jeune âge. Je sais que pour ma mère, ne pas me voir de la semaine sera étrange, et je suis soulagé de savoir qu'elle ne sera pas seule en rentrant le soir à la maison. Sa tendance à être rapidement dépressive depuis le décès de mon père m'aurait déterminé à rester auprès d'elle. Je n'aurais pas hésité un instant à sacrifier mes études pour aider ma mère, mais une bonne étoile a mis sur sa route Paul, lui aussi veuf. Ensemble, ils se sont épaulés, et aujourd'hui ils vont bientôt fêter leurs quatre ans de vie commune. La seule ombre au tableau était Zoé...

Je soupire et mets le contact en voyant Damien se précipiter vers la voiture comme s'il avait le diable à ses trousses. Je ricane intérieurement et hausse un sourcil alors qu'il s'attache en quatrième vitesse.

— Et bien, si j'avais su qu'il en fallait peu pour te faire bouger, j'aurais utilisé cette méthode bien avant, je dis d'un air moqueur.

— Ha ha, très amusant. Par ta faute, j'ai foiré ma coupe de cheveux.

Il tente maladroitement d'ébouriffer sa tignasse pour lui donner ce genre qu'il aime tant : le saut de lit. Mais là, on a plus l'impression qu'il a mis ses doigts dans une prise électrique. Je rigole et lance la musique avant de m'engager sur la route. C'est parti pour la dernière ligne droite !

Chapitre 2_ Lili

Le réveil me tire de mon doux songe où il était question de pancakes et de ce sublime acteur aux yeux vairons, qui a la chance de tourner dans un clip de Taylor Swift. Il s'apprêtait à me demander en mariage, si je me souviens bien. Mais il a fallu que l'on me rappelle à l'ordre : aujourd'hui, je suis en charge d'accueillir les petits nouveaux sur le campus. Si on m'avait laissé le choix, j'aurais passé mon samedi à lire et à traîner sur les réseaux sociaux à la recherche du prochain motif que j'aurais pu avoir envie de graver sur ma peau. Mais comme je dois être une élève modèle pour mes parents, me voilà obligée de me lever.

Je grogne et m'extirpe difficilement du lit, avant de traîner les pieds jusqu'à la cuisine. Ma mère est déjà aux fourneaux, fraîche et pimpante, telle la secrétaire parfaite qu'elle est. À côté d'elle, je ressemble à un épouvantail pris en pleine tempête. Elle tourne à peine la tête vers moi pour me saluer, ce à quoi je réponds par un vague grognement. Si je continue à faire ce genre de bruit, on risque de me prendre pour un troll des cavernes.

J'engloutis mon chocolat à une vitesse surprenante pour quelqu'un qui n'est pas du matin, et m'éclipse discrètement. J'ai horreur des matinées où je croise ma mère dans la cuisine. Même si je sais qu'elle ne m'adressera pas un mot tant que je ne serais pas habillée et toilettée, je ne supporte pas ses regards méprisants qu'elle me jette quand elle pense que je regarde ailleurs. J'y ai droit depuis la fin de ma deuxième année de licence, soit trois mois plus tôt, alors autant vous dire que ça commence à peser sur mon moral. Je sais que j'ai fait une énorme gaffe, mais pas au point de devoir contrôler tous les jours mes moindres faits et gestes. Ce qui est malheureusement mon châtiment.

De retour dans ma chambre, je soupire en ouvrant mon armoire. Aujourd'hui, il va faire beau et chaud, mais c'est avec regret que je dois enfiler une chemise à manches longues et un jean. « Cache tout ton corps, n'en parle pas. Fais attention, le secret survivra », je chantonne en modifiant les paroles d'un dessin animé terriblement populaire auprès des fillettes de six/dix ans. J'en rigole, mais la chanson ne m'a jamais autant touchée. Et je poursuis ma punition en enfilant une perruque blonde que je coiffe en une queue de cheval, et pose une paire de lunettes factice sur mon nez. Sobre, mais efficace. Je passe pour la parfaite petite élève timide accro à ses études, et je déteste ça. « Lili Delahaie, élève modèle pour toute une génération dans l'art de se cacher ».

Comme chaque matin, je me répète en boucle que ce n'est que temporaire, juste un an à tenir dans cet accoutrement et ensuite je pourrais dire adieu à ma famille coincée dans les années cinquante et profiter de la liberté. Je colle alors un sourire factice sur mes lèvres, attrape mes clés de voiture et cours presque jusqu'à la porte.

— Attends ! crie une voix dans mon dos.
Je m'immobilise, serre les dents et me retourne. Ma mère détaille mon apparence avec la plus grande attention, à la recherche du moindre petit défaut. Elle hoche finalement la tête d'un air satisfait et me sourit d'une manière que je trouve hypocrite :
— Tu es très belle. Allez, file.

Je m'exécute sans demander mon reste, rouge de colère. Je la déteste, et je déteste ce qu'elle a fait de moi. Et lorsque je monte dans ma voiture, je commence aussitôt à haleter. J'ai déjà l'impression de cuire sur mon siège en cuir. Je songe une énième fois que bientôt, je pourrais m'acheter une nouvelle voiture rien qu'à moi, qui aura la clim et qui n'aura pas les sièges en cette matière diabolique.

Manque de chance, je tombe dans les bouchons. Évidemment, à quel moment la circulation est-elle réellement fluide à Rouen ? Après quelques jurons bien sentis et un ou deux coups de klaxon, j'arrive enfin à l'université de Mont-Saint-Aignan. Je me gare sur le parking et marche rapidement pour me réfugier dans la fraîcheur du bâtiment où nous sommes censés recevoir les nouveaux étudiants. Je me regarde dans le reflet d'une vitre pour être sûre que ma coiffure n'a pas bougé. Avec amertume, je songe que personne ne pourrait deviner que je porte une perruque. Et le plus dur, c'est que ça me tient vraiment chaud.

– Lili, tu es là !

Je me tourne vers Océane, ma meilleure amie. Elle s'est sacrifiée pour venir m'assister, alors qu'elle devait passer le week-end avec son petit ami. Si ça ce n'est pas une amie en or !

– Salut ma belle, je réponds en lui claquant une bise. Merci encore d'être là.

– Oh, mais c'est normal. Théo a été très compréhensif. En plus, il va passer nous apporter les croissants.

Son copain est vraiment le mec idéal ; il est gentil, attentionné, et surtout fidèle. Le genre que jamais je ne réussirai à trouver. Océane doit lire dans mes pensées car elle me donne un coup de coude.

— Allez, ne désespère pas. Toi aussi, tu rencontreras quelqu'un qui t'aimera pour ce que tu es vraiment.

Océane, en plus d'être ma meilleure amie, est la seule à me connaître sans le déguisement que m'ont imposé mes parents. Elle sait aussi qu'elle doit garder cette info secrète, ce qu'elle fera sans le moindre doute. La seule chose dont elle n'est pas au courant, c'est ce qui peut m'arriver lorsque mon père a un peu trop bu...

— Comment veux-tu que quelqu'un me connaisse réellement ? je réponds dans un soupir.

— Et bien, puisque tu ne peux plus sortir sans cet accoutrement, tu pourrais essayer les sites de rencontre. Tu n'es pas obligée de te cacher, et en plus ça pourrait te permettre de t'évader de chez toi. Imagine que tu te fasses draguer par un mec foudroyé par ton charme, qui décide de t'enlever à ton funeste destin. Tu ferais d'une pierre deux coups !

Je secoue la tête, amusée. Le refrain du site de rencontre, j'y ai droit tout le temps. Pourtant, je reste malgré tout méfiante. Il s'y passe tellement de trucs bizarres sur certains, d'autant que la majorité des hommes inscrits dessus ne recherchent qu'un plan d'un soir, ce qui ne serait peut-être pas pour me déplaire...

— Oh, attention, voilà les première année, chuchote soudain Océane en arborant aussitôt une posture « je suis une troisième année, respectez-moi ou mourrez ».

Je ricane et regarde les premiers arrivants surexcités. La journée commence à peine, et j'ai déjà hâte qu'elle soit finie.

Chapitre 3 _ Bastien

Lorsque je me gare sur le parking de l'université, je constate que nous sommes parmi les premiers arrivés, ce qui a le don de m'agacer. En arrivant aussi tôt, on va risquer de me voir comme l'élève modèle qui ne vit que pour ses études. Damien, lui, ne semble pas de cet avis, et sort de la voiture comme un diable jaillirait de sa boîte.

— Attention les nanas, le chaud lapin sort de son trou pour rentrer dans un autre !

Je secoue la tête, exaspéré. Si c'est ce genre de phrase qui plaît aux filles, alors je ne sais pas comment je vais réussir à draguer. Je commencerais presque à regretter d'avoir pris une colocation avec lui. Je crois que je vais difficilement supporter les bruits nocturnes qui trahiront la présence de sa conquête du moment.

— Allez, détends-toi, Drimal ! me conseille mon meilleur ami en m'appelant par mon nom de famille et en me donnant un coup de coude. Tout va bien se passer, regarde autour de toi ! Nous sommes arrivés aux portes de la liberté. Et pas de Zoé en vue avant au moins deux ans.

Cette dernière phrase a le don de me décrisper aussitôt. Il a raison, je vais enfin avoir la paix, et si je ne veux plus avoir ma demi-sœur sur le dos lorsque je rentrerai le week-end, c'est maintenant que tout doit se jouer. Nous nous avançons vers deux étudiantes, sûrement enrôlées pour avoir une bonne remarque sur leur dossier scolaire. La dégaine de l'une d'elles ne laisse aucun doute : avec sa chemise à manches longues qui ne laisse pas voir un centimètre de peau et sa coiffure simple, il paraît évident qu'elle est du genre « première de la classe ». Je me demande même comment elle supporte ses vêtements par cette chaleur. Nous ne sommes pourtant que le matin, mais si elle ne relève pas vite ses manches, elle risque de tourner de l'œil.

En tout cas, une voix me crie très fort dans ma tête « même pas en rêve ». Les filles coincées, très peu pour moi. Ce ne sera pas grâce à elles que je réussirais à jouer le parfait tombeur, au contraire ; elles pourraient me voir comme l'homme idéal, le prince charmant à qui on accordera le premier baiser qu'après un mois, le pelotage après trois, et peut-être le premier rapport après six mois. Très peu pour moi, je ne tiens pas à rester vierge encore longtemps.

Rien qu'en pensant à l'idée que je ne l'ai toujours pas fait, le rouge me monte aux joues. Damien m'a suffisamment bien charrié là-dessus pour que je porte ça comme un fardeau. Ce n'est pourtant pas faute d'essayer, mais chaque fois qu'une fille m'attire un tant soit peu, c'est le blocage. Je bafouille, j'emmêle les mots, et très vite la fille trouve ça « mignon » et me classe aussitôt dans la *friendzone*. Je sais pourquoi je n'y arrive pas, et rien que me souvenir de la cause de ce malaise me donne des sueurs froides.

Je n'en peux plus de cette situation, l'université est pour moi la dernière chance pour devenir quelqu'un d'autre, et enfin me débarrasser de ce poids.

— Bonjour ! Soyez les bienvenus dans votre nouvelle école ! s'exclame d'une voix fluette la petite brune à la peau caramel, déjà plus mignonne que sa copine. Ici, le taux de réussite approche du 90 pourcent, et les carrières après l'obtention du diplôme se lancent en un temps record. Je suis Océane, et voici ma partenaire, Lili. Si vous avez la moindre question, nous nous ferons un plaisir de vous répondre.

Je jette un coup d'œil à la dénommée Lili, qui a l'air d'avoir beaucoup de mal à se détendre. Sa tête est rentrée dans ses épaules, comme si elle voulais se faire toute petite. J'ai comme l'impression que si elle ouvre la bouche, elle sera comme moi et va se mettre à bafouiller. Pour ma part, je ne veux plus être ce type-là, alors je me racle la gorge, relâche la pression de mes épaules, et je me lance en esquissant un sourire qui, je l'espère, se veut charmeur :

    — Donc, on pourrait peut-être commencer par aller boire un verre ensemble ? On pourra discuter tranquillement de l'université, tout ça...

Petit clin d'œil suggestif. Bon, j'aurais pu faire mieux, je le réalise lorsque j'entends Damien pouffer discrètement. Mais Océane glousse et rougit, et je sais que j'ai tapé dans le mille.

Chapitre 4 _ Lili

J'ai envie de disparaître sous terre. On pouvait pas faire plus ringard comme réplique de drague. Je sais qu'Océane est du même avis, pourtant elle réussit à jouer la comédie et glousse comme une lycéenne en chaleur. Je ne sais pas comment elle fait, j'ai horreur des mecs qui nous voient comme un morceau de viande. Je ne vais pas non plus dire que je suis une sainte, mais j'ai un minimum de respect envers moi-même.

— Pour le verre, ça reste à voir, répond mon amie en battant des cils. Si vous connaissez déjà où sont situés tous les amphis, je pourrais peut-être reconsidérer votre proposition.
Je retiens à grand peine un ricanement. Je leur souhaite bien du courage pour tous les situer, surtout pour l'un d'eux : au fond de la bibliothèque universitaire, une petite porte donne accès au mieux caché des amphis. Et seuls les troisième année peuvent y avoir cours, donc autant dire qu'ils pourront attendre longtemps avant d'offrir un verre à mon amie.

— Voici un plan général. Entourez les chiffres chaque fois que l'un d'eux correspond à une salle d'amphi. Et revenez me voir en fin de matinée, si je suis toujours là. Bonne chance !
Après un rapide clin d'œil, les deux nouveaux s'éloignent en se donnant des coups de poing dans l'épaule et en ricanant. C'est tellement viril ! J'en viendrais presque à m'éventer avec les *flyers* après cette vague de testostérone. Océane, elle, se tourne vers moi, l'œil humide.

— Oh la la ! Je sens que je vais a-do-rer m'amuser avec les première année !

— Le prochain qui te drague, je te propose de l'envoyer chercher le banc des ébats. Je te parie ce que tu veux qu'il reviendra avec la photo de celui au pied du vieux chêne.

Nous éclatons de rire toutes les deux. Encore un lieu que seuls les élèves troisième année peuvent connaître. Pour tout vous dire, ce banc n'est même pas bien caché, au contraire : il se situe sous les bureaux administratifs, et a été baptisé ainsi après que l'on eût pris en flagrant délit un couple qui visiblement avait cédé à d'intenses pulsions physiques. Cette mémorable anecdote n'est révélée que lorsque l'on vient innocemment s'asseoir sur ce fameux banc. Si des troisième année ont le malheur de vous y voir, ils accourent aussitôt pour lancer des remarques du genre : « attention, ta virginité risque de se graver dans cette pierre », « la pierre blanche appelle le sexe brute, méfie-toi », et autres phrases tout aussi recherchées.

Je crois que je n'oublierai jamais le jour où tout m'a été révélé, mais malheureusement pour moi, je ne pourrais pas faire partie de ceux qui transmettront ce mythe. Après tout, je suis censée incarner la pureté et la sagesse. Grand bien me fasse, voilà bien longtemps que je ne suis plus ni l'un ni l'autre. Il me tarde de me débarrasser de mes chaînes pour être à nouveau moi-même.

Très vite, les nouveaux arrivent en force, si bien que je perds rapidement la notion du temps. Distribuer des sourires aussi efficacement que les tracts relève du défi pour quelqu'un comme moi, qui déteste le bénévolat. Mais je dois avouer que je m'en sors haut la main, surtout sous cette chaleur qui fait vite ruisseler de la sueur sur mon front. Je m'essuie discrètement, maudissant mes parents pour ce qu'ils me font subir. Et lorsqu'une petite rouquine me fait remarquer que ma coiffure paraît de travers, je n'ai pas d'autre choix que d'abandonner Océane et courir aux toilettes pour corriger tout ça.

Heureusement, je me retrouve seule. J'en profite alors pour déboutonner le haut de ma chemise en lâchant un soupir de bien-être. Enfin, je peux respirer ! Je replace soigneusement ma perruque et détaille mon reflet, avant de bien écarter le col de ma chemise pour regarder le fruit de mon déshonneur. Une rose entourée d'une tige épineuse dévore une bonne partie de mon épaule, s'arrêtant à la naissance de mon cou.

Je regarde mon tatouage avec mélancolie, et en un rien de temps, je me revois huit mois en arrière, bien avant que mon cauchemar débute...

Je tiens la main de Nathan, mon petit ami du moment. Il tenait à tout prix à ce que je l'accompagne chez le tatoueur, à cause de cette idée qu'il s'est mise en tête.

— Bébé, je sais que tu en meurs d'envie, susurre-t-il tandis que l'aiguille transperce sa peau, juste sous le pectoral. Je sais que toi aussi tu veux un tatouage, ne me mens pas.

Je croise les bras sur ma poitrine sans répondre, l'air faussement agacée, parce qu'en réalité, je suis surexcitée. Lui qui me pousse depuis des semaines à faire graver sur ma peau ce motif que je dessine sans cesse, va avoir une sacrée surprise lorsqu'il enlèvera mon pull ce soir.

Son tatoueur croise mon regard, complice de cette surprise, et me lance un clin d'œil de connivence. Voilà deux jours que j'ai marqué à jamais mon corps. Une rose entourée d'épines, placée en partie sur mon épaule et presque sur mon cou, là où Nathan adore m'embrasser. Je n'ai rien dit à mes parents, qui seraient capables de me mettre à la rue pour avoir osé profaner mon propre corps. La joie d'avoir des parents puritains...

— Voilà, c'est fini, annonce le tatoueur après avoir essuyé le motif.

Je découvre enfin ce que mon chéri a gravé tout près de son cœur, et retiens un cri de stupeur. C'est la rose entourée d'épines. Mon *motif.*

— C'est pour toi bébé, me dit Nathan en souriant tendrement. Parce que je t'aime.

Je retiens difficilement mes larmes. C'est la plus belle preuve d'amour qu'il ait pu me faire. En cet instant, je sais que je suis tombée amoureuse.

— Je t'aime aussi, je réponds avant de l'embrasser avec douceur.

Je reviens au présent lorsque j'entends la porte s'ouvrir dans mon dos. Je referme aussitôt mon col et sors précipitamment. Il est temps pour moi d'oublier Nathan et d'aller de l'avant. Je n'ai pas le choix.

Chapitre 5 _ Bastien

Plus nous cherchons les fameux amphis, et plus je commence à croire que cette fille s'est foutue de nous. Nous les avons presque tous trouvés avec une grande facilité, mais je ne peux m'empêcher de penser qu'il y a un piège quelque part. Surtout lorsque nous avons croisé un élève à qui nous avons demandé combien de salles d'amphi il y avait sur le campus. À l'en croire, il nous en manque une, alors que nous avons fait le tour du campus deux fois. Je décide alors de faire part de mes soupçons à Damien, qui hausse les épaules d'un air nonchalant.

— Bah, si cette fille n'a pas su saisir une opportunité, tant pis. C'est vrai, c'est complètement con, ce défi, elle aurait dû accepter ta proposition sans poser de conditions.
Je baisse la tête, déçu. Si l'année commence par un premier refus aussi monumental, je ne sais pas ce que ça va donner pour la suite. Voyant mon air défaitiste, Damien pose une main sur mon épaule d'un geste réconfortant :

— Allez, t'inquiète pas. C'était une troisième année, faut pas s'étonner qu'elle t'ait snobé comme ça. Les filles plus âgées, ça craint. Elles sont trop mûres, elles veulent directement se caser sans chercher à s'amuser. Attends la rentrée, je suis sûr qu'on en trouvera une de notre âge qui saura ce que veut dire « pas de prise de tête ».
Je souris faiblement. Au fond, il n'a peut-être pas tort. Je dois juste me donner un peu de temps avant de pouvoir aborder une fille qui ne jouera pas les effarouchées à la moindre tentative de drague.

Nous décidons de repartir, sans retourner voir les deux modèles d'excellence. Nous profitons que celle à qui j'ai proposé le verre (Océane, si je me souviens bien) soit en pleine explication du fonctionnement de la cafétéria pour nous faufiler vers la sortie. Je suis surpris par l'affluence, surtout que la pauvre Océane (je suis presque sûr que c'est ça !) est désormais toute seule. Je ne sais pas où est partie sa copine, mais je ne trouve pas ça très sympa d'abandonner sa partenaire pile au moment où la foule se fait dense.

Je secoue la tête. Pourquoi devrais-je m'inquiéter de ce qu'elle fait ou pas ? Ces filles sont définitivement le genre à éviter comme la peste. Je suis alors Damien jusqu'à la voiture, avant de filer vers les résidences qui bordent l'université. Nous avons eu une chance incroyable de pouvoir trouver un logement qui nous permettra de laisser la voiture sur place les jours où nous aurons envie de venir à pied. Après tout, quinze minutes de marche n'ont jamais tuées personne, enfin, je crois. Et le duplex refait à neuf était une véritable aubaine pour nous. Chacun aura sa chambre, c'était le principal critère de nos recherches.

Arrivés devant notre logement, j'insère la clé et pénètre dans le vestibule tandis que Damien pose les derniers cartons. Tout est déjà en place, il ne reste plus que nos affaires personnelles. Mais mon meilleur ami semble avoir une autre idée en tête. Il arrache d'un coup sec le scotch d'un des cartons et en sort une manette de jeu, l'air victorieux.

— Une petite partie pour commencer ?
Malgré moi, je ne peux qu'accepter. Nous branchons rapidement la console à la télé et lançons une partie de mon jeu favori.

– Une seule partie, je préviens en agitant la manette sous le nez de Damien. Après, on finit de déballer les cartons.

– Ouais, si tu veux, répond machinalement mon ami.

Quatre parties plus tard, mon téléphone nous rappelle à l'ordre. Je mets sur pause, le temps de voir que ma mère essaie de me joindre. J'écarquille les yeux et me mets à jurer. Ma mère devait m'appeler pour venir voir si vous avions fini de tout installer, ce qui n'est absolument pas le cas. Je décroche quand même et dis d'une voix faussement décontractée :

– Salut maman ! Ta journée s'est bien passée ?

– Coucou mon chéri. Oui très bien, enfin, toujours la même chose, des petits nouveaux qui ne savent pas arriver à l'heure, comme à chaque changement de personnel.

Je souris. Ma mère travaille en équipe en temps qu'infirmière, et lorsqu'elle est du matin, elle râle sans cesse sur cette nouvelle génération qui veut travailler, mais qui n'est pas fichue de se lever à cinq heures.

– Je peux passer comme convenu ? poursuit-elle. J'ai avec moi des pizzas de chez Monique, si vous n'avez pas encore mangé.

Je retiens de peu un gémissement. Les pizzas de Monique sont les meilleures du quartier où vit ma mère. C'est bien l'un des points que je vais regretter en vivant désormais loin de là-bas.

– Tu peux venir, et ne t'inquiète pas, on n'a pas encore trouvé le temps de manger avec tout ce rangement.

Je fusille du regard Damien qui rigole en secouant sa manette pour mettre mon personnage KO. Tricheur et profiteur ! Je raccroche après que ma mère m'ait signalée son arrivée dans une dizaine de minutes, et me précipite vers les cartons lâchement abandonnés dans l'entrée.

– Allez, viens m'aider au lieu de faire l'imbécile !

– Désolé, c'est pas ma faute si tu ne sais pas te défendre.

– Facile à dire quand l'autre joueur est au téléphone. En plus, on est loin d'avoir fini de tout déballer, et ma mère débarque dans même pas dix minutes.

– Hé ! Détends-toi, elle va pas non plus t'obliger à rentrer avec elle parce qu'il reste encore quelques malheureuses affaires à ranger.

Encore une fois, il n'a pas tort. Mais je continue de maugréer pour la forme. Je commence à déposer mes vêtements dans l'armoire quand mon téléphone vibre. Je viens de recevoir un mail. Je fronce les sourcils à la vue de ce qui me fait perdre mon temps, un spam vantant les mérites incroyables d'un site de rencontre qui promet à coup sûr de trouver un ou une partenaire idéal pour chacun de ses utilisateurs.

Je vais pour le supprimer lorsqu'une phrase m'interpelle. « La majorité sur notre plate-forme sont des 18-25 ans. Ils sont prêts à recommander notre site pour son efficacité proche de 97% ». Je jette un coup d'œil vers la porte pour être sûr que Damien ne soit pas là, et décide d'archiver le message. On ne sait jamais, ce site miracle pourrait sûrement m'être utile le jour où je serais vraiment désespéré. En espérant qu'il n'arrive jamais.

Chapitre 6 _ Lili

La matinée passe finalement plus vite que prévu. Lorsque j'ai rejoint Océane, j'ai vu que cette dernière croulait sous une foule avide d'informations. Je me suis empressée de la rejoindre pour la sortir de ce mauvais pas, ce dont elle m'a remerciée en me souriant d'un air soulagé. Comme quoi, même ici on ne pouvait pas s'absenter cinq minutes pour aller au petit coin.

Lorsque sonne midi, deux autres volontaires enthousiastes viennent prendre le relais, ce dont je leur suis très reconnaissante. Il me tarde de retirer ma perruque et mes vêtements hors saison. Océane remarque ma manie frénétique de frotter mes bras, comme pour arracher le tissu épais qui m'empêche de respirer convenablement. Elle pose une main sur mon épaule en un geste réconfortant pour me détendre, ce qui a le don surprenant de fonctionner.

– Allez ma belle, courage. Tu vas bientôt pouvoir souffler.

Je hoche la tête sans répondre. Que dire de plus à ça ? Elle sait déjà que je supporte difficilement ces conditions de vie, mais heureusement, elle ne sait pas toute la vérité. Elle ne sait pas que ma mère est une sainte à coté de mon père...

Océane doit lire la détresse dans mes yeux, car elle propose aussitôt :

– Je demanderai à mes parents d'appeler les tiens pour que tu puisses venir dormir à la maison. Si ça peut te sauver au moins une journée.

Tu ne sais pas à quel point...

27

– Bonne idée, je réponds en souriant. Merci.

Mon amie me fait un clin d'œil et monte dans sa voiture. C'est dans ces moments-là que je me rends compte à quel point c'est une fille généreuse, toujours prête à m'aider sans pour autant me juger ou m'assaillir de questions. Je la regarde s'éloigner dans sa petite voiture jaune poussin avec un sourire attendri. Ce que je l'aime, cette folle !

Je reviens à la dure réalité en prenant à mon tour le chemin de la maison. Ou plutôt devrais-je l'appeler la prison. Très vite, je commence à sentir une boule se former dans ma gorge, et mes mains deviennent moites sur le volant. La chaleur n'y est pour rien, cette fois. C'est ce que je surnomme amèrement le symptôme « papa est rentré ! ». C'est lui mon bourreau, lui qui a soumis l'idée de me camoufler derrière l'image de la fille studieuse pour cacher ce qu'il considère comme un péché. Et savoir qu'il sera là lorsque je rentrerai ne fait qu'accentuer mon angoisse. Je n'ai plus qu'à espérer qu'il soit dans un « bon jour », et qu'il me laisse tranquille, c'est-à-dire qu'il fasse comme si je n'étais pas là.

Je gare la voiture dans l'allée et avale difficilement ma salive en voyant sa berline luxuriante juste devant moi. Je sens une goutte de sueur couler sur mon visage. Malgré moi, j'ai peur. J'aimerais m'enfuir en courant, mais je ne peux pas. Pas tant que je n'ai pas fini mes études. Je le déteste, mais je ne peux rien dire, et il le sait. Malgré tout, j'aurais préféré qu'il fasse des heures supplémentaires dans le cabinet de notariat où il travaille.

J'entre doucement dans la maison et tends l'oreille. Le silence régnant, je me faufile jusqu'au pied de l'escalier. Mais alors que je pose un pied sur la première marche, j'entends mon prénom. Je me fige, pétrifiée d'horreur. Je ne sais pas ce qu'il veut, mais sa voix trop calme n'augure rien de bon. C'est à contrecœur que je pénètre dans le salon, où il m'attend dans le canapé, ma mère à ses cotés. Elle se tient raide comme un piquet, la mine impassible. Mon père, lui, sirote un verre de wisky. *Déjà.* Il porte encore son costume, dont la chemise est froissée.

— Ta matinée s'est bien passée ? demande-t-il tranquillement, comme s'il était dans nos habitudes de discuter ainsi.

— Oui, je réponds, méfiante. Il y a eu beaucoup de monde, ce qui était plutôt bon signe pour l'université.

Mon père hoche la tête, et porte le verre à ses lèvres. J'attends, me tortillant nerveusement les mains. Je ne tarde pas à savoir ce qu'il voulait vraiment savoir :

— Personne n'a rien vu ?

Je secoue la tête. Il sourit, l'air satisfait. Mais, loin de me rassurer, son rictus fait hérisser les poils de mes bras.

— Parfait. L'année devrait donc bien se passer. Tu peux y aller.

Je m'empresse de quitter le salon, jetant un dernier regard vers ma mère, qui n'a pas bougé d'un cil. Elle me dégoûte tout autant que mon père. Voilà ce qu'ils ont fait de moi ; une petite chose apeurée et soumise, cachant son corps pour éviter tout scandale dans ma famille.

Dans ma chambre, je déchire presque la chemise que je jette sur mon fauteuil, ainsi que mon jean et ma perruque. Je détache mes vrais cheveux châtain clair aux mèches rouge sang et secoue la tête pour leur donner un minimum de forme. En sous-vêtements, je me poste devant mon grand miroir sur pied et observe mon reflet, sans m'attarder sur les traces sombres qui parsèment ma peau sur divers endroits. J'essaie de faire comme si elles n'existaient pas.

Avant, j'étais fière de mon apparence, je l'assumais complètement. Mais pas mes parents. Pour eux, j'avais profané mon corps en le couvrant de tatouages, ce qui était une chose impardonnable dans ma famille. Il était hors de question que quiconque soit au courant de ce que j'avais fait, et ils m'avaient mis au pied du mur : ou j'acceptais de me cacher et ils continuaient à payer mes études, ou ils me mettaient dehors sans le sou pour être sûrs que je ne puisse rien faire au-dehors.

Ma plus grande honte restait dans le fait que j'avais accepté leur marché, sans même tenter de riposter. Mais ces études étaient trop importantes pour moi. J'étais à deux doigts d'obtenir ma licence, pour enfin faire ce que je rêvais par-dessus tout. J'avais donc passé mon été en « stage d'observation » au bureau de mon père, sans rien gagner, bien évidemment, juste pour que ce dernier puisse garder un œil sur moi pendant deux mois, le corps camouflé par des chemises et cette ignoble perruque sur la tête. Et j'avais préparé ma rentrée avec cette image de fille modèle que l'on venait de m'imposer durant toutes les vacances. Pas une seule fois je n'ai pu voir Océane, nous contentant de nous envoyer des messages aussi régulièrement que possible.

Je sens des larmes brûler mes yeux. Je les essuie rageusement avant d'enfiler une tenue plus légère. Aujourd'hui, je suis venue à éviter de me regarder trop longtemps dans le miroir, surtout après les moments où j'ai été confrontée à mon père. Je ne tiens pas à voir ce qu'il m'inflige régulièrement et préfère me plier à ses règles.

Cependant, pour le moment, je sais que je vais passer

le reste de ma journée dans ma chambre, donc je n'ai plus besoin de me cacher entièrement. Je laisse néanmoins un gilet à portée de main, au cas où j'entendrais les marches des escaliers grincer, signalant l'arrivée d'un de mes parents. Autant éviter de tendre le bâton pour se faire battre. J'attrape mon ordinateur et avant de passer à mon activité favorite, je consulte mes mails. Rien de bien intéressant, mais l'un d'eux m'interpelle : il vante l'efficacité d'un site de rencontre où je suis sûre de trouver l'âme sœur. Je souris avec amusement en parcourant les fameux témoignages des utilisateurs réguliers.

Je m'arrête sur celui d'une femme de mon âge, qui dit : « je n'ai pas eu à mentir, j'étais enfin moi-même ! Et très vite, j'ai pu échanger avec quelqu'un qui m'appréciait pour ce que j'étais. »

Je cille, abasourdie. Ces mots résonnent bien plus en moi que je ne le pensait possible. Cette fille que je ne connais pas m'a convaincue avec plus d'aisance qu'Océane, qui rougirait de jalousie. Peut-être parce que je me reconnais dans son témoignage, et que ma meilleure amie n'a jamais vraiment su ce dont j'avais réellement besoin. Elle a un cœur en or, elle est prête à tout pour moi, et c'est réciproque, mais jamais elle ne pourra comprendre cette facette de moi qui m'oblige à me mentir et à mentir aux autres.

Je jette un coup d'œil vers ma porte. Mes parents seraient tout à fait capables de venir fouiner dans mon ordinateur, mais là où je le cache, je n'ai normalement rien à craindre. Alors, de manière spontanée, j'ouvre le lien.

Au moment de commencer à créer le profil, mes doigts s'immobilisent au-dessus du clavier. Le doute s'insinue en moi. Ai-je vraiment envie de rencontrer quelqu'un, après mon histoire avec Nathan ? On ne peut pas dire qu'elle se soit achevée de la plus douce des manières, aussi je ne suis pas sûre de vouloir renouveler l'expérience.

J'entends presque la voix d'Océane me dire d'arrêter de ressasser le passé et de passer à autre chose, pour laisser la chance à quelqu'un qui la mérite vraiment. Sans m'en rendre compte, je remplis alors tout machinalement, jusqu'à mon pseudo. J'hésite, mais après tout, je n'ai pas à mentir. J'écris alors *QueenElisabeth* avec un léger sourire. « Reine Elisabeth », c'est le surnom que me donne Océane en utilisant mon vrai prénom, un clin d'œil quant à mon caractère obstiné identique à celui de la Reine d'Angleterre*. J'ai du mal à l'assumer, il me rappelle trop ma grand-mère paternelle qui portait le même nom. Elle était douce et aimante, tout le contraire de mes parents. Lorsque j'étais une petite fille, elle me répétait sans cesse que j'étais pleine de mystères et de merveilles.

Je n'ai jamais vraiment compris ce qu'elle voulait dire, mais je sais qu'elle m'aurait aimé pour ce que je suis. Sa mort, qui remonte à quelques mois à peine, m'a terriblement affectée. Mais le pire restera le dernier adieu que je n'ai même pas pu honorer, mes parents ayant refusé que je sois présente lors de ses funérailles. C'est presque un hommage que je lui rends alors en assumant mon prénom pour la première fois depuis longtemps. Peut-être que cette fois, il me portera chance.

Peut-être que cette fois, je pourrai enfin ouvrir à nouveau mon cœur.

*Référence à Élisabeth 1ère, connue pour son caractère obstiné pendant son règne aussi bien sur le plan personnel que politique

Chapitre 7 _ Bastien

Le déjeuner avec ma mère passe à une vitesse éclair. Après nous avoir aidés à finaliser le rangement, il était déjà l'heure de reprendre la route, pour une dernière nuit dans le nid familial. Je jette un coup d'œil au salon, et hoche la tête d'un air satisfait. Même s'il est assez petit, tout est à sa place. On ne pourra pas inviter grand monde, mais c'est mieux que rien. C'est le début d'une nouvelle vie.

Je monte seul dans la voiture. Damien va passer sa première nuit dans sa nouvelle chambre. J'ignore pourquoi il n'a pas tenu à rentrer chez ses parents, il a toujours refusé de cracher le morceau. J'espère juste qu'il ne mettra pas le feu au logement cette nuit. Pour éviter d'y penser (avec mon meilleur ami, il faut toujours s'attendre au pire), je mets un fond de musique et roule tranquillement jusqu'à chez mes parents.

Mes pensées ne peuvent s'empêcher de s'orienter vers la fille timide qui n'a pas décroché un mot tout à l'heure. Il y a quelque chose chez elle qui m'intrigue, comme si elle n'était pas elle-même. En y réfléchissant, il m'avait semblé voir dans son regard une drôle de lueur lorsqu'elle nous a vu arriver. Comme si elle était habituée à côtoyer des mecs du genre de Damien, mais qu'elle s'empêchait de dire quoi que ce soit.

Je secoue la tête et me gare devant la maison. Qu'importe ce que pensait cette fille, il y a de toute façon peu de chances que je la recroise sur le campus. Je rentre et me dirige directement vers le salon, d'où émanent des éclats de rire. Je me fige un instant et souris, attendri. Voilà l'une des choses que je vais le plus regretter ; l'ambiance chaleureuse qui règne dès que l'on pose un pied dans cette maison. Je marche sur la pointe des pieds pour voir ma mère assise dans le canapé, le bras de mon beau-père autour de ses épaules. Tous deux regardent une émission humoristique qui semble beaucoup plaire au couple.

— Tiens, Bastien ! Enfin rentré, dit mon beau-père en se levant pour me saluer. On va pouvoir bientôt passer à table.

Il me fait un clin d'œil et va prendre possession de la cuisine. Dans ces moments-là, nous avons ordre de ne pas l'approcher. La cuisine, pour lui, c'est sacré. Je salue donc rapidement ma mère et file dans ma chambre pour y brancher mon portable. Je vérifie que le voyant de charge est bien allumé et me retourne. Je manque alors de percuter Zoé, que je n'ai même pas entendu rentrer. Son nez pointu se retrousse sous son éclat de rire trop aigu.

— Bon sang, Zoé ! je m'exclame en fronçant les sourcils. Combien de fois t'ai-je déjà dit de ne pas rentrer dans ma chambre ?

— Oh, je ne sais plus, une fois peut-être, minaude-t-elle en enroulant une mèche de cheveux noir autour de son doigt.

Je la prends par les épaules et la pousse sèchement dans le couloir.

— Sors de là. Ton *frère* doit passer un coup de fil à sa copine.

J'insiste sur le mot « frère », car je sais qu'elle a horreur que je lui rappelle ce que je suis pour elle. Et ça ne manque pas, elle fait la moue, et réplique faiblement :

– Tu n'as pas de copine, je le sais très bien.

– Non, tu ne sais rien du tout, tu ne me connais pas. Fous-moi la paix, maintenant.

Je lui claque la porte au nez et mets de la musique suffisamment fort pour être sûr qu'elle n'entende rien, dans le cas très probable où elle se serait collée contre la porte, pour surprendre une conversation qui de toute manière n'aura pas lieu. Car elle a raison, la garce, je n'ai personne à qui téléphoner pour raconter ma journée, en glissant de temps à autre des « tu me manques, bébé », ou « je t'aime mon trésor ».

Désemparé, je repense au mail que je n'ai pas pu m'empêcher de garder. Je le relis, encore et encore. Serait-il possible que ça puisse vraiment marcher ? Peut-être qu'au moins, sur cette plate-forme, une fille m'accepterait pour ce que je suis vraiment.

Sans réfléchir plus longtemps, je clique pour m'inscrire. Bon, ok, je crois que je suis plus désespéré qu'il n'y paraisse, mais si cette garce de Zoé n'avait pas appuyé là où ça fait mal, peut-être que je n'aurais pas eu le cran de le faire.

Premier obstacle ; site payant. Je fronce les sourcils, agacé. Depuis quand faut-il payer pour rencontrer l'amour de sa vie ? Bon, j'exagère un peu, je ne recherche pas l'amour éternel, puisque je sais pertinemment qu'il ne peut pas arriver à dix-neuf ans. Je soupire alors et rentre mon code de carte bleue avec une pointe d'appréhension. J'espère ne pas être l'énième pigeon à s'être fait avoir par un spam videur de compte bancaire.

Après validation, je retombe bien sur mon profil pré-rempli, avec quelques suggestions de jeunes filles autour de chez moi. Je relâche ma respiration, soulagé. Tout va bien, je ne me suis pas fait escroquer.

Pour l'instant. Qui sait si je ne vais pas tomber que sur des faux profils ? J'espère que non, bien qu'il y ait forcément des *fake* dans toute la liste d'inscrits. Je continue néanmoins à remplir les petites cases qui me demandent toujours plus de choses. Mon pseudo ? *BasTille.* Oui, je suis féru d'histoire, et je suis né un 14 juillet, ce surnom me paraît donc très convenable. Et avec un peu de chance, ça fera rire une fille et pourra ouvrir une discussion. Je parcours rapidement les autres questions et réponds machinalement. Certaines me font bien rire, d'autres me font lever les yeux au ciel. Franchement, quelle fille serait vraiment intéressé par ma personne si je précise que je préfère le café au thé ?

— Bastien, c'est prêt ! j'entends mon beau-père crier pour se faire entendre par-dessus la musique.

— J'arrive !

Je me déconnecte rapidement, non sans avoir aperçu le surnom d'une fille du coin. Et j'écarquille les yeux de stupeur. *QueenElisabeth.* C'est un signe du destin, de me mettre en suggestion une nana dont le pseudo fait aussi référence à une figure historique. Sa photo, à peine vue avant que la page ne se ferme, m'a laissée entrevoir une jeune femme aux cheveux colorés, et... tatouée ? Deux point qui me plaisent chez une femme ! Il faut absolument que je réussisse à échanger avec elle.

Chapitre 8 _ Lili

La rentrée universitaire se passe comme toutes les autres ; on nous envoie par mail un emploi du temps provisoire, avec des salles aléatoires qui des fois ne sont pas les bonnes. Quelle joie, donc, de courir dans les couloirs en espérant retrouver le bon endroit où le professeur nous attend sans avoir daigné nous prévenir du changement de dernière minute !

Voilà comment je commence donc ma première journée. Je cours avec Océane à mes côtés à travers le long corridor pour rejoindre la salle à l'autre bout. Heureusement qu'une bonne âme a envoyé un message sur le groupe virtuel qui a été créé pour ce genre d'occasion. Nous arrivons pile au moment où le professeur allait fermer la porte.

- Mesdemoiselles, pensez à arriver à l'heure la prochaine fois, nous réprimande-t-il en nous laissant néanmoins passer. Je me retiens de lui dire qu'il devrait lui aussi penser à prévenir que son petit caprice du jour nous obligeait à faire un marathon dès le matin à travers le campus. Mais l'élève sage que je suis censée être se contente de sourire et de marmonner une excuse polie. Je vois Océane lui faire un doigt lorsqu'il se tourne vers son pupitre, et pouffe silencieusement.

Pendant le cours, je prends soigneusement des notes, bien décidée à faire mon possible pour ne pas décrocher du cursus scolaire et enchaîner les mauvais résultats. Ma liberté dépend de ma bonne conduite. Aussi, je lève la main lorsque je sais que j'ai la bonne réponse à l'interrogation du moment, et demande même quelques éclaircissements sur certains points. Je sens le regard surpris de certains élèves sur moi, mais décide de les ignorer. Il est vrai qu'on peut se poser des questions sur une fille aussi attentive dès le premier jour, surtout que quelques uns me connaissent, comme Léo.

Ce dernier est assis quelques sièges devant moi, et depuis le début de l'heure, je l'ai surpris plusieurs fois à se retourner pour me regarder avec un mélange d'étonnement, d'espoir et de tristesse. Il sait que je ne suis pas cette fille si studieuse, lui qui m'a soutenue au moment où tout allait au plus mal pour moi. Je me doute que s'il y a tant d'espoir dans son regard, c'est parce qu'il pense que je suis redevenue la nana qu'il a aimée un jour. Mais il fait partie de mon passé, et je ne peux pas me permettre d'y replonger maintenant. Je l'ignore donc tout au long du cours.

La journée passe plutôt vite, même si j'ai cru plusieurs fois que j'allais tourner de l'œil sous la chaleur. Ma chemise et mon slim ne m'ont pas permis de me fondre dans la foule, puisque toutes les filles étaient en débardeur ou en robe. Des ricanements, j'en ai beaucoup entendu sur mon passage, mais ma fierté muselée m'a empêchée de faire la moindre remarque désobligeante qui n'aurait pas collé à mon image.

Océane m'accompagne jusqu'au parking. Ma voiture est là, semblant me narguer avec les sièges en cuir. Sous la chaleur écrasante, je sais que je risque le malaise, et même après avoir ouvert les vitres en grand, l'air qui pénétrera dans l'habitacle ne réussira qu'à me faire suffoquer. Je n'ai jamais autant regretté le petit studio qui m'avait donné un aperçu de la liberté, jusqu'au jour où mes parents étaient passés à l'improviste, et avaient découvert l'autre facette de ma personnalité...

Je secoue la tête pour éviter d'y repenser et salue mon amie avant de conduire vers la maison. Il me tarde d'y être, afin de voir si je vais enfin avoir reçu un message sérieux sur le site de rencontre. « *TrueStory* », voilà comment il s'appelait. Et depuis que je m'y suis inscrite, je ne reçois que des messages de vieux lubriques qui veulent m'envoyer des photos de leurs parties génitales. Franchement, à ma connaissance, aucune histoire d'amour n'a commencé parce qu'une fille a eu le coup de foudre devant la virilité dressée (ou pas) de son interlocuteur.

Rien qu'en pensant à celles que j'ai pu recevoir, j'ai presque envie de me retirer du site et de laisser tomber définitivement, quitte à devenir nonne. Puis je revois le torse musclé de Cody Christian, et je sais que jamais je ne pourrais faire vœu de chasteté. De toute façon, c'est trop tard pour ça, je songe en ricanant intérieurement.

Lorsque je pénètre dans la maison, où la fraîcheur me fait gémir de bien-être, je constate que mes parents ne sont pas encore rentrés de leur travail. Tant mieux, je vais avoir un peu de temps pour moi avant d'avoir droit à un interrogatoire sans fin. Je jette mon sac de cours, me débarrasse en deux temps trois mouvements de ces maudits vêtements avant de filer sous la douche. Quel bonheur de sentir l'eau légèrement tiède sur ma peau trempée de sueur ! Qui aurait cru qu'un jour, j'apprécierais autant ce simple geste quotidien ?

Je ne m'attarde pas plus que nécessaire et enfile à la hâte un débardeur et une petite jupe, craignant de croiser mon père et risquant de réveiller sa fureur. Je cours presque jusqu'à ma chambre, où je saisis mon ordinateur. Les devoirs viendront après un rapide passage sur *TrueStory*. J'ai trois messages et cinq invitations supplémentaires. Deux individus m'ont envoyé des perles :

MisterBG07 : **Slt, sa va ?**

QueenElisabeth : **Achète un dictionnaire, on parlera quand tu sauras écrire, ou pas**, je réponds avant de supprimer son profil.

KevMuscu : **Tu veux voir une grosse opportunité ?**

Je supprime en soupirant. Cette blague, on me l'a déjà faite, surtout que l'opportunité en question devrait être dans le *Guiness des records*, catégorie plus petite bite du monde.

Le troisième message m'intrigue un peu plus.

BasTille : **Hello Votre Majesté. Avec un peu de chance, je m'adresse à la première Élisabeth d'Angleterre, auquel cas vous n'auriez que 253 ans de plus que moi, ce qui est de nos jours tout à fait acceptable.**

Je souris, amusée. Aurai-je derrière l'écran un passionné d'histoire, comme moi ? Je réponds donc dans le même ton :

QueenElisabeth : **Une chance pour vous, vous n'avez point fait d'erreur. D'ailleurs, je suis unique reine d'Angleterre, et j'ose espérer que vous n'allez pas me contredire, sinon vous risqueriez d'en perdre la tête.***

Je parcours ensuite le profil de mon interlocuteur. Il a l'air plutôt mignon, avec ses cheveux mi-longs et ses lunettes, lui donnant un air un peu timide mais craquant. Dommage qu'il baisse la tête, j'aurais bien aimé voir entièrement son visage. Mais peut-être pense-t-il la même chose de moi, avec mes

---

*Référence à la Reine Élisabeth qui fit décapiter (quoique à contrecœur) sa cousine Marie Stuart dans le but de converser la couronne d'Angleterre

cheveux cachant la moitié de ma bouille trop ronde à mon goût. J'avais choisi cette photo qui faisait ressortir mes tatouages, ma plus grande fierté. Qui sait, si l'échange se poursuit, nous pourrions échanger d'autres photos, sans aucune arrière-pensée.

Ce *BasTille* a réussi à piquer ma curiosité. Je croise désormais les doigts pour qu'il me réponde.

Chapitre 9 _ Bastien

Je pensais qu'en arrivant enfin aux études supérieures, tout serait différent. Je me suis lourdement trompé. Damien ne suivant pas le même cursus que moi, je me retrouve seul, entouré d'étudiants aussi paumés que moi, mais restant sur la réserve. Personne ne se parle, à part ceux qui se connaissaient déjà. Tout le monde se jette des regards en biais, sans jamais tenter une approche envers un autre camarade de classe. Grosse ambiance !

Je retiens de peu un soupir désespéré et m'installe sur une chaise au second rang, sans que personne ne vienne prendre l'initiative de venir à mes côtés. Je tente de rester optimiste en me disant que ce n'est que la première journée, mais l'ambiance glaciale qui règne dans la salle de cours n'est pas très encourageante. J'aurais probablement mieux fait de suivre le même cursus que Damien, et partir dans la littérature, au lieu de vouloir être dans l'enseignement.

C'est alors que je la vois. Elle est resplendissante, avec ses cheveux bruns noués en un vaporeux chignon, son petit nez en trompette et ses pommettes rosées. Elle pince des lèvres charnues en une moue concentrée, qui m'hypnotise quelques instants. Cette fille est la perfection incarnée. Elle tourne un instant la tête dans ma direction, me permettant de voir qu'elle a de magnifiques yeux bleu ciel. C'est le coup de foudre. Je détourne le regard avant qu'elle remarque que je la dévisage et fais semblant d'écouter le prof.

Je ne peux cependant m'empêcher de lui jeter un petit

coup d'œil en m'étirant, et croise son regard. Gêné, je n'arrive pas à le soutenir, et me gifle mentalement. J'aurais quand même pu lui faire un petit sourire en coin, ça l'aurait sûrement amusée. Je ne peux pas continuer à être un timide maladif, plus maintenant. Alors, je me mets au défi d'aller la voir en sortant du cours. Peut-être qu'en me lançant des challenges, je réussirai à changer assez suffisamment pour enfin attirer l'attention.

L'heure tourne évidemment plus lentement, maintenant que j'attends avec impatience la fin du monologue du professeur. Je jurerais presque que les aiguilles me narguent et ralentissent encore plus, ce qui est bien sûr impossible. Et lorsque nous sommes enfin libérés, je range tellement vite mes affaires que certains me regardent avec étonnement. Je les ignore et m'empresse de suivre la belle brune, qui sort sans être accompagnée. Parfait, c'est l'occasion idéale.

— Excuse-moi ? je lui dis, le cœur battant à tout rompre. Elle se retourne vers moi, étonnée. Elle semble me reconnaître, et sourit doucement.

— Salut, répond-elle. Tu as besoin de quelque chose ?

— Euh, en fait, j'ai vu qu'on était dans le même cours, enfin, c'est évident puisque tu sors de cette salle... Je m'arrête un instant, rouge de honte. J'ai horreur de bafouiller. Mais la fille rigole gentiment et poursuit à ma place :

— Et tu es aussi largué que moi ? Tu voudrais peut-être qu'on passe le prochain cours ensemble, pour se soutenir ? Cette fille est une perle ! Elle est parfaite en tout point. Je lui souris, reconnaissant.

– Oui, ça pourrait être une bonne idée. J'ai l'impression qu'ici, les gens ne sont pas très sociables.

– Je pensais la même chose ! Une amie m'avait dit que la fac, c'était l'endroit idéal pour faire de nouvelles connaissances, mais lorsque j'ai vu que chacun se mettait dans son coin, ça m'a fait redescendre de mon nuage. Peut-être qu'ils réagissent comme ça parce que c'est le premier jour. Enfin bref, moi c'est Jessica. Et toi ?

– Bastien. Ravi de savoir qu'on est sur la même longueur d'onde.

Elle me sourit d'une manière qui me fait craquer. Elle est tellement belle, et le premier abord avec elle s'est tellement bien passé que j'en aurais presque oublié que la veille, j'avais envoyé un message sur ce site de rencontre à *QueenElisabeth*. Je ne sais pas si elle va me répondre, mais en attendant j'ai rencontré une vraie personne, et je tiens à privilégier cette dernière.

Contre toute attente, Jessica passe la journée avec moi. Elle a la conversation facile, et n'a pas été réticente à l'idée de rencontrer mon meilleur ami à la pause déjeuner, avec qui elle a sympathisé de la même manière simple et directe qu'avec moi. Damien semble aussi sous son charme, un peu trop à mon goût.

– Dis donc, comment tu as fait pour taper aussi fort dès le premier jour ? me demande-t-il alors que Jessica est partie aux toilettes.

– J'ai surmonté ma timidité, je réponds simplement. Par contre, je te connais, alors pas touche !

– T'inquiète, pour une fois que tu as l'occasion de tirer ton premier coup avec une bombe pareille, je ne vais pas tout gâcher.

Il me fait un clin d'œil alors que Jessica revient. Il articule silencieusement « veinard » alors que nous partons vers notre prochain cours. Je me retiens de rire devant les gestes obscènes que fait Damien dans le dos de la jeune fille, même si je trouve cela quelque peu déplacé. Mais mon meilleur ami est comme ça, cru dans ses paroles et sa manière d'être. Rien ni personne n'a encore réussi à l'assagir. Mais qui sait, peut-être qu'il rencontrera lui aussi une fille qui saura le changer.

En fin de journée, Jessica me laisse son numéro de téléphone. Même si elle fait cela sans arrière-pensée, je ne peux m'empêcher de sentir mon cœur faire un triple saut dans ma poitrine. Je lui décroche mon sourire le plus charmeur, et j'ai la surprise de la voir rougir. Je ne la laisse donc pas totalement indifférente !

C'est avec un sourire béat que je prends la direction du logement. En chemin, mon téléphone vibre. Alors que je pense que Jessica n'a pas perdu de temps pour m'envoyer un message, je redescends sur terre devant la notification de *TrueStory*. La fameuse *QueenElisabeth* m'a répondu, contre toute attente.

Sa réponse me fait rire, mais je ne répond pas tout de suite. J'ignore si j'ai vraiment envie de continuer à essayer de draguer en ligne alors que Jessica m'a paru réceptive il y a à peine quelques minutes. J'aurais l'impression d'être un connard qui ne peut s'empêcher de séduire plusieurs filles en même temps. Tout ce que je déteste au plus haut point.

Néanmoins, je ne supprime pas la conversation. J'ignore pourquoi, mais je n'arrive pas à m'y résoudre. Agacé, je range mon téléphone dans ma poche et décide

d'éviter de retourner sur le site tant que je ne sais pas
jusqu'où je pourrais aller avec Jessica.

Chapitre 10 _ Lili

« *VU* »

Je cligne des yeux, abasourdie. Voilà la seule réponse à laquelle j'ai droit de la part de *BasTille*. Je ne comprends pas. Pourquoi me lâche-t-il un « vu » alors que c'est lui qui a engagé la conversation ? Peut-être qu'il n'a pas apprécié ma répartie, alors qu'il aurait dû s'amuser de mes connaissances sur l'histoire de la descendante des Tudor.

J'ai beau réfléchir, aucune bonne raison ne vient excuser son comportement. Et voilà, je ne connais pas le mec derrière ce pseudo, mais il a réussi à m'énerver !

Furieuse, je me déconnecte sans même jeter un regard à la vingtaine de notifications que j'ai reçues en l'espace de quelques minutes. Qu'ils aillent tous au diable ! Je regrette d'avoir voulu m'inscrire sur ce site, et je regrette encore plus mon comportement puéril pour un homme (si s'en était bien un) que je ne connais ni d'Eve, ni d'Adam. Je ferme alors les yeux et inspire profondément. Il ne sert à rien de céder à l'impulsivité. Je risquerais de faire une énorme bêtise, comme balancer mon ordinateur par la fenêtre, alors que c'est le seul objet qui me relie au monde extérieur et qui n'est pas trop surveillé par mes parents.

Et c'est en entendant les marches des escaliers grincer que je m'empresse de planquer mon bien le plus précieux sous une latte branlante. Au moins, je sais qu'ici, ma mère ne pensera jamais à venir vérifier ce qu'il peut y avoir dans le sol. Mes parents aiment bien vérifier mon historique de recherches de temps en temps, juste pour me rappeler qu'ils ont le pouvoir sur ma vie. Heureusement, ils ignorent l'existence de la navigation privée, qui m'a sauvé à maintes reprises. Malgré tout, je ne supporte pas l'idée qu'ils puissent y avoir accès alors que je ne suis pas à la maison.

Je saisis un manuel d'histoire (et grimace en l'ouvrant à la page de la prise de la Bastille) pile au moment où ma mère ouvre ma porte. Elle balaye d'abord du regard ma chambre, les yeux plissés, passant au crible le moindre petit détail qui pourrait la contrarier. Pas de chance pour elle, j'ai pensé à ranger de fond en comble. Elle lâche un petit « hmm » hautain avant de porter son attention sur moi. Alors, je la vois froncer les sourcils, et sa bouche se tord en un rictus dégoûté. Je réalise seulement que je me tiens devant elle en débardeur, dévoilant mon corps qu'elle déteste tant.

— Couvre-toi ! siffle-t-elle entre ses dents. Ton père va bientôt arriver, s'il te voit comme ça...
Pas besoin qu'elle en dise plus. Je sais très bien ce que j'encoure, et je ne veux pas prendre le risque de subir un nouveau châtiment. Le dernier en date m'a laissé un souvenir bien cuisant. J'attrape donc un pull à col roulé et l'enfile en un clin d'œil. Ma mère se détend imperceptiblement.

— Parfait. On passe à table dès que ton père est rentré. Je te laisse dans tes révisions.
Je hoche la tête, et dès qu'elle referme la porte, je retire aussitôt la couche de vêtements en trop. Je le remettrais uniquement lorsque j'entendrais de nouveaux les marches grincer. Mais la simple idée de devoir le porter à nouveau me fait monter les larmes aux yeux. Je n'ai plus envie de me cacher. Je tourne alors la tête vers les motifs ancrés dans ma

peau, faisant abstraction des plaques sombres qui tentent en vain de cacher mes œuvres d'art. Très vite, ma main caresse doucement mon bras gauche, entièrement recouvert de motifs noir et blanc. On peut y voir des fleurs de tous genres, un attrape-rêves, ou encore une hirondelle. Sur mon bras droit, seuls deux motifs sont gravés, ma rose épineuse et une plume de paon sur l'avant-bras.

Mon regard descend sur mes jambes, où d'autres motifs s'entrelacent délicatement. Pour moi, tout mon corps n'est que perfection. J'ai ce que j'ai toujours voulu, et la majorité de ces dessins ne m'a rien coûté, ou presque ; j'avais utilisé l'argent que j'avais gagné en revendant des affaires à bon prix, ainsi que celui que j'avais gagné grâce à mon premier travail, dont mes parents n'en avaient jamais eu vent. Malgré ma peau très pâle qui laissait voir que je n'avais pas du tout été au soleil de tout l'été, j'aimais mon corps. Je n'étais pas comme toutes ces filles qui voient des défauts là où il n'y en a pas.

Je me trouvais belle. Et je sais que les garçons me trouvaient à leur goût. Mais il a fallu que tout dérape en un après-midi. Je sais que j'aurais dû être plus prudente, qu'il aurait seulement fallu que je réponde à ce satané coup de fil, mais je ne l'ai pas fait. Et aujourd'hui, j'en paie le prix fort.

Pile à cet instant, mon portable se met à vibrer, m'extirpant de ce douloureux souvenir. Je saisis l'engin et souris en voyant la photo d'Océane apparaître sur l'écran. Elle est tellement belle, avec sa cascade de boucles brunes, ses yeux en amande bleu foncé, sa peau caramel et sa bouche parfaite. Le fantasme de beaucoup de garçons, le seul point qui les freine est qu'elle est déjà en couple avec le champion de boxe de la région. Autant dire qu'ils n'insistent jamais vraiment lorsqu'elle les repousse en mentionnant toujours le nom de Théo Delgrandi.

– Coucou ma belle, me dit-elle lorsque je décroche. Je t'appelle parce que j'ai oublié de te dire que demain on a une session spéciale dès le matin, dans l'amphi de la bibliothèque.

– Super, merci de me prévenir. Pour quelle occasion cette fois ?

– Je ne sais pas, on nous en a pas dit plus.

Je soupire. J'ai horreur des profs qui nous convoquent pour des sessions spéciales. En général, ça donne droit à des programmations d'oraux devant un jury pour tester notre aisance devant un public, ou encore des inscriptions à des sorties bénévoles pour faire découvrir aux plus jeunes tous les musées autour du campus.

Je remercie une nouvelle fois mon amie de m'avoir prévenue et raccroche. En me retournant, je tombe nez à nez avec mon père. Je sursaute et pousse un cri de stupeur. La brève discussion avec Océane m'a empêchée de l'entendre gravir les escaliers. Et je vois dans son regard une expression de satisfaction malsaine qui ne laisse aucun doute sur ce qui m'attends.

– Comment oses-tu te dévoiler ainsi ? crache-t-il à mon visage.

Je me mets à trembler. Je ne suis qu'une idiote, à ne pas avoir gardé ce fichu bout de tissu sur mon dos. Sans prévenir, mon père lève la main et me gifle à revers. Ma tête bascule sur le côté, la douleur me vrille dans la mâchoire, pourtant je serre les dents. Je ne dois pas montrer que j'ai mal, surtout pas.

— Tends l'autre joue, ordonne alors le monstre d'une voix rauque.

Je m'exécute, le cœur battant la chamade. Ma joue ne tarde pas à me brûler.

— La prochaine fois que je vois ton corps dévoilé à la manière d'une catin, ce ne seront pas tes joues qui rougiront, me menace-t-il avant de sortir de la chambre.

Je me laisse tomber à genoux, tentant de calmer les battements frénétiques de mon cœur. Les larmes montent aux yeux, mais je les retient difficilement. Je le déteste tellement ! Jamais je n'aurais pensé vivre un jour ce cauchemar. Si petite, je n'avais de lui que de l'indifférence, j'ai aujourd'hui sa vraie facette que j'aurais préféré ne jamais voir.

Je n'oublierai jamais la première fois qu'il a levé la main sur moi, ni son rictus satisfait à la joie malsaine que lui procurait cette sensation de pouvoir et domination. Presque tous les jours depuis maintenant quelques mois, il trouve un prétexte pour colorer ma peau de ce bleu ignoble qui vire noir, puis jaune, avant d'être de nouveau recouvert de bleu. Je cache ses coups qui visent principalement mes bras, mon ventre et mon dos, là où sont ancrés le fruit de mes péchés, mais la douleur lancinante qui me transperce chaque fois que j'effleure ma peau me rappelle leur existence.

Je tente de me convaincre que ce n'est qu'une passade, que je ne suis pas la plus à plaindre lorsque des milliers de jeunes filles se font battre depuis leur plus jeune âge. Après tout, je ne vis cet enfer que depuis peu, et d'ici moins d'un an, il prendra fin. Je peux tenir le coup, pas vrai ?

Chapitre 11 _ Bastien

Deux semaines se sont déjà écoulées depuis la rentrée. Je ne regrette pas un seul instant d'avoir opté pour la colocation, et nous avons très bien réparti les tâches quotidiennes. Sauf pour passer l'aspirateur. Damien a dû avoir un traumatisme avec cet appareil lorsqu'il était plus jeune, car il refuse catégoriquement d'y toucher. Il doit penser que le tuyau est assez gros pour l'aspirer, ce que l'on aime bien faire croire aux enfants trop crédules.

Mis à part ce blocage inexplicable, notre cohabitation se déroule à merveille. Encore plus lorsque Jessica décide de passer une soirée avec nous. Cette fille est adorable. J'aime tout chez elle ; en plus d'être canon, elle est très intelligente et ambitieuse, et compte devenir avocate après ses études. Elle a la conversation facile, et n'hésite pas à rembarrer Damien lorsque ce dernier devient un peu trop agaçant avec ses sous-entendus à peine masqués.

Cet après-midi, nous rentrons tous ensemble dans notre coloc. Damien propose en chemin d'acheter de quoi nous faire une salade composée. Ce mec a peut-être peur de l'aspirateur, mais il compense ce défaut par un talent en cuisine. Dans la supérette, un vent de fraîcheur nous accueille, ce qui nous fait soupirer d'aise. Dehors, le soleil brille du lever jusqu'au coucher, et les températures sont caniculaires. J'ai horreur de cette sensation d'étouffement, mais Damien n'est pas de cet avis.

— Non mais, regarde-moi tous ces jolis petits culs dans leurs minuscules shorts ! m'avait-il dit le matin même avec un grand sourire alors que je m'étais plains. Moi, s'il pouvait faire chaud toute l'année, ça me va !

Du Damien tout craché. En y repensant, je ricane. Jessica me lance un regard interrogateur. Pour toute réponse, je hoche la tête vers mon meilleur ami, justement subjugué par une étudiante dont le haut dévoilait une partie de son ventre, et dont le string dépassait de son short. Jessica lève les yeux au ciel et attrape Damien par le bras.

— Ferme ta bouche, t'as un filet de bave qui en sort.

— Très drôle. J'y peux rien si ce joli brin de fille se pointe devant moi en tenue aguicheuse.

— Elle n'est pas aguicheuse, elle a chaud. Et quand une fille a chaud, elle porte des vêtements légers.

Damien fronce les sourcils, perdu. Jessica, agacée, enchaîne :

— C'est pas vrai ! Tu pensais vraiment que les filles s'habillaient comme ça juste pour se faire siffler dans la rue ?

— Bah, ouais. Enfin quoi, elles en montrent plus qu'elles n'en cachent, là !

— Mais t'es vraiment con, en fait ! s'insurge Jessica. Au cas où t'es pas au courant, il fait super chaud dehors. Toi, tu sors bien en débardeur et en short. Alors pourquoi une fille n'en ferait pas autant ? Elle va quand même pas sortir avec un gros pull en laine et un jean. Saches que c'est juste pour éviter d'avoir une insolation qu'on s'habille léger, et pas du tout parce qu'on aime se faire insulter par des mecs frustrés, qui sont persuadés qu'on va craquer pour eux dès qu'on les entend nous traiter de pute !

Sur ces mots, la jeune femme sort du magasin, la tête haute.

Damien reste bouche bée quelques instants, et cligne des yeux, éberlué.

– Et bien, je crois qu'elle est un peu énervée, se contente-t-il de dire.

– Elle a raison, j'interviens. C'est à cause de mecs comme ça que les filles se sentent agressées dès qu'on tente de les aborder en toute simplicité dans la rue.

Damien ne répond rien. Il se contente de prendre ce qu'il lui faut et paye rapidement, sans tenir compte des œillades insistantes de la caissière. Jessica est toujours là, assise sur un banc à l'ombre. Elle nous suit cependant sans un mot.

Arrivés chez nous, Damien file dans la cuisine. Je l'ai rarement vu aussi calme et silencieux. Il faut croire que les paroles de Jess ont eu une certaine résonance en lui. Je décide de le laisser préparer ce repas seul, et allume la télé. Mon amie est déjà sur le canapé, le regard dans le vague. Je la laisse aussi tranquille, et zappe machinalement jusqu'à tomber sur quelque chose de regardable. Pourtant, je n'arrive pas à suivre l'émission. Je pense trop au genou de Jessica qui frôle ma cuisse. La jeune femme paraît plongée dans l'histoire, sa poitrine se soulève assez rapidement et ses yeux sont légèrement écarquillés.

Je la dévore des yeux, le souffle court. Lorsqu'elle se mordille la lèvre, je retiens de peu un gémissement. J'ai envie de saisir son visage et de plaquer mes lèvres contre les siennes, pour pouvoir à mon tour les mordiller. Très vite, je sens qu'elle réveille une partie de mon anatomie qui n'attend que ça ; pouvoir enfin découvrir le corps féminin et s'unir à lui.

Elle tourne la tête vers moi, et me grille en train de la reluquer. Je me détourne, mais trop tard. Elle se met à rire et se colle à moi.

— Tu es tellement adorable, me susurre-t-elle à l'oreille.

Puis, elle me regarde intensément, et me propose avec un sourire coquin :

— Que dirais-tu de venir chez moi demain ? On pourrait... s'aider dans nos révisions ?

Perplexe, mon corps tarde à réagir. Les mots butent dans ma bouche, alors je me racle la gorge et tente de prendre un air assuré :

— Bien sûr, avec plaisir.

Puis je lui fais un sourire en coin, celui qu'elle trouve charmant. Et ça ne manque pas, ses joues rosissent, et son souffle se fait plus saccadé.

— Alors, à demain.

Elle embrasse le coin de mes lèvres et sors. Sitôt partie, Damien apparaît à côté du canapé. Je vois de suite à son sourire narquois qu'il a tout entendu.

— Alors comme ça, on fait des révisions demain ?

— Pourquoi, tu voulais te joindre à nous ? je réponds d'un ton faussement innocent.

Damien grimace.

— Très peu pour moi, les plans à trois, je les vois plus avec deux filles.

Puis, il me donne une tape sur l'épaule, d'un air paternel.

— Enfin, mon petit garçon va devenir grand. Je suis très fier de toi. Même si cette fille est trop parfaite pour que ce soit vrai. Si ça se trouve, vous allez vraiment faire des révisions.

— Arrête de te moquer, je rétorque. Moi je pense que je lui plais vraiment.

– Le seul moyen d'en être sûr, c'est de regarder ses sous-vêtements. Si demain, tu vois que le haut est assorti au bas, alors elle voulait vraiment passer à la casserole.

Je lui donne une tape sur le bras pour le faire taire. Il lève les mains en l'air et recule, mais je vois à son sourire qu'il n'en a pas fini avec moi.

– Si ce n'est pas le cas, bonjour *friendzone* !

Je lui jette ce qui me passe sous la main, à savoir une tong. Il l'esquive en ricanant de plus belle.

– Essaie au moins de viser juste, demain. Parce que ça risque de faire mal si tu plies ton engin.

– Mais tais-toi ! je crie en tentant avec peine de m'empêcher de sourire à ses remarques déplacées. Pas un mot de plus.

Damien déclare enfin forfait et retourne dans la cuisine. Mais maintenant, je commence à stresser. Peut-être que le moment est venu pour moi de faire ma première fois, mais au lieu d'en être soulagé, je sens monter en moi un sentiment que je n'avais pas ressenti depuis longtemps : la peur.

Chapitre 12 _ Lili

Je ne sais pas comment j'ai fait pour survivre à ces deux dernières semaines. Entre la canicule qui me fait suer des litres sous mes chemises, même les plus fines, Léo qui tente par tous les moyens de renouer avec moi, et mon père aux aguets, prêt à me sauter dessus au moindre faux pas de ma part, je ne sais plus où donner de la tête. Heureusement, la semaine est terminée, et j'ai l'autorisation exceptionnelle de dormir chez Océane. Je sais que mon amie va nous avoir préparé une soirée « Netflix & Chill », c'est pourquoi je me prépare en toute hâte.

J'hésite un instant à prendre mon ordinateur pour enfin avouer à Océane que je me suis inscrite sur un site de rencontre, mais décide finalement de le laisser rangé. Qui sait ce que penseraient mes parents en me voyant partir avec ? Je me contente d'attraper un livre que nous devons lire pour la semaine suivante, mon sac de vêtements de rechange, et me faufile dans les escaliers. J'atteins la porte d'entrée lorsque je sens une forte pression sur mon bras.

Mon père me tire d'un coup sec vers lui et me regarde avec ses yeux striés de rouge. Je n'ai même pas besoin qu'il ouvre la bouche pour savoir qu'il a bu. Et les mots qu'il me crache à la figure m'envoient son haleine âcre et lourde :

– Tu as intérêt à ce qu'il n'y ait aucun garçon chez ta copine. Si j'apprends que tu as de nouveau décidé d'écarter les cuisses pour le premier venu, tu regretteras vite ton comportement.

Je hoche rapidement la tête, la gorge nouée. Il accentue sa

prise sur mon bras, me faisant gémir de douleur. Puis, aussi rapidement que c'est arrivé, il me lâche et disparaît dans le salon. Je me frotte doucement le bras, là où ses doigts se sont tellement enfoncés que je sais qu'il va y avoir un beau bleu. Je sors presque en courant, avant qu'il ne change d'avis et me blesse encore plus.

Océane m'attend dans sa voiture, Théo installé à côté d'elle. Je m'empresse de monter dans la voiture en criant :

– Fonce !

Océane s'empresse de m'obéir et met le pied au plancher. Dans le rétro, je la vois me jeter un coup d'œil surpris. Je me laisser m'enfoncer dans le siège en disant simplement, le cœur battant :

– Mon père.

Mon amie n'a pas besoin de plus de précisions. Théo, lui aussi dans la confidence, sait simplement que j'ai des parents très sévères. Mais là, je ne peux pas lui dire que c'est lui le problème. Il n'était pas censé être dans la voiture, et je n'ose imaginer ce que mon père aurait fait s'il l'avait vu.

Arrivée chez Océane, je franchis à peine le seuil que je retire ma chemise et ma jupe longue, pour dévoiler un débardeur fleuri et un petit short en jean. Pour le moment, aucun bleu suspect n'étant voyant, le dernier en date enfin estompé, je peux m'autoriser cette folie en présence de ma meilleure amie. Un seul persiste au niveau de mon nombril, mais mon choix vestimentaire l'empêchera d'être visible. Océane approuve mon nouveau look en hochant la tête avec un sourire. Théo, lui aussi dans la confidence de ma lourde peine, siffle d'admiration devant mes tatouages.

– J'avais presque oublié à quel point ils étaient beaux, souffle-t-il. Quel dommage de devoir cacher de telles merveilles.

– Bah, je réponds en haussant les épaules d'un air faussement désinvolte. Je n'ai qu'un an à tenir, dès que j'ai validé ma dernière année, je file me trouver un boulot à l'autre bout du pays.

J'essaie d'avoir l'air convaincante, mais je ne trompe personne. Ma meilleure amie sait que je vis un véritable calvaire, mais si elle savait ce que faisait réellement mon père, elle serait tout à fait capable de me traîner de gré ou de force jusqu'au premier commissariat pour que je dépose une plainte. J'y ai longuement songé, mais je sais que si je faisais une chose pareille, j'en paierai les conséquences un jour ou l'autre. Mon père me l'avait clairement fait comprendre un soir où il avait frappé un peu trop fort, laissant une marque sombre sur ma pommette.

– Voilà, tout ça, c'est de ta faute, m'avait-il craché en titubant. Je te préviens, n'essaie même pas de me faire porter le chapeau. J'ai juste à passer un coup de fil, et s'en est fini de toi, petite garce.

Je n'ai jamais su en quoi consistait ce fameux coup de téléphone, et ne cherche pas à le savoir. Mais sa menace m'a dissuadée d'aller chercher de l'aide auprès des forces de l'ordre.

Océane me ramène au présent en tapant joyeusement dans ses mains.

– Bon, avant de penser au futur, tâchons d'abord de passer une soirée digne de ce nom. Théo, prépare le pop-corn et les paquets de bonbons, je vais avec Lili installer la salle de ciné.

Cette salle servait en fait de pièce de jeu lorsqu'elle était encore petite fille. Avec l'âge, les maisons de poupée ont laissé place aux étagères à DVD, le petit lit pour ses invitées de soirée pyjama a été troqué contre un gigantesque canapé d'angle, couvert de coussins en fausse fourrure. Un écran plat a rejoint la salle dans la foulée, promettant de belles nuits d'angoisse devant un *slasher,* ou de rêvasseries devant une comédie romantique.

Ce soir, je sais qu'Océane meurt d'envie de finir une série du top 10 de Netflix. Elle est comme beaucoup de filles, elle a été charmée par le bel acteur jouant le rôle d'un duc*. Pour ma part, j'ai été plus captivée par le scénario en lui-même que par les personnages, mais je n'en dis rien à Océane, qui s'empresserait de me faire un véritable discours sur le point crucial de cette série, à savoir le duc.

Alors que mon amie installe correctement les coussins sur le canapé, j'hésite à me confier à elle. Si quelqu'un peut m'aider à comprendre les garçons sur les sites de rencontre, c'est bien mon amie. Son regard interrogateur, comme si elle avait deviné que je voulais lui demander quelque chose, suffit à me convaincre de tout lui avouer.

— Océane, je me suis inscrite sur un site, comme tu me l'avais longuement conseillé. Laisse-moi parler, je dis rapidement en voyant mon amie ouvrir la bouche. Je sais que c'était totalement spontané de ma part de faire ça, mais j'ai essayé, et il y a un mec qui a voulu échanger avec moi. Le truc, c'est qu'il a lâché un « vu » à mon message, et du coup je suis complètement perdue, je ne sais pas ce que je dois faire.

Océane me dévisage, l'œil pétillant. Son petit sourire n'a rien de moqueur, au contraire. Elle a vraiment l'air heureuse que je lui en ai parlé.

* *La chronique des Bridgerton*, pour celles qui auraient encore un doute

– Ma chérie, me dit-elle. Ce qu'il faut que tu saches, c'est que la plupart des mecs sur ces sites ne veulent rien de sérieux. Mais il y a une poignée d'entre eux qui veulent trouver l'amour, et qui y croient. Ils sont durs à trouver, mais en fouillant bien, tu peux en dénicher un ou deux. Ce gars qui t'as envoyé un message, s'il incitait à un échange plus poussé, et qu'il n'a pas enchaîné après ta réponse, c'est pas grave. Il a pu paniquer, et n'a pas su quoi répondre.

« Si tu veux en être sûre, renvoie-lui un truc qui peut sous-entendre que tu lui en veux pas pour ce qu'il a fait. S'il répond, très bien, continuez à discuter. Mais sinon, passe à un autre mec. Il y a des rencontres qui valent la peine de se faire lorsqu'on évite de s'attarder sur une petite erreur. Tu as fait le plus dur en entrouvrant ton cœur, c'est maintenant au plus déterminé à construire quelque chose qu'il revient d'ouvrir entièrement cette porte.

Puis elle me serre dans ses bras, et je m'empresse de lui rendre son étreinte. Je ne sais pas ce que je ferais sans cette fille, mais je sais qu'une amie pareille vaut toutes les souffrances que j'endure en silence.

Chapitre 13 _ Bastien

Ce samedi matin, je décide pour la première fois depuis la rentrée de passer voir ma mère et mon beau-père. Même si on s'appelle régulièrement, je ne leur ai pas fait le plaisir de rentrer un week-end chez eux. Je savoure pleinement ma nouvelle liberté, et ma rencontre avec Jessica ne m'a pas vraiment donné envie de rentrer, surtout si c'était pour tomber sur Zoé. Mais je sais que je manque à ma mère, et la moindre des choses est d'aller la voir ne serait-ce que quelques heures. Surtout que cet après-midi, j'allais le passer avec Jessica...

Arrivé à la maison, je sonne et hésite à entrer. Je ne sais pas si je peux me comporter comme si j'habitais toujours avec eux. Mon beau-père, Paul, ouvre finalement la porte et me regard d'un air surpris.

— Bastien ? Quel agréable surprise ! C'est ta mère qui va être contente. Clara, ton fils est là !

Telle une tornade, ma mère déboule sur le palier et me serre contre elle au point de me faire suffoquer. Je lui rends maladroitement son étreinte, et lorsqu'elle me lâche, je vois ses yeux brillants de larmes. La culpabilité menace soudain de m'étouffer, et je me promets intérieurement de faire plus d'efforts pour venir la voir.

— Je suis tellement heureuse de te voir, me souffle-t-elle en me tirant à l'intérieur. Tu dois avoir tellement de choses à nous raconter. Dis-nous tout, c'est comment la fac ?

Je m'installe avec eux dans le salon et leur fais un résumé de ma nouvelle vie étudiante. Je ne leur parle pas de Jessica, préférant garder ce petit détail secret pour l'instant. Ma mère semble ravie de savoir que tout se passe bien. Elle se tient dans les bras de Paul, qui la regarde de temps à autre d'un air comblé. Ce comportement plutôt inédit m'interpelle très vite. Je n'avais jamais vu le couple aussi complice, alors je leur demande :

— Vous allez bien, tous les deux ?

Ma mère se racle la gorge en rougissant, telle une adolescente.

— Et bien, disons que si tu n'étais pas venu nous rendre visite, c'est nous qui serions venu. Paul et moi, nous allons nous marier. Il m'a demandé en mariage hier soir, et j'ai dit oui !

Ses yeux pétillent d'un éclat qui avait trop longtemps déserté son regard. Elle est folle de mon beau-père, ça crève les yeux. Quel bonheur de voir qu'ils officialisent enfin leur relation ! Fou de joie, je me lève et les serre dans mes bras.

— Je suis tellement heureux pour vous !

En levant les yeux, je croise le regard énamouré de Zoé, restée à l'entrée du salon. Mal à l'aise, je lâche le couple et leur dis que je dois passer récupérer des affaires chez Damien. Ma mère me salue distraitement, trop occupée à embrasser Paul. Leur démonstration affective est le signal de mon départ. Je les salue et m'éclipse rapidement. Mais Zoé ne me laisse pas partir si facilement. Elle me suit jusqu'à ma voiture et roucoule :

— Et moi alors ? Tu m'avais oubliée ?

— Franchement ? Oui.

Son visage se fige, et j'en profite pour mettre le contact et filer. Cette gamine m'énerve au plus haut point. Il me tarde d'officialiser ma relation avec Jessica, si tant est que ça puisse être une relation sérieuse.

En un rien de temps, me voilà arrivé chez elle. Elle vit encore chez ses parents, qui seraient absents pour le week-end, m'avait-elle prévenu par message en m'envoyant l'adresse. Sans prévenir, l'angoisse vient me tordre les entrailles. Mes mains deviennent moites, je les essuie d'un geste nerveux avant d'aller sonner chez elle. Et je n'ai pas le temps d'angoisser plus.

Jessica ouvre la porte en grand et vient se pendre à mon cou avant de m'embrasser à pleine bouche. Déséquilibré, je la retiens de justesse, ce qu'elle prend pour une invitation à m'enlacer encore plus. Je rends maladroitement son baiser chaud et humide, ses lèvres ont un goût un peu trop sucré de miel. Elle se détache à peine de moi et me tire dans sa maison.

— Mes parents ne sont pas là de la journée, comme prévu, m'annonce-t-elle avec un clin d'œil coquin.

— Super, je bafouille, la voix rauque.

Trop nerveux, ça va la faire fuir.

En effet, elle se tourne un instant vers moi, étonnée. Je lui fais mon plus beau sourire et, pris d'une soudaine audace, lui pince les fesses, ce qui la fait glapir. Un instant, j'ai peur d'avoir été trop loin, mais je devine à ses joues rouges que j'ai eu raison de le faire. Je me laisse entraîner vers sa chambre, dont les couleurs vives m'agressent aussitôt. Jessica ne remarque pas mon air ébranlé et me tire jusqu'à son lit. Je pense brièvement à Damien en constatant qu'elle ne fait même pas semblant de vouloir réviser, et l'imagine m'encourager avec un sourire pervers.

Jessica se renverse sur le lit et m'attrape par le col

pour que je suive son mouvement. À présent sur elle, je joins mes lèvres aux siennes. Son corps ondule sous le mien, ses mains se glissent sous mon tee-shirt et elle vient me labourer le dos. Je me raidis un instant. Clairement, je n'aime pas ça. Si la tigresse pouvait rentrer ses griffes, ça m'arrangerait drôlement.

La jeune femme doit sentir mon blocage, car elle s'immobilise et me souffle :

— Si tu veux, tu peux te déshabiller.

Je reste figé quelques secondes, avant d'enlever mon haut. Elle attend, un sourcil levé. Alors, je comprends et viens lui retirer son débardeur. Mais je vois de suite à son expression que quelque chose ne va pas.

— Tu es sûr que ça va ? me demande-t-elle, dubitative.

— Oui, pourquoi ça n'irait pas ?

— Je ne sais pas, tu es nerveux, tu ne réagis à rien, tu sembles hésiter à me déshabiller.

Elle glousse et poursuit :

— En fait, on dirait presque que c'est ta première fois.

Je me fige, le souffle coupé. *Elle sait.* Je ne sais pas comment, mais elle sait. Ou pas, au vu du regard qu'elle me jette.

— Tu... tu ne l'as encore jamais fait ? questionne-t-elle, hésitante.

Je déglutis et tente un trait d'humour :

— Et bien, dans une chambre arc-en-ciel, en effet, je ne l'ai jamais fait.

Mais je vois tout de suite que ma tentative d'humour a lamentablement échoué. Jessica se lève, le regard sombre, enfile son débardeur et me jette mon tee-shirt au visage.

Surpris, je le rattrape alors qu'elle se plante devant moi et me susurre d'un air supérieur :

— Désolée, là tout de suite, j'avais besoin d'un homme viril, pas d'un petit garçon.

Elle me fait signe de sortir sans plus m'adresser un seul regard. Choqué, je ne réagis pas tout de suite. Les mots qu'elle m'a balancés viennent seulement me gifler avec force. Mon corps, en mode automatique, sort de cette maudite chambre et me traîne jusque dans ma voiture.

Ce n'est qu'une fois que ma portière claque que la réalité m'apparaît. Elle m'a jeté, tel un vieux mouchoir. Non, tel un paquet de bonbon qu'elle aurait déballé avec gourmandise, avant de s'en débarrasser en voyant qu'il n'était pas à son goût. À ses yeux, je suis un "petit garçon". Quelle honte ! Je savais que traîner cette virginité serait un poids mort !

Pile à cet instant, mon téléphone sonne. Je jette un coup d'œil et gémis en voyant une notification de *TrueStory*. *QueenElisabeth* vient de m'envoyer un message, sûrement empli de haine contre moi, au vu de mon absence de réponse. Je jette mon téléphone et démarre. Ma journée est suffisamment gâchée par la réaction de Jessica, pas besoin d'en rajouter une couche pour le moment.

Chapitre 14 _ Lili

Je suis tirée de mon sommeil par une sonnerie stridente. Grognant, j'attrape le premier truc qui me passe sous la main, à savoir un coussin, et le balance dans la direction d'Océane. J'en déduis à son petit gémissement plaintif que je l'ai atteint.

— Ton téléphone, je grommelle en me tournant sous la couette.

Le bruit s'arrête, pour reprendre de plus belle. Un coussin vient s'écraser sur mon visage, me faisant sursauter. La garce, elle a osé riposter.

— *Ton* téléphone, réplique-t-elle, un soupçon de malice dans sa voix.

Je me redresse et jette un œil à mon portable. En effet, c'est bien le mien qui s'allume. Quelle idiote, j'ai dû le laisser en sonnerie la veille, espérant recevoir un message de *BasTille*. Au lieu de ça, je peux lire « Géniteur » sur mon écran.

— Oh merde !

Je me lève d'un bond, complètement paniquée. J'avais oublié qu'il devait me récupérer pour aller à la messe dominicale. Pourquoi aujourd'hui en particulier, alors que ça faisait des mois qu'on n'y allait plus ? Probablement parce qu'il ne supportait pas que je sois loin de sa vigilance renforcée trop longtemps. Je saisis mon téléphone en tremblant, et décroche :

— Dehors. Tout de suite. Tu as deux minutes.

Il raccroche avant même que j'ai pu dire le moindre mot. Je n'en suis pas surprise. Même avant que je n'enchaîne les boulettes, je n'ai jamais eu d'amour paternel, ni maternel. Ma mère a toujours été plus ou moins distante avec moi, et mon père m'adressait à peine quelques mots, uniquement lorsqu'il était obligé. Les coups que je subis ne sont pas nouveaux. Avant, ils étaient seulement ponctuels, selon le degré de mes erreurs. Alors autant dire que je n'ai rien arrangé avec mon comportement à la fin de l'année scolaire.

J'enfile donc en quatrième vitesse ma chemise froissée et ma jupe, sous le regard encore endormi d'Océane. Elle ne dit pas un mot, mais elle comprend. Ce n'est pas la première fois que je dois partir comme une voleuse. Elle se contente alors de m'adresser une moue désolée et me souffle un baiser lorsque je sors de sa chambre. Arrivée sur le palier, mon souffle se coupe. Dehors, Théo est en pleine discussion avec mon père.

Je sens mes membres s'engourdir. Je n'arrive plus à bouger, horrifiée par l'échange entre les deux hommes. Mon père esquisse un sourire que je sais forcé, mais qui paraît sincère aux yeux de ses interlocuteurs. Il tapote son épaule et son regard d'acier se pose sur moi. Jouant le rôle du parent attentionné, il sourit encore plus et me fait signe de la main. Je traîne lentement les pieds vers lui, tremblant de toutes parts. Théo ne semble pas se rendre compte qu'il m'a mise dans une situation critique en se présentant à mon père. Insouciant, il me fait la bise et rentre dans la maison.

Sitôt éclipsé, le sourire de mon père se tord en un rictus inquiétant et il m'ordonne sèchement de monter dans la voiture. J'ai à peine conscience de m'exécuter, rongée par l'angoisse de la tempête qui va s'abattre sur moi. Pourtant, le trajet jusqu'à l'église se fait dans un silence de mort. Je n'ose même pas tourner la tête vers lui. Je sais qu'en plus de cela, je ne suis pas du tout présentable. Mes cheveux ne sont pas recouverts de la perruque, mes yeux sont gonflés et mes vêtements froissés font de moi une fille négligée, loin de l'image de la petite gamine parfaite que je suis censée représenter.

Arrivé devant l'église, mon père se gare en retrait, loin des autres voitures, coupe le moteur et se tourne vers moi. Ses yeux lancent des éclairs. Je me recroqueville instinctivement sur mon siège. Il m'empoigne le bras et le serre si fort que je laisse échapper un gémissement. Il resserre sa poigne, avant de cracher :

— Tu es vraiment la plus stupide ! Tu croyais réellement que je ne savais pas qu'il y avait un garçon chez ton amie ? Je l'ai vu quand tu es montée dans sa voiture.

Horrifiée, j'écarquille les yeux. Mon père saisit mes cheveux et plaque ma tête violemment contre l'appuie-tête, m'arrachant un cri plaintif qu'il ignore.

— Reste là. Qui sait ce que penseraient les gens en te voyant comme ça. Crois-moi, tu vas regretter ton attitude !

Il sort de la voiture, me laissant tremblante et apeurée. J'ai très peur de ce qui va m'attendre en rentrant à la maison. Et me laisser seule pendant une heure dans la voiture après m'avoir balancé cette menace est, je le sais, voulu pour que j'appréhende son retour.

Je tente de faire abstraction sur la douleur qui transperce mon bras et mon crâne comme des coups d'électricité, mais c'est peine perdue. Les vagues lancinantes qui me traversent de part en part ne sont qu'un rappel quant à ma future sanction, qui risque d'être bien pire.

Je ferme les yeux, serrant très fort les poings, avant d'inspirer et d'expirer. Je ne dois pas le laisser avoir le dessus. Peut-être que penser à autre chose pourra m'aider à oublier un bref instant à oublier ce que je viens de vivre.

J'attrape alors mon téléphone, ouvre l'application de rencontre cachée dans un dossier nommé « exposé Histoire » et me connecte en quelques clics. J'essaie de lire d'un œil distrait les messages qui inondent ma messagerie, quand l'un d'eux m'interpelle. *BasTille* m'a répondu ! Stupéfaite, oubliant la douleur, je m'empresse d'ouvrir notre fil de conversation.

QueenElisabeth : **Je vais tâcher d'oublier cette attitude insolente d'avoir osé ignoré une reine, à condition de me fournir une explication valable.**

BasTille : **Je n'ai aucune explication. Ce que j'ai fait est impardonnable. J'ai offensé une reine, et toutes les excuses du monde ne seraient pas valables. Mais peut-être qu'un échange de bons procédés peut être envisageable ?**

Un petit sourire se dessine sur mon visage. Je n'y croyais pas du tout, mais Océane m'a persuadé de lui renvoyer un message dans le même style, afin de lui montrer que j'étais vraiment prête à lui laisser une dernière chance. Encore une fois, ma meilleure amie avait raison. Je m'empresse donc de taper :

QueenElisabeth : **Très bien, je veux bien échanger des banalités pour commencer. Comment vas-tu ?**

BasTille : **Je suis épuisé, aussi bien physiquement que moralement. Désolé, je préfère être honnête plutôt que de dire l'habituel "je vais bien et toi ?"**

Surprise par sa réponse aussi rapide, j'enchaîne aussitôt :

QueenElisabeth : **Pas de souci, je préfère l'honnêteté aux faux-semblants. Et je pense que c'est l'endroit parfait** pour ne pas avoir à mentir et pouvoir échanger en toute franchise.

BasTille : **Tout à fait d'accord avec toi. Je ne veux plus me faire passer pour ce que je ne suis pas. Cacher notre vraie personnalité ne mènera qu'à notre perte. Pas vrai ?**

Mon cœur bat à tout rompre. C'est impossible. Comment peut-il savoir cette facette de moi ? Par réflexe, je lève la tête, pensant croiser le regard dédaigneux de mon père, agitant son téléphone en articulant " je t'ai eu, petite garce !"

Mais le parking est désert. Seule une mésange piaille son mécontentement quant à ma présence dérangeante pour elle et ses congénères. Je baisse alors les yeux sur mon écran. Se pourrait-il que le destin se joue de moi, au point de mettre sur ma route un garçon aussi torturé que moi ? Et si c'était le cas, allai-je enfin pouvoir voir la fin de cet enfer dans lequel j'étouffais depuis des semaines ? Non, que dis-je, des mois ! Finalement, ce n'est peut-être pas un hasard d'avoir échangé avec *BasTille*. Il est sûrement ma destinée. Tout du moins, j'espère ne pas faire fausse route, une fois de plus.

Chapitre 15 _ Bastien

Le week-end est passé à une vitesse folle. Qui aurait cru que passer les trois quarts de mon temps libre à parler avec cette mystérieuse *QueenElisabeth* me ferait presque oublier Jessica ? Tout du moins, je ne pensais à elle que lorsque je me déconnectais du site pour tenter de me plonger dans mes révisions ou dans un film quelconque. Je voulais tenter le tout pour le tout, quitte à changer d'avis et à discuter avec une inconnue pour oublier l'humiliation de la veille. Malheureusement, ce qu'elle m'a fait est encore trop frais pour que je pense réellement à autre chose. Je la déteste, mais je me déteste encore plus. Elle a raison, je ne suis qu'un petit garçon doté d'un fardeau.

Sa réplique acerbe tourne en boucle dans ma tête, envenimant mon esprit dès que ce dernier tente de se mettre sur pause quelques minutes. Et le pire reste à venir : Damien ayant passé ces deux derniers jours chez sa conquête du moment, je ne l'ai pas encore croisé pour lui avouer qu'avec Jessica, c'est fichu.

Je grommelle dans mon coin en réchauffant une tasse de café. J'appréhende ce lundi matin. Est-ce que Jessica va nous rejoindre comme d'habitude sur le campus, ou va-t-elle nous ignorer ? Je partirais bien pour la deuxième option. En attendant, pour me changer les idées avant mon départ pour la fac, je relis brièvement les messages échangés la veille avec *QueenElisabeth*.

BasTille : **Salut ! Ton samedi s'est bien passé ?**

QueenElisabeth : **Il a été quelque peu... frappant. Et toi ?**

BasTille : **Est-ce que j'ai le droit de dire la même chose que toi ?**

QueenElisabeth : **Ah ! On a donc passé un bon samedi de merde l'un comme l'autre...**

BasTille : **Je n'aurais pas dit mieux. Au fait, je ne t'ai pas demandé, tu fais quoi sur ce site ?**

QueenElisabeth : **Plutôt directe, comme question. En réalité, je ne sais pas. Je crois que je voulais surtout pouvoir échanger avec quelqu'un d'autre que ma meilleure amie. Mon cercle d'intimes est malheureusement très... restreint. Et pour toi ?**

BasTille : **Je m'y suis inscrit sur un coup de tête. Leur slogan m'a interpellé, je n'ai pas réfléchi et j'ai crée un profil. Mais pourquoi tu parles de cercle restreint ?**

QueenElisabeth : **Disons que j'ai des parents très protecteurs. Un peu trop, même. Ils n'aiment pas me savoir loin d'eux, donc j'ai jamais vraiment pu sortir. Et c'est pas l'idéal pour se faire des amis quand on refuse tout le temps des invitations à des soirées.**

BasTille : **Si ça peut te rassurer, je n'ai jamais eu une foule d'amis non plus.**

QueenElisabeth : **Merci, je me sens beaucoup mieux !**

BasTille : **C'est vrai ?**

QueenElisabeth : **Non, c'était ironique.**

BasTille : **Merde. J'ignorais qu'une reine pouvait faire du sarcasme.**

QueenElisabeth : **Être reine ne veut pas dire être impassible en toutes occasions.**

Je souris en relisant sa dernière réplique. Cette fille a le don de la répartie, et sans que je ne sache pourquoi, ça me plaît. Je ne sais pas encore à quoi elle ressemble vraiment, elle n'a mis qu'une seule photo d'elle, qui pourrait très bien dater de quelques années. Pourtant, je commence à apprécier nos échanges, même s'ils n'en sont qu'au début. Je tapote rapidement sur mon écran :

BasTille : **Lire cette remarque de si bon matin me dévoile une vérité aussi insoupçonnée que surprenante : la femme renversera le monde avec son sarcasme et sa franchise !**

Je range mon téléphone et pars pour la fac. Sur le chemin, mon sourire ne quitte pas mes lèvres, me donnant probablement un air ahuri qui risque de surprendre Damien. Arrivé sur les lieux, mon meilleur ami est déjà là, et vient me taper l'épaule d'un air fier :

— Rien qu'à voir ton sourire, je suppose que Jessica y est pour quelque chose ! Alors ça y est, la coquine t'a transmis le gêne de l'addiction sexuelle ?

Mon sourire s'efface aussitôt, laissant place à des joues rougissantes. Je sens qu'elles me brûlent, et ne passent pas inaperçues. Damien ricane :

— Voyons, faut pas rougir. C'est la nature qui parle, c'est pas une honte !

Je baisse les yeux et me racle la gorge. Mais ma langue refuse de coopérer. Je tente de dire quelque chose, mais rien ne sort. Damien fronce les sourcils.

— Ne me dis pas que...

Pour toute réponse, je secoue la tête, dépité.

— Mais merde ! s'exclame mon meilleur ami en

m'attrapant par les épaules. T'as foutu quoi ?! T'as eu une panne ? Elle était rasée style gamine de treize ans ? C'est pas une vraie *fille* ? Tu m'étonne que t'as bloqué si tu t'es retrouvé face à un engin bien dur à la place d'une fente humide !

    — La ferme ! je réussis enfin à crier. C'est une fille on ne peut plus ordinaire, pas un trans. C'est juste que... qu'elle... elle a su que je ne...

Ma voix déraille, et je n'arrive pas à finir ma phrase. Damien redevient sérieux, il adopte un air compatissant. Je déteste le voir comme ça, je ne veux pas de sa pitié. Je voudrais au contraire qu'il me rassure, qu'il me dise que Jessica n'est qu'une garce et que je trouverai une fille qui saura m'accepter tel que je suis. Au lieu de ça, il me lance :

    — J'ai une idée ! Je vais te trouver une pute, comme ça on va vite régler ton problème, et tu pourras te faire Jess sitôt après !

Je le dévisage longuement, espérant un instant qu'il ne soit pas sérieux. Il a un petit sourire, mais je vois à son haussement de sourcil qu'il attend une réponse de ma part. Je comprends alors qu'il ne plaisante pas, il serait vraiment prêt à engager une prostituée pour régler mon « problème ». Devant aussi peu de compréhension, je vois rouge.

    — Va te faire voir, je siffle avant de m'éloigner d'un pas rageur.

Je l'entends m'appeler mais je l'ignore et me dirige vers mon premier cours. J'adore Damien, c'est mon meilleur ami et je suis prêt à lui pardonner son côté cru, mais là je ne peux pas. Pas après l'humiliation que j'ai subie ce week-end.

    Il reviendra vers moi, et je le laisserai faire uniquement pour me présenter des excuses. En attendant, je vais tenter de suivre le cours de littérature du XVIIIe siècle et oublier la surdose de honte qui me couvre.

Chapitre 16 _ Lili

Je grimace lorsqu'un étudiant me bouscule inconsciemment dans le couloir. Il marmonne un rapide « désolé » avant de poursuivre sa route, sans savoir qu'il vient de raviver la douleur lancinante qui me vrille tout le bras depuis ce week-end. Je savais que j'allais payer ce malheureux concours de circonstance, mais pas à ce point. Désormais, je peux affirmer que des coups de bouteille en verre peuvent faire très mal. Encore plus lorsqu'elle s'est brisée, et que le verre a entaillé ma chair. Mon père s'est immédiatement arrêté en voyant le sang goutter sur le sol, comprenant qu'il était allé trop loin. Il m'a renvoyé dans la salle de bain en disant que c'était de ma faute, que je n'aurais pas dû jouer à la catin chez Océane. J'ai dû nettoyer la plaie en urgence, seule, soulagée d'une part de ne pas avoir de morceaux de verre à extirper de ma chair, et de constater que la blessure ne nécessitait pas de passage aux urgences pour me faire recoudre.

Je sais que relativiser n'est pas une bonne chose, surtout après un moment pareil, mais c'est la seule manière de ne pas craquer et de tenir bon encore quelques mois. Ce qui m'a le plus affectée dans son geste violent, c'est qu'il était à deux doigts de me laisser une cicatrice sur l'un de mes tatouages. Mon père sait parfaitement que j'y tiens, d'où son acharnement à les couvrir de bleus. Mais des entailles, c'est une grande première. On atteint un stade où sa folie n'a plus de limite, ni même sa haine envers moi. Il sait où frapper, et c'est précisément ce qui me tord le ventre d'angoisse chaque soir, lorsque je rentre à la maison.

Je maudis alors celui qui a inventé qu'à sa majorité, on est libre de faire ce que l'on veut. C'est faux. Pas quand on a un père aussi tyrannique que le mien.

Au détour d'un couloir, je croise le regard de ma meilleure amie, me sortant de mes songes désagréables. J'esquisse un grand sourire et m'apprête à accélérer le pas vers elle lorsque je percute brutalement quelqu'un. Sous le choc, je perds l'équilibre et atterris sur mes fesses. Un juron peu élégant sors de ma bouche alors que sonnée, je tente de me relever.

— Oh merde, je suis vraiment désolé !

Une main se tend vers moi. Je la saisis inconsciemment et lève les yeux sur le fautif. Je reconnais aussitôt le petit jeune arrivé en premier le jour des portes ouvertes. Ses yeux noisette me scrutent avec inquiétude, et rien de plus. Il ne m'a donc pas reconnu, ce qui n'est pas plus mal.

— C'est ma faute, je ne regardais pas où j'allais, je tente de le rassurer pour pouvoir me débarrasser de lui au plus vite.

J'ai horreur d'être au centre de ce genre d'attention, surtout que les étudiants qui nous passent à côté murmurent en ricanant. Je rentre la tête dans les épaules. Je me passerais volontiers de tous ces regards moqueurs. Mais le petit nouveau ne semble pas vouloir me laisser partir.

— Je pense que c'est de ma faute, je suis sorti un peu vite de la salle, tente-t-il de se justifier.

Pitié, faites qu'il me lâche !

J'esquisse un sourire rapide. Ce n'est que maintenant que je réalise qu'il tient toujours ma main dans la sienne. Je la retire précipitamment, gênée, et croise mes bras sur ma poitrine. Je ne voudrais pas qu'il croit quoi que ce soit sur ce contact physique prolongé. Surpris, il laisse échapper un petit rire.

— Ne t'inquiète pas, je n'ai aucune maladie contagieuse.

Je laisse échapper un petit rire et m'éclipse avec un timide « excuse-moi ». Je marche rapidement vers Océane, sentant dans mon dos les yeux du petit nouveau braqués sur moi. Mon amie, qui n'a pas perdu une miette de cette humiliante scène, m'adresse un clin d'œil complice.

— Alors, on rentre dans les beaux gosses maintenant ?

— Arrête, c'était hyper gênant. En plus, c'est le mec qui voulait te draguer le premier jour, tu te souviens ?

Océane fait mine de réfléchir.

— Attends une seconde, je crois que ça me revient. Tu veux parler du mec canon qui m'a balancé une proposition ringarde en pensant que je serais le genre de minette en chaleur à dire oui à toutes ses phrases ?

— Lui-même ! Je vois qu'il t'a bien marqué !

— Et bien, un gars aussi peu convaincant ne peut que laisser un souvenir bien drôle.

Je l'arrête en lui tirant le bras.

— Comment ça ? Tu entends quoi par « aussi peu convaincant » ?

— Chérie, ouvre les yeux. Il jouait la comédie. Ce doit être le genre de gars timide, peut-être geek, qui en a marre de cette image, et qui voulait se donner une autre image de lui.

Abasourdie, je la suis dans l'amphi sans dire un mot. Je ne m'étais même pas rendu compte que ce petit nouveau tentait de jouer un rôle, comme moi. Désormais, je me demande combien nous sommes à jouer la comédie aux yeux des autres. D'autant qu'ici, je n'ai pas le choix. J'ai surpris mon père une fois dans les couloirs, en pleine discussion avec l'un de mes professeurs. Il veut jouer au parent modèle qui s'inquiète pour sa fille, or je sais très bien qu'il était là pour voir si je respectais bien ses exigences. De plus, quel parent s'inquiète réellement pour son enfant au point de venir sur le campus pour interroger les professeurs ?

Le reste de la journée se passe sans encombre, ou presque. C'est en sortant de la bibliothèque universitaire que je le croise. Léo est appuyé contre le mur, les mains dans les poches. Dès qu'il me voit, il me saute presque dessus.

– Lili ! Salut. Comment tu vas ?
Je le regarde, la mine indéchiffrable, et poursuis ma route. Mais il ne lâche rien et se met à me suivre.

– Je t'ai envoyé pas mal de messages pendant les vacances.
Oh pitié ! Voilà qu'il va se mettre à chouiner, et j'ai très peu de patience pour ce genre de personne.

– Et donc, en l'absence de réponse, tu en conclus quoi ? je demande avec agacement.

– Euh, que tu as perdu ton portable ?
Je stoppe net et le regarde, incrédule. Léo est vraiment craquant, il a tout du cliché du joueur de foot, blond aux yeux bleus, performant sous la couette, avec tout dans les muscles et rien dans la tête. Et là tout de suite, je me demande comment j'ai pu le laisser espérer quoi ce que se soit venant de moi.

– Écoute, tu es vraiment un mec génial. Tu étais là quand j'ai eu besoin de toi, mais maintenant c'est fini. Je ne suis plus cette pauvre petite fille en mal d'amour, et encore moins quelqu'un de bien. Alors, va te trouver une gentille étudiante qui n'a pas de problèmes dans sa vie, et oublie-moi.

Je le plante là, me sentant comme la pire des garces. Je viens de lui briser le cœur, j'en ai conscience, et je brise le mien par la même occasion. Mais je n'ai pas le choix. Personne ne doit m'approcher, encore moins ceux qui m'ont connue avant ma transformation forcée.

Le seul garçon avec lequel je m'autorise à être moi-même, c'est *BasTille*. Parce que j'aime nos conversations qui s'enchaînent avec naturel. Il me fait m'évader quelques instants de mon quotidien, mais il ne le sait pas. Et c'est tout ce que je veux.

Chapitre 17 _ Bastien

Dire que la journée est passée à une vitesse éclair serait un mensonge. J'ai passé mon temps à éviter Jessica, à ignorer les appels et SMS de Damien, et à tenter de suivre un minimum les cours les plus ennuyeux de la semaine. Déjà que le lundi n'est jamais évident, mais y enchaîner les matières les plus barbantes, c'est carrément du sadisme.

En plus de tout ça, je ne peux m'empêcher de repenser à cette fille que j'ai malencontreusement bousculée et qui s'est retrouvée par terre. Son visage m'est familier, je n'arrive pas à savoir pourquoi. Mais lorsque j'ai saisi sa main pour la relever, une drôle de sensation s'est glissée malicieusement dans tout mon être. Une sorte de vague de chaleur, à la fois grisante et réconfortante. J'ignore pourquoi j'ai ressenti ça, d'autant que je suis sûr de ne pas connaître cette fille. Et je ne crois plus au coup de foudre au premier regard. Enfin, je crois...

Et voilà que je divague à nouveau. Je soupire d'un air irrité en traversant tout le campus pour assister à mon dernier cours. Moi qui voulais juste être le tombeur de ces dames et enchaîner les aventures sans lendemain pour me débarrasser de mon fardeau une bonne fois pour toutes, c'est complètement raté. J'ai juste réussi à m'humilier davantage. Ou peut-être que j'aurais dû viser moins haut, et me rabattre sur une fille un peu plus timide, comme celle que j'ai pu bousculer tout à l'heure. J'ai l'impression d'être le pire des connards en pensant cela. Rien que l'idée de briser le cœur d'une pauvre étudiante qui rêve d'amour me donne la nausée, alors passer à l'acte, je ne crois pas que j'y arriverais.

Malheureusement, ce n'est pas facile d'éviter d'y penser lorsque je croise les œillades langoureuses de certaines filles sur mon passage. Elles me dévorent du regard, c'est tout juste si elles s'empêchent de me sauter dessus. Soit c'est mon imagination qui me joue des tours, soit c'est la chaleur de cette fin d'été qui affole leurs hormones. Quoi qu'il en soit, je commence à prendre goût à ce genre d'attention.

Arrivé dans la salle de cours, je prends place sur une des tables au milieu du rang. Je me rends compte trop tard que ce n'était pas forcément l'attitude à adopter pour éviter de passer pour un intello, mais je ne peux plus me lever et changer de place sans m'attirer des coups d'œil insistants. J'assume donc mon erreur et lève les yeux vers le prof.

Ce cours est l'un des plus importants à mes yeux, c'est juste dommage qu'il soit aussi mal placé dans l'emploi du temps. J'aurais préféré qu'il tombe le mardi, plutôt qu'en cette fin de journée mortellement ennuyeuse. Mais il est le pilier de mon projet professionnel, à savoir devenir professeur des écoles. J'ai toujours adoré interagir avec les enfants, et l'idée de partager des connaissances avec ceux qui prendront notre relève m'a toujours donné envie de faire un métier qui me paraît essentiel.

— Bonjour à tous, commence le prof. Pour cette heure de cours, je vais proposer quelque chose d'inédit. J'ai eu la chance d'avoir pu former un groupe d'élèves en troisième année de licence qui sont prêts à venir m'assister pendant les trois prochains mois. Ce sont des élèves qui suivent le même cursus que vous, qui ont déjà eu divers stages auprès d'instituteurs ou de documentalistes. Ils seront là pour vous rapporter leurs ressentis, pour répondre à toutes vos interrogations, et pour que vous sachiez si vous avez raison de suivre ce cursus. Il m'est déjà arrivé d'avoir de nombreux abandons en cours d'année, parce que les étudiants se sont rendu compte qu'ils s'étaient trompés de voie. J'aimerais vous donner la chance de savoir plus tôt si vous êtes prêts à poursuivre cette licence jusqu'au bout.

Il s'interrompt un instant, nous laissant mesurer l'importance de ses propos. Je jette un œil autour de moi. La plupart des étudiants semblent enthousiastes à l'idée du prof, d'autres se contentent de bâiller aux corneilles. On voit de suite ceux qui ne vont pas faire long feu pour cette première année. Pour ma part, je suis optimiste ; avoir un ou une troisième année qui m'apportera des conseils me semble une excellente chose.

— Bien, sans plus attendre, je vais demander aux étudiants volontaires de me rejoindre, afin que je puisse vous associer votre partenaire pour les trois prochains mois.

Les élèves de la rangée devant la mienne se lèvent et rejoignent le prof. Tous ont l'air sereins, comme s'ils avaient l'habitude d'être sur les devants de la scène. J'envie leur décontraction, j'espère pouvoir arriver à être comme eux un jour.

— Océane Langlois, avec Bastien Drimal.

Je relève la tête en entendant mon nom. Une petite brune à la peau caramel s'avance vers moi d'un pas guilleret. Je la reconnais aussitôt. C'est la fille que j'ai draguée le premier jour des portes ouvertes. Je me sens déjà pâlir d'horreur. À quel point mon karma est pourri ? *Pitié, pourvu qu'elle ne m'aie pas reconnu.*

— Salut beau gosse, me lance-t-elle en me faisant un

clin d'œil. Alors, après l'approche du « verre à aller boire », on renverse les filles ?

Le ton laisse deviner que la situation l'amuse. Moi, je n'ai qu'une envie ; disparaître sous terre, pour éviter de me faire humilier encore plus. Évidemment, il a fallu que je tombe sur la seule nana du campus que j'ai tenté de draguer (exceptée Jessica) et qui soit physionomiste.

— Désolé, je marmonne, passant du blanc à l'écarlate. Je n'ai pas pour habitude de me comporter comme ça.

— Je sais, ça se voit. C'était maladroit, mais dans un sens, ça te rajoute du charme.

Je hausse un sourcil, guère convaincu. Océane soupire et tapote ma main d'un air compatissant :

— Ne t'inquiète pas, ça arrive à tout le monde de faire des boulettes. C'est comme ça qu'on se forge sa propre personnalité. Et pour info, mon amie ne t'en veut pas pour tout à l'heure, je voulais juste te taquiner pour te détendre. Tu m'as l'air d'être un peu stressé.

— C'est peu de le dire...

Elle me sourit gentiment et commence à sortir des feuilles de son sac. Je repense alors à ce qu'elle vient de me dire. Soudain, je comprends pourquoi le visage de la fille qui s'est retrouvée par terre par ma faute m'est familier. C'est celle qui était avec Océane le premier jour ! Ne m'ayant pas fait forte impression, je ne suis pas étonné de l'avoir oubliée aussi facilement. Je n'explique donc toujours pas pourquoi je sens cette drôle de chaleur m'envahir à nouveau rien qu'en repensant à son regard émeraude empli de gêne et d'un autre sentiment que je n'avais pu identifier.

Je tourne la tête vers Océane, qui commence à m'expliquer de quelle manière vont fonctionner nos échanges pendant ce cours. Je l'écoute attentivement, mettant son amie dans un coin de ma tête. Je tâcherais d'y repenser un autre jour. Pour l'instant, le cours est plus important.

Chapitre 18 _ Lili

En règle générale, lorsque je suis plongée dans mes cours, rien ne peut me distraire. Sauf ce soir. J'alterne entre ma dissertation de philo et ma conversation avec *BasTille*. Autant dire que ma rédaction doit probablement frôler la catastrophe, mais comme j'ai une semaine pour la peaufiner, je ne m'inquiète pas. Et comme le silence règne dans la maison, témoignant de l'absence de mes parents, je n'ai pas à cacher toutes les deux secondes notre bulle de conversation.

Je prends plaisir à lui sortir des répliques bien senties, il s'amuse à me rendre la pareille. Entre deux, nous avons presque une conversation normale. J'apprends ainsi qu'il adore le sport, qu'il veut être enseignant non pas pour les vacances scolaires, mais par passion, qu'il a horreur du sucré/salé sauf pour la pizza chèvre/miel, et qu'il pourrait vendre son âme au diable pour voir ne serait-ce qu'une fois dans sa vie Emma Watson.

J'éclate de rire et m'apprête à le taquiner sur cette dernière révélation lorsque je vois une deuxième ligne s'afficher sur mon écran :

BasTille : **Et toi, c'est quoi ton plus grand rêve ?**

Je me fige. Que répondre à ça ? J'aurais dû me douter que j'allais devoir me confier un moment ou un autre, mais maintenant que je dois le faire, je bloque. Dois-je dire la vérité, au risque de passer pour une folle ? Ou mentir, et aller à l'encontre de ma promesse faite à moi-même avant de m'inscrire sur ce site ? Mes doigts tapent alors fébrilement une réponse, et je l'envoie avant d'être tentée de l'effacer.

QueenElisabeth : **Partir loin de la ville où je vis. Je vais mourir si j'y reste.**

Je jure tout bas et me cache la tête entre mes mains. Mais qu'est-ce qui m'a pris de lui avouer une telle chose ? Je regrette déjà mon tempérament impulsif, lorsque je vois sa réponse apparaître :

BasTille : **Je peux m'enfuir avec toi ?**

Interloquée, je me laisse tomber dans le fond de mon fauteuil. Est-ce qu'il se moque de moi ? Ou se pourrait-il qu'il soit sérieux ? Une partie de moi n'a qu'une envie, lui répondre de faire ses valises et partir sur le champ, tandis que l'autre m'intime de rester raisonnable, puisqu'en vérité, je n'ai encore jamais réellement rencontré celui qui se cache derrière son écran.

C'est la voix de la sagesse qui l'emporte finalement haut la main, et mon *moi* impulsif s'en va bouder dans un coin tandis que je réponds :

QueenElisabeth : **Qui sait, peut-être qu'en discutant d'abord autour d'un café, je te laisserai m'accompagner...**

Ce n'était pas très subtil, mais le « avec plaisir ! Quand et où ? » suivi d'un smiley clin d'œil me fait sourire d'un air béat. Mon cœur s'emballe aussitôt, réalisant que je m'apprête à donner un rencard à un mec rencontré sur un site internet. C'est une chose que je n'ai encore jamais faite, j'ignore donc comment réagir.

La porte d'entrée claque soudainement, me rappelant la dure réalité. Comment allais-je pouvoir sortir sans que mes parents n'en sachent rien ? Surtout avec mon père suspicieux, qui serait capable de me faire suivre au moindre doute. Il n'hésiterait pas à m'humilier publiquement, et à me faire subir la pire des punitions pour avoir osé lui mentir. Rien qu'en repensant au châtiment le plus douloureux que j'ai pu subir, ma peau se couvre de frissons. Je ne tiens pas à revivre cette horreur, mais j'ai bien trop besoin de m'évader, ne serait-ce que quelques instants. Surtout pour retrouver un jeune homme qui semble tellement bien me comprendre.

Je regarde mon écran de téléphone, inspire un bon coup, et me lance.

*QueenElisabeth :***Vendredi soir, au café « l'expresso de soi » dans le centre de Rouen. 21h, j'ai couvre-feu après.** J'ajoute un petit smiley qui tire la langue pour donner le change sur cette info très gênante, puis soupire en lisant sa réponse :

BasTille: **J'y serais. Tout de blanc vêtu pour bien me démarquer dans ce monde insipide.**

Je pouffe doucement. Il n'a pas tout à fait tort, la majorité des personnes est habillée en noir, surtout le soir. Trépignant déjà d'impatience, je tape rapidement ma réponse :

QueenElisabeth : **Tu ne pourras pas me rater, avec mes mèches rouges et mon sublime déhanché dignes d'une reine.**

Tranquillement, un plan s'est déjà dessiné dans ma tête pour que je puisse assurer ce rencard. Et mieux encore, si tout se déroule à la perfection, je vais pouvoir y aller telle que je suis.

Chapitre 19 _ Bastien

Je crois que je vais vomir. Ou hurler de joie. Ou hurler en vomissant. Ou l'inverse. Et ça y est, je déraille. Tout ça parce que je vais enfin rencontrer celle avec qui je parle depuis quelques semaines. J'ai encore quelques jours avant de la voir en face à face dans le nouveau café star de la ville, mais je ne peux empêcher mes tripes de se tordre d'angoisse. Il faut croire qu'après le coup de Jessica, j'ai encore plus de mal à vouloir jouer les jolis cœurs.

En parlant de la garce... Un message s'affiche en haut de mon écran, cachant mes échanges avec *QueenElisabeth*.
« Je suis désolée si tu as mal pris ce que je t'ai dit. Si tu veux, je peux arranger ton petit problème, ce soir si t'as du temps... »

Je fronce les sourcils, peu sûr d'avoir compris, et relis le message. Mais non, le texte n'a pas changé. À croire qu'elle aime se moquer de moi !

— « Arranger mon problème » ? Pétasse ! Toi tu t'arranges pas, par contre !

Je fulmine, et décide de supprimer son message avant de mettre son numéro sur liste noire. Comment j'ai pu vouloir draguer une fille avec aussi peu de... de quoi ? D'intelligence ? D'empathie ? J'avoue que je ne sais plus trop quoi penser, je veux seulement qu'elle sorte de ma vie et fasse comme si je n'avais jamais existé. Je ne supporte plus ce genre de fille, surtout depuis ce que j'ai subi il y a longtemps...

— Bastien ! T'es là ?

La voix de Damien me sort de mes pensées, que j'aurais aimé garder enfouies. Je me secoue et sors de la chambre, pour rejoindre mon colocataire dans le salon. Dès qu'il me voit, il s'immobilise et se tortille, gêné.

— Je, euh, je suis désolé pour ce que je t'ai dis tout à l'heure. Maintenant, je me rends compte que je me suis comporté comme un con, et pas comme un ami.

— Je ne te le fais pas dire, je rétorque, les bras croisés.

Néanmoins, je suis touché par ses excuses. Il a toujours été maladroit pour les exprimer, mais je sais qu'elles sont sincères. Et lorsque je le vois rougir et bafouiller, je m'approche de lui pour lui taper l'épaule.

— Allez, détends-toi, je te pardonne. Essaie juste d'être moins... toi, la prochaine fois.

— Je te promets que je vais travailler là-dessus.

Ce qu'il fera certainement pendant quelques heures, comme à chaque fois qu'il fait une promesse.

Qu'importe ! Bras dessus, bras dessous, nous sortons au-dehors en riant et plaisantant. Que c'est bon d'avoir retrouvé son meilleur ami !

Nos pas nous mènent jusqu'au bar à quelques pas de l'université. À cette heure-ci, en pleine semaine, les clients sont rares. Seules deux tables de trois sont prises, nous laissant libres le baby-foot et le flipper. La soirée s'alterne entre parties démentielles et crises de fou rires autour d'une bière. Cela faisait longtemps que je n'avais pas passé de moment aussi agréable avec pour seul compagnie mon meilleur ami. Habituellement, il y avait toujours son plan cul du moment, ou d'autres potes partis dans une autre fac.

L'ambiance est tellement légère que je suis à deux doigts de tout raconter à Damien pour le site de rencontre et ma discussion prometteuse avec *QueenElisabeth*, mais je me ravise à temps. Mon meilleur ami commence à être un peu saoul, et je sais qu'il risque de dire des paroles blessantes dont il ne se souviendra même pas, mais qui auront réussi à me heurter une fois de plus.

Vers deux heures du matin, nous quittons le bar en traînant des pieds. J'ai beaucoup moins bu que Damien, je me charge donc de le soutenir sur le chemin du retour.

– Meeec, les nanas, c'est toutes des sal... salopes, hoquette-t-il en hochant la tête. Elles t'en font boire de toutes les couleurs, et toi tu vois leurs paroles comme si c'était de l'or.

– Tout à fait, j'approuve en étouffant un rire devant sa confusion. J'en bois de toutes les couleurs.

– Mais oui, comme un putain d'arc-en-ciel ! Avec des paillettes ! J'adore les paillettes !

Damien se met à divaguer. Je comprends alors que le trajet jusqu'à la maison va être très rude. J'ai intérêt de prévoir une bassine dès qu'il aura réussi à se coucher.

Nous arrivons tant bien que mal à rentrer, surtout après m'être battu avec mes clés tout en tenant du mieux que possible mon meilleur ami, qui mourait d'envie de tester le paillasson pour dormir. Après l'avoir presque jeté sur son lit, je pose son téléphone sur la table de chevet, le déchausse rapidement et vais préparer un grand verre d'eau et un cachet. Lorsque je reviens dans la chambre, il ronfle déjà comme un bienheureux.

Je m'apprête à m'éclipser après avoir déposé la fameuse bassine lorsque son téléphone sonne bruyamment. Je le saisis rapidement pour pouvoir le passer en silencieux lorsque je me fige. Mon sang ne fait qu'un tour lorsque je lis le message qui me nargue sur l'écran :

Jessica : « Les puceaux, c'est clairement pas pour moi. Du coup, je suis *open*... »

J'ai envie d'envoyer le téléphone contre le mur, de hurler ma rage contre celle qui s'est jouée de moi. Comment ose-t-elle se tourner vers mon meilleur ami, après ce qu'elle m'a fait ? Et je sais très bien qu'elle parle de moi dans la première partie de son message. Pendant quelques secondes, je vois rouge. Je fais alors un truc complètement stupide, mais qui me fait le plus grand bien.

« Désolé, les chiennes en chaleur, c'est plus mon trip. Fallait pas se moquer de mon pote... »

J'appuie sur « envoyer » avant de supprimer les messages et de bloquer son numéro. C'est mesquin, mais je n'ai pas pu m'en empêcher. Elle mérite de souffrir au moins un minimum. Et Damien n'en saura rien, en tout cas je l'espère. Mais j'aime à croire qu'il me soutiendra en toutes circonstances et me pardonnera volontiers cet excès de colère.

Satisfait malgré tout, je pars à mon tour me coucher et m'endors sereinement.

Chapitre 20 _ Lili

   — Il te faut du rouge ! Non, du bleu, ça mettra tes jolis yeux verts en valeur ! Trop de rouge, avec tes mèches, ça risque de faire tâche. Et il te faut de l'*eye-liner*, ainsi qu'un rouge à lèvres *nude*, sinon ça fera *too much* avec la robe.

Je laisse Océane babiller joyeusement tout en fouinant dans son armoire. Je savais que je pouvais compter sur elle pour me couvrir le temps d'une soirée, mais j'ignorais qu'elle prendrait sa mission tellement à cœur qu'elle se mettrait à la recherche de la tenue parfaite quatre jours avant. Elle est d'un tel enthousiasme que je suis sûre qu'elle serait prête à m'accompagner jusqu'au lieu du rencard pour me filer des tuyaux de dernière minute, comme la posture que je dois adopter, ou le type de boisson à éviter pour ne pas passer pour une ringarde...

Sa joie est contagieuse, si bien qu'un grand sourire étire mes lèvres depuis plus d'une heure. Elle me fait rire, à tourner et retourner toutes ses affaires pour trouver *la* perle rare, celle qui fera toute la différence. J'ignore ce qu'elle entend par là, je voulais juste lui rappeler qu'il s'agit d'un simple rencard, mais ses yeux pétillants et son sourire de gamine surexcitée m'ont convaincus de ne rien dire et de la laisser faire.

   — Oooooh, j'ai trouvé ! s'exclame soudain la tornade qui me sert de meilleure amie.

Elle exhibe fièrement une petite robe bustier d'un bleu nuit tout à fait charmante que je porterais avec plaisir, si je n'avais pas en plus la paire de talons horriblement hauts qu'elle me tend avec.

— Hors de question que je mette ces machins, je préviens. Je suis suffisamment grande comme ça, pas besoin que *BasTille* se sente ridicule à coté de moi.

— Et qu'est-ce qui te fais croire que ce n'est pas un bel étalon d'un mètre quatre-vingt-dix ?

— Je n'en sais rien, on a qu'à dire que c'est mon instinct féminin.

Océane glousse et range ses échasses, pour me sortir à la place des escarpins bien moins vertigineux. Puis, je la vois soudain hésiter, avant de s'emparer de son petit coffre à bijoux et me le tendre.

— Je pense que ça pourrait être joli avec ta tenue.

Je fronce les sourcils, intriguée, et ouvre la boîte. Dès l'instant où mes yeux se posent sur le l'écrin de velours, une vague de douleur envahit mon cœur, et mes souvenirs ressurgissent avant que je ne puisse les refouler...

Ses mains cachent mes yeux depuis un bon moment. Je frétille d'impatience, un grand sourire aux lèvres.

— On est bientôt arrivés ? je demande une énième fois.

— Oui mon amour, sois patiente.

Je ne sais pas ce qu'il a prévu pour fêter nos six mois de relation, il ne m'a laissé aucun indice ces dernières semaines. Peut-être a-t-il opté pour mon quatrième tatouage, étant donné que j'ai réussi à cacher mes trois premiers à mes parents. S'ils venaient à apprendre que j'avais osé profaner mon corps, qui sait ce qu'ils seraient capables de faire ?

Nathan s'immobilise soudain, et me susurre à l'oreille :

— *Nous y sommes.*

Il retire ses mains, et j'écarquille les yeux d'émerveillement. À quelques mètres de la plage, sur une nappe est dressé un pique-nique comme je n'en ai jamais vu. Nathan a pensé à tout : des boîtes emplies de nos amuse-bouches préférés, des coupes en plastique pour le champagne, qui attend patiemment dans une poche d'eau glacée, ainsi que des bougies parfumées dont les flammes dansent doucement sous la brise de cette fin de soirée.

— *Oh, mon amour, c'est magnifique.*

— *Rien n'est trop beau pour toi, mon cœur. Joyeux six mois.*

Il m'embrasse tendrement avant de m'inviter à m'asseoir. Nous passons la soirée à parler de tout, de notre avenir à deux, et bien que seulement six mois nous unissent, je me projette avec joie dans ce futur en couple.

Alors que le soleil a disparu derrière l'horizon, Nathan m'attire contre lui et m'enlace avec douceur. Je me blottis contre son torse tel un chaton. Je suis à deux doigts de ronronner lorsqu'il me caresse le bras du bout des doigts. Il descend jusqu'à ma main, qu'il saisit doucement avant d'y déposer un écrin.

— *Je sais, on avait dit qu'on ne se faisait pas de cadeau, se défend-t-il aussitôt avant que je n'ouvre la bouche. Mais lorsque je l'ai vu, j'ai su qu'il était fait pour toi.*

— *Mais je n'ai rien à t'offrir, moi ! je proteste faiblement, alors qu'un petit paquet attend en réalité sagement dans ma veste.*

Nathan me mordille l'oreille pour me faire taire et m'intime d'ouvrir l'écrin. Je m'exécute et pousse un petit cri de stupeur. En son cœur est nichée un pendentif en forme de goutte d'eau, d'un blanc translucide aux reflets irisés. Subjuguée, je le touche timidement, comme si je craignais de le casser.

— Il est parfait, je murmure, les larmes aux yeux.

— Je savais qu'il te plairait. Je me suis souvenu que tu le dévorais du regard lorsque nous sommes allés faire du shopping.

Émue, je me retourne et me jette sur ses lèvres. Cet homme est vraiment parfait. Physiquement, c'est un dix. Ses boucles brunes et sa barbe naissante le font paraître plus vieux que son âge, et ses yeux aussi clairs que les miens me font chavirer à chaque instant. Quelques taches de rousseur parsèment ses joues, le rendant encore plus irrésistible à mes yeux. Il était beau, attentionné, drôle et attachant. Tout ce que j'avais toujours voulu. À aucun moment, je ne pouvais imaginer que j'allais le perdre aussi brutalement qu'il était entré dans ma vie.

Je secoue la tête, les larmes menaçant de couler. Je tends le coffret à Océane, bouleversée.

— Non. Je ne peux pas.

— Mais...

— Je t'avais demandé de t'en débarrasser, pas de le garder sagement en pensant que je le récupérerai le jour où je serai nostalgique de mon passé merdique ! j'éructe avec violence.

Océane blêmit et bafouille :

— Je pensais que tu étais prête... que tu avais tourné la page...

— Et bien non, je ne suis pas prête. Je ne le serais jamais. Est-ce que tu peux comprendre ça ?

J'inspire profondément pour tenter de me calmer, et dis sèchement :

— Je te demande d'être compréhensive, de bien vouloir te débarrasser de ce souvenir, de n'importe quelle manière possible. Maintenant, si tu veux bien m'excuser, je vais rentrer chez moi.

Je sors de sa chambre avant qu'elle n'ait le temps de me retenir. Une fois dehors, je laisse mes larmes dévaler mes joues. Je hoquette, une main sur la poitrine, tant la douleur est forte. Moi qui me pensais guérie de la perte de mon premier amour, je réalise que c'est en réalité tout le contraire. Soudain, le rendez-vous avec *BasTille* ne me paraît plus une aussi bonne idée.

Chapitre 21 _ Bastien

La journée se passe tranquillement, tant mieux pour moi ! Je n'avais qu'une seule crainte, que Jessica ne bondisse sur Damien, toutes griffes dehors, et l'injure de tous les noms possibles et imaginables en labourant son visage. Mais la seule chose qu'a récolté mon ami, c'est un dédain complet après avoir croisé son regard dans un couloir.

— Je comprendrais jamais rien aux femmes, finalement, a-t-il marmonné avant de passer à autre chose.

C'était l'avantage avec Damien ; il ne s'attardait jamais sur un échec, contrairement à moi. J'étais trop sentimental, je le savais, mais je n'y pouvais rien. Et même les notes du cours dans lesquelles je venais de me plonger n'arrivaient pas à enlever le stress de mon futur *date*, qui était dans trois jours, auquel je pensais en permanence depuis ma dernière discussion avec *QueenElisabeth*.

— Qu'est-ce que tu fais vendredi soir ? me demande soudain mon meilleur ami, me ramenant aussitôt sur terre.

— Quoi ? Rien, enfin... si, je sors, euh, je..., je bafouille, sentant le rouge monter aux joues.

Damien relève la tête, un sourcil haussé. Je n'arrive pas à soutenir son regard. Comment a-t-il fait pour savoir que je pensais justement à ce grand soir ? Je n'aurais quand même pas pensé à voix haute ?

— Bastien Drimal, qu'est-ce que vous avez essayé de cacher à votre génialissime meilleur ami ?

Je ricane et secoue la tête. Une part de moi a bien envie de se confier, pour que je puisse ôter un peu de ce stress qui me ronge depuis quelques jours. Mais dès que j'ouvre la bouche, aucun son n'en sort. Que va-t-il penser de moi, dès l'instant où je lui avouerai que je me suis inscrit sur un site de rencontre ?

– Bastien ?

Je tourne la tête vers la nouvelle venue, soulagé. *Sauvé par le gong*, j'ironise intérieurement. Océane se tient à mes côtés, une pile de feuilles pressée contre sa poitrine.

– Je voulais savoir si tu avais deux minutes à m'accorder. Monsieur Simon m'a donné des documents nécessaires pour nos prochains cours.

Je hoche la tête et bondit sur mes pieds. Tout vaut mieux qu'un interrogatoire de mon meilleur ami. Ce dernier plisse les yeux avec amusement, et je peux presque y lire « t'inquiète, ce n'est que partie remise ».

Océane m'entraîne un peu plus loin et me tend les feuilles tout en m'expliquant :

– Lorsque nous nous reverrons, tu devras me rendre toutes ces fiches remplies, elles me permettront de mieux te connaître, afin que je puisse t'orienter vers le cursus qui me semble le plus adapté pour toi.

Je hoche la tête avant de demander :

– Je sais que tu fais partie des volontaires, mais pourquoi fais-tu cela ? Je veux dire, comment peux-tu réellement m'orienter vers mon futur alors que toi-même tu n'as pas fini les études ?

– Le parcours que je suis actuellement me permettra de devenir conseillère d'orientation, comme je l'ai toujours souhaité depuis le jour où j'ai vu une élève de ma classe de Terminale fondre en larmes parce que notre conseillère n'avait pas su l'éclairer sur son avenir. La pauvre avait le stress des examens, doublé de la pression de ses parents pour s'inscrire dans sa future école, alors qu'elle ne savait absolument pas ce qu'elle désirait faire après les études.

Elle achève avec un sourire fier :

— C'est en quelque sorte une mise à l'épreuve, pour voir si nous sommes aptes à poursuivre sur cette voie.

— C'est génial ! je m'exclame, tout sourire.

Elle hoche la tête, puis je vois peu à peu son visage s'assombrir. C'est plus fort que moi, je ne peux m'empêcher de m'inquiéter.

— Eh ! Qu'est-ce qui t'arrive ?

— Rien, tout va bien, ment-elle en détournant les yeux.

Je fronce les sourcils et insiste :

— Tu sais, tu fais une piètre menteuse. Si tu as besoin de parler, je suis là. Je sais qu'on ne se connaît pas beaucoup, mais on va devoir pas mal se côtoyer dans les semaines à venir. En plus, d'ici peu tu pourras lire tous mes petits secrets, j'ajoute en agitant la pile de feuilles.

Je réussis à lui extorquer un petit sourire timide. Encouragé, je continue :

— Sache juste que je suis prêt à t'écouter si tu souhaites te confier.

Elle se dandine sur place, hésitante, avant de soupirer. Sa mine déconfite me fait de la peine.

— C'est juste qu'hier, avec ma meilleure amie, on s'est disputées. J'ai fait quelque chose qui l'a mise en colère, et maintenant je ne sais pas comment me rattraper.

Je comprends ce qu'elle ressent. Il y a peu, c'était moi qui étais à la place de sa meilleure amie. Je jette un petit coup d'œil vers Damien, toujours en train de nous dévisager. Il penche la tête en haussant un sourcil, l'air de se demander ce que nous pouvons bien raconter.

— Tu sais, je pense que tu devrais attendre un peu avant de revenir vers elle, le temps qu'elle se calme. Si c'est réellement ta meilleure amie, elle te pardonnera, crois-moi. On ne peut pas rester fâché éternellement avec sa sœur de cœur. Et qui sait, peut-être que ce sera elle qui fera le premier pas, lorsqu'elle se sentira prête.

Océane me regarde avec des yeux emplis d'espoir.

— Sincèrement, j'espère que tu as raison. Parce que ça fait mal de la voir mais de ne pas pouvoir aller lui parler.

Elle me prend rapidement dans ses bras en murmurant :

— Merci Bastien. Tu es un mec en or.

Alors qu'elle s'éloigne, le pas léger, je reste tétanisé. Jamais aucune fille ne m'avait enlacé de la sorte, même aussi rapidement. Et en tournant la tête vers mon meilleur ami, je constate à son grand sourire qu'il n'a pas raté une miette du spectacle.

Rouge comme une tomate, je me dirige enfin vers lui, prêt à lui expliquer que ce n'est pas du tout ce à quoi il pouvait penser.

Chapitre 22 _ Lili

Installée à la bibliothèque du campus, je pianote furieusement sur le clavier d'un ordinateur et plisse les yeux devant l'écran rayé pour tenter de déchiffrer ce que je viens d'écrire mais, comme je m'en doutais, ça n'a aucun sens. J'ai beau tenter de me concentrer sur la dissertation que je dois rédiger pour dans moins d'une semaine maintenant, rien ne me vient. Et j'ai dû évidemment choisir le poste qui fonctionne le moins bien, puisqu'il ne cesse de faire une sauvegarde après chaque mot que je tape.

Soudain, l'écran devient noir. Perplexe, j'enfonce la touche de démarrage, mais rien n'y fait.

— C'est une blague ?! je m'exclame en abattant rageusement mes mains sur la table.

J'entends un ricanement dans mon dos. Je me retourne aussitôt et fusille du regard les trois étudiants qui baissent les yeux sous mon regard meurtrier. Préférant partir loin de ces crétins qui, je le sais, vont se remettre à ricaner et m'énerver encore plus, je range rapidement mes affaires et me dirige vers la sortie. Je parcours rapidement les couloirs jusqu'à atterrir au-dehors. Le vent chaud cingle mon visage, le soleil brûlant me transperce à travers mon sous-pull, mais je n'arrive pas à penser à autre chose qu'au futur rencard. Demain soir, ce sera le grand soir, et je n'arrive toujours pas à me décider si je vais m'y rendre.

De plus, je n'ai toujours pas osé reparler à Océane. Elle doit maintenant me détester, après mon comportement impulsif et colérique envers elle. Je la vois bien me jeter quelques coups d'œil de temps à autre, mais je n'arrive pas à savoir si c'est de l'espoir ou de la rancune que je lis dans son regard. Autant donc dire que mon moral, déjà bien bas, n'a fait que s'enfoncer encore plus après la perte de ma dissertation à moitié achevée.

Une larme roule sur ma joue. Je l'essuie rapidement avant de courir retrouver la fraîcheur des couloirs. Évidemment, ma petite escapade sous 35 degrés n'aura pas laissé mon corps de marbre. Me voilà obligée de me réfugier dans les toilettes pour tenter de me refaire une beauté. Les lunettes glissent en permanence sur mon nez. D'abord tentée de les ranger dans mon sac, je me ravise à la dernière minute, frissonnant à la pensée que mon père puisse arpenter la fac une nouvelle fois.

Alors que je m'apprête à sortir, Océane rentre au même moment, manquant de me percuter. Surprise, elle esquisse un grand sourire, avant de baisser les yeux, se souvenant que nous ne nous parlons plus. Mal à l'aise, je toussote et marmonne un « salut » à peine audible. Ne s'y attendant pas, mon amie hoche la tête avec raideur. Voyant qu'elle esquisse un geste vers la sortie, je m'empresse de lâcher :

— Je suis désolée pour ce que j'ai pu dire et faire la dernière fois. C'était impulsif et stupide de t'en vouloir, alors que tu cherchais seulement à m'aider.

Océane pince les lèvres, sans répondre. Je continue sur ma lancée :

— Toi et moi, on est comme des sœurs. Et je ne supporte pas d'être loin de ma sœur aussi longtemps.

J'aperçois un sourire s'étirer timidement sur son visage. Elle lève enfin les yeux vers moi et me dit en souriant :

– Tu m'as manqué, sale peste.

Je rigole et tombe dans ses bras. Le surnom qu'elle m'a donné remonte à notre rencontre. Ce jour-là, je courais dans les couloirs pour arriver à l'heure en cours. J'ai percuté Océane de plein fouet, nous renversant à terre.

– Hé ! Regarde où tu vas, sale peste ! s'était-elle écrié en se relevant difficilement.

Perplexe face à l'insulte improbable et ridicule, j'en suis restée comme deux ronds de flan. Océane avait alors daigné me regarder, avait soupiré et tendu la main pour m'aider à me relever. J'avais alors fait la seule chose qui me paraissait approprié : j'ai éclaté de rire, sans saisir sa main. Océane m'a dévisagée, les yeux ronds, pensant probablement que j'étais folle, avant d'éclater de rire à son tour. Notre amitié était scellée de la manière la plus bizarre, mais qu'importe, elle était devenue authentique et forte.

Ma meilleure amie se retire de mes bras, malgré ma poigne ferme et esquisse une moue contrite.

– Sans vouloir te vexer, tu es très collante.

– Normal, on ne s'est pas fait de câlins depuis plusieurs jours. Pas étonnant que je ne veuille pas te lâcher.

– Non, je veux dire... tu es littéralement collante.

J'ouvre la bouche, mais aucun son n'en sort. Je viens seulement de percuter le sens de sa remarque. Gênée, Océane ne sait plus où regarder. Ce n'est que lorsque je lui tends les clés de ma voiture qu'elle ose lever les yeux vers moi. Je peux lire dans son regard de la compassion, mais je fais mine de ne rien voir et me contente de dire d'un air faussement désinvolte :

– J'ai des vêtements de rechange, pour ce genre de

situation. Si ça ne t'ennuie pas d'y aller à ma place.

Océane s'empresse de saisir le trousseau et file dans le couloir. Une fois seule, je sens les larmes picoter mes yeux. Que ne donnerai-je pour pouvoir porter comme toutes les filles une jupe et un débardeur...

Je prends une grande inspiration, ravalant mes larmes. Je dois être forte. Il le faut.

Chapitre 23 _ Bastien

Mon portable vibre une énième fois. Je tente de l'ignorer et de suivre le cours, mais je sais que Damien ne lâchera pas l'affaire tant qu'il n'aura pas obtenu satisfaction. Depuis que je lui ai avoué que j'étais sur un site de rencontre, et que j'avais rencard, qui plus est dans quelques heures, il me harcèle de conseils tantôt flatteurs, tantôt inutiles et beaufs. J'avais peur qu'il ne se moque ouvertement de moi en apprenant la vérité, mais ce fut en réalité le contraire.

    — J'attendais de voir à quel moment tu allais tenter cette expérience, m'a-t-il dit après ma confession. Ça ne peut pas être pire que la situation actuelle, a-t-il ajouté en jetant un coup d'œil vers Jessica qui passait au même moment devant nous.

    L'arrivée d'un nouveau message me sort de mes songes. Je retiens un soupir d'exaspération et sors mon portable de la poche. Un simple coup d'œil, je me persuade, et je n'y touche plus.

Damien : « Souviens-toi, si jamais elle a le soutif assorti à sa culotte, c'est que c'est *elle* qui a choisi le bon moment ! »

Je ne peux m'empêcher de ricaner, que je tente de masquer par une toux lorsque le prof me jette un drôle de regard. Un nouveau message arrive. Je lis à peine le début :

Damien : « Et si elle retire un tampon... »

Je verrouille immédiatement mon portable, n'osant pas en lire plus. La délicatesse n'est décidément pas le fort de mon ami. Heureusement, le cours touche à sa fin, mettant fin à mon supplice.

J'ai à peine le temps de poser un pied hors de la salle que Damien me saute littéralement dessus. Je sursaute lorsque je le sens m'enserrer dans ses bras.

— Ça y est, l'heure est arrivée ! J'espère que tu as bien lu toutes mes recommandations !

— Bien sûr, j'ironise en le poussant gentiment. Le coup du soutif assorti avec le tampon, tout ça...

Damien me dévisage longuement, les yeux exorbités. Puis, voyant ma moue moqueuse, il comprend que je le taquine et esquisse une grimace.

— C'est ça, fous-toi de moi. En attendant, je te parle par expérience, et je tiens à ce que tu évites tous les pièges que je n'ai pas su déceler les premières fois.

— C'est très attentionné de ta part, mais je doute qu'on couche ensemble après un seul rencard.

Rien que d'y penser, une boule d'angoisse vient se loger dans ma gorge. Mais Damien me rassure en se tapant le front :

— Ah oui, c'est vrai, j'avais oublié la fameuse règle du « pas avant le troisième rencard ». Les filles sont vraiment compliquées. Elles adorent nous aguicher, mais dès qu'on pense avoir le champs libre, on se prend un méga stop avec ce petit regard courroucé de vierge effarouchée.

Il fronce les sourcils et prends une voix horriblement aiguë :

— « Non mais ça va pas la tête ?! Tu ne viendras pas entre mes cuisses avant le troisième rencard ! »

Un groupe de filles qui passe au même moment à côté de nous se retourne pour nous lancer le fameux regard courroucé. Damien les dévisage avec amusement.

— Regarde-moi celles-là. Elles, ce sont les pires.

T'auras pas moyen avant le mariage.

Il achève sa tirade avec un air dramatique :

— Si c'est à ça que ressemble le paradis, je préfère de loin l'enfer.

Je m'abstiens de répondre. Tenter de discuter avec Damien sur les femmes, c'est comme échanger face à un animal : il nous regarde d'un air stupide avant de se détourner, n'ayant que peu d'intérêt pour le dialogue.

Arrivés à l'appartement, j'ordonne gentiment mais fermement à mon ami de me ficher la paix jusqu'à l'heure du rencard. Au vu de mon air sérieux, il n'insiste pas. Parfois, il lui arrive d'avoir des éclairs de compréhension, ce dont je lui en suis reconnaissant.

Les heures suivantes s'égrainent lentement, beaucoup trop lentement. Après avoir tenté de me plonger dans mes cours, en vain, je me mets à faire les cent pas dans la chambre. Je me suis déjà habillé avec un tee-shirt et un jean blanc (bon, plus gris que blanc, mais ça devrait passer), comme prévu, afin qu'elle puisse me reconnaître. J'hésite à enfiler mes lunettes, que j'utilise peu souvent – à tort –, avant d'y renoncer. Autant être un maximum naturel. Quant à mes cheveux...

Je bataille contre eux pour tenter de leur donner un minimum de forme lorsque Damien frappe timidement à la porte.

— Euh, excuse-moi. Je voulais juste savoir si tu avais changé d'avis ? Ou si c'était annulé ?

— Pourquoi ça ?

— Ben, parce qu'il est 21 heures dans dix minutes, alors j'ai cru...

— QUOI ?!

Je jette le peigne et cours jusqu'à mon téléphone. *Merde* ! Mon ami ne m'a pas menti. Ni une, ni deux, j'attrape une paire de baskets que j'enfile à cloche-pieds en jurant dans ma barbe.

Mes cheveux ! Je ne les ai pas coiffés comme je le voulais ! Frustré et furieux contre moi-même, je prie pour que ça convienne ainsi et fonce jusqu'à ma voiture. Je n'arrive pas à croire que je puisse être en retard, moi qui surveillais l'heure toutes les cinq minutes pendant la lecture de mes cours.

Et merde ! J'ai oublié d'acheter des fleurs ! Ça me paraissait une bonne idée de lui apporter un bouquet coloré. À moins que ça ne se fasse plus et que je passe pour un mec ringard...

J'entends à peine Damien me souhaiter bonne chance que je suis déjà pied au plancher, direction le café, priant pour que *QueenElisabeth* ne soit pas en train d'attendre désespérément.

Chapitre 24 _ Lili

— C'est fini ! claironne Océane en me tournant vers le miroir.

Je peux enfin admirer son travail, et je dois avouer que ça ne me laisse pas indifférente. La robe bustier qu'elle m'avait fait voir en début de semaine moule à présent mon corps à la perfection, faisant ressortir mes petites formes sans être vulgaire. Elle n'a pas réagi lorsque je lui ai demandé de s'éclipser le temps que j'enfile la robe. Mais je ne tenais pas à ce qu'elle voit les plaques noires qui colorent mon ventre dans sa quasi totalité. La vision de mon corps meurtri m'a fait monter les larmes aux yeux, je me suis donc empressée de mettre la robe avant de perdre le peu de force qu'il me restait, avant d'enfiler un gilet fin noir orné de brillants. Je ne tiens pas à ce qu'on demande d'où viennent les entailles qui traversent une partie de mes tatouages...

— Alors ? demande-t-elle en se mordillant le pouce, nerveuse devant mon absence de réaction.

Je contemple mon reflet, examinant le maquillage que j'arbore. Il est léger tout en mettant en valeur mes yeux vert clair. Mon amie a vraiment fait du bon travail.

— C'est parfait, je réponds avec un sourire sincère en la prenant dans mes bras.

— Hé ! Attention à ne pas abîmer mon œuvre !

Mais elle me rend mon étreinte avec plaisir, prenant néanmoins garde à éviter de froisser la robe.

Je suis soulagée d'avoir pu compter sur elle pour me couvrir ce soir. Elle m'a raccompagnée un premier temps chez moi, attendant le retour de mes parents. Lorsque ces derniers sont arrivés, elle les a supplié de m'accorder une soirée pyjama avec elle, prétextant un devoir en commun bien trop complexe pour être fini rapidement. Le coup a fonctionné ; dès l'instant que l'on parle de cours important à mes parents, ils sont prêts à tout pour m'en faire baver et m'y plonger ardemment, et la tête que j'ai tiré les a convaincu que je regrettais cette soirée. Lorsqu'ils ont donné leur accord, avec les habituelles mises en garde (« pas de garçons », « demain à la maison à dix heures tapantes »), j'ai eu du mal à contenir ma joie.

Océane m'entraîne à sa suite, nous disant qu'elle va nous faire passer par la porte à l'arrière de son jardin, afin d'éviter d'éveiller d'éventuels soupçons, au cas où je serais surveillée par mon père diabolique. Une chance pour moi, les rues sont désertes. Je n'aurais pas pu compter sur l'obscurité pour me camoufler, il fait encore bien jour en ce doux soir d'été. On s'installe rapidement dans sa voiture, la prudence étant néanmoins de rigueur.

Mon amie m'a promis de venir me chercher dès l'instant où je lui enverrai un sms. Il ne me reste plus qu'à trouver une excuse pour justifier mon absence de véhicule personnel. Durant le court trajet, mon genou tressaute. Voilà bien longtemps que je n'avais pas eu de rencard, et l'idée de me retrouver de nouveau en face d'un garçon qui pourrait me plaire me rend nerveuse. Depuis Nathan, j'ai enfoui mes sentiments dans un coin de ma tête, avant de transformer mon cœur en pierre. J'avais bien trop peur de souffrir à nouveau. Je ne suis pas fière de celle que je suis devenue par la suite, mais tout valait mieux que de ressentir tout mon être déchiré par la douleur.

– Hé ! me susurre Océane en posant délicatement sa main sur ma cuisse, me ramenant à la réalité. Tout ira bien, tu verras. Je suis sûre que tu vas passer une agréable soirée. Il faut juste que tu acceptes de laisser ton passé là où il est.

– Dit celle qui voulait que je porte un souvenir autour du cou, je réplique d'un ton amer.

– Je t'ai déjà dit que j'étais désolée. Je ne referai plus jamais cette erreur.

Le reste du trajet se fait dans un silence pesant. J'ai bien compris que mon amie s'en veut d'avoir gaffé, mais j'ai du mal à lui pardonner totalement. La souffrance fait bien trop partie de moi, j'ai encore trop de mal à l'éliminer.

Nous arrivons enfin devant le bar, qui commence seulement à se remplir. Je prends une profonde inspiration, avant de croiser le regard bienveillant d'Océane. Son doux sourire me rassure aussitôt.

– Je t'envoie un message tout à l'heure, je lui dis en lui faisant une bise rapide.

– Profite bien de ta soirée. Et n'hésite pas à le remettre à sa place s'il est trop entreprenant.

Je glousse et sors de la voiture. Mes jambes vacillent quelques instants. Pour me donner une contenance, je regarde l'heure. Pile 21 heures. Moi qui voulais avoir un peu d'avance, c'est raté. Je me redresse, prends une nouvelle goulée d'air, et avance d'un pas déterminé vers l'entrée.

À l'intérieur, il règne une bonne ambiance. La musique n'est pas trop forte, les gens ne sont pas encore alcoolisés, ce qui me permet de me sentir à l'aise. Je balaie alors la salle du regard, jusqu'à trouver celui qui m'attend. Il est bel et bien tout de blanc vêtu, ce qui le fait drôlement ressortir de la masse noire autour de nous. Je l'observe quelques instants, profitant qu'il soit plongé dans un roman. Vous rendez-vous compte ? Un homme captivé par autre chose que son téléphone ! Immédiatement, j'ai la certitude que c'est l'homme parfait, surtout lorsque je vois qu'il ne feint pas du tout de lire, comme auraient pu le faire certains mecs qui auraient juste voulu se donner un genre.

Je m'approche, tout sourire. À mesure que je m'approche, je discerne le titre du roman : « le seigneur des anneaux ». Mazette ! Il est vraiment plongé dans l'une des trilogies les plus complexes à lire ! Voilà déjà un point sur lequel nous pourrons échanger avec passion.

Soudain, je pile net. Mon sourire s'efface. Il vient de lever les yeux vers moi, comme s'il avait senti ma présence, ce qui me permet de mieux le détailler. Et son identité n'a désormais plus aucun mystère. Je viens de reconnaître le jeune homme. C'est le petit nouveau qui avait tenté de draguer lourdement Océane. Je n'arrive pas à y croire !

À cet instant, j'esquisse un pas vers la sortie, mais je me ravise à la dernière minute. Au vu de son sourire éclatant, il n'a pas l'air de m'avoir reconnu. J'avais presque oublié qu'il me connaît sous les traits d'une blonde timide et coincée, cachée sous des vêtements inappropriés pour la saison. Et il n'a plus l'air du parfait crétin qui pense avoir toutes les filles à ses pieds.

Les échanges sur le site m'ont permis de voir une facette qu'il semblait cacher. J'ai donc une petite chance de voir son vrai visage, si je peux me permettre cette expression. Je m'avance donc vers lui, un sourire charmeur sur les lèvres. À mon tour de lui montrer qui je suis réellement.

Chapitre 25 _ Bastien

La chance semble être de mon côté. Lorsque j'arrive sur les lieux, je ne vois aucune fille en train de m'attendre seule, agacée par mon manque de ponctualité. Je dois avouer que je me suis un peu lâché sur la pédale d'accélérateur, et je n'en suis pas fier. Mais au moins, je peux m'installer tranquillement, calmer les battements affolés de mon cœur, et me lire une ou deux pages de mon roman du moment. J'adore lire, ça m'ouvre une porte derrière laquelle je peux aller me perdre et être moi-même pour quelques instants brefs, mais tellement intenses. Un livre peut nous transmettre tellement d'émotions. On ressent dans certains chefs-d'œuvre que l'auteur y a mis un fragment de lui-même pour nous faire vibrer du début jusqu'à la fin de notre voyage.

C'est pourquoi « Le seigneur des anneaux » est et restera mon œuvre favorite par excellence. Tout y est décrit avec tellement de justesse et de beauté qu'on ne peut que se laisser transporter à travers la Terre du Milieux. Mais alors que j'entame le chant funèbre sur la mort de Boromir, j'ai la sensation d'être observé.

Je relève les yeux, et mon cœur rate un battement. Mes lèvres ne peuvent s'empêcher de s'étirer devant la jeune femme brune aux mèches rougeoyantes. Elle est d'une beauté simple, mais à couper le souffle. Le genre qui attire l'attention sans s'en rendre compte, car elle n'a d'yeux que pour moi, alors qu'une bonne partie des mecs présents dans la salle s'est retournée pour l'admirer. Mon ego se gonfle alors, parce que je sais qu'elle est là pour moi, ce soir.

Le sourire qui habillait son visage s'éteint un instant, et je la vois se tourner légèrement vers la sortie, avant de se raviser. Peut-être a-t-elle eu un doute sur mon identité. Quoi qu'il en soit, ma « déesse » est bien reconnaissable avec la description qu'elle m'avait donnée. La robe qu'elle porte sublime sa silhouette, son gilet couvert de brillants étincelle sous la lumière, et les tatouages qui ornent sa peau nue sur les jambes ne la rendent que plus attrayante. Tous les dessins qu'elle arborent sont de véritables œuvres d'art, un appel à la contemplation.

Je me lève, tel un gentleman, et lui fait signe de me rejoindre, malgré mon cœur qui danse la salsa dans ma poitrine. Elle s'avance vers moi, marchant avec grâce et prestance. Son assurance me donne l'air ridicule et empoté. J'ai la sensation de ne pas pouvoir être à la hauteur de ses espérances. Pourtant, elle est là, devant moi, un léger sourire ironique sur le visage. Je ne comprends pas tout de suite pourquoi cet air-là, jusqu'à ce qu'elle me susurre lorsque nous nous installons :

– BasTille, je présume ?

Amusé, j'acquiesce. C'est vrai qu'elle ne connaît pas encore mon prénom, elle n'a eu connaissance que de ce pseudo.

– Je vous en prie, Reine Elisabeth, appelez-moi Bastien.

– Alors appelle-moi Lili. Je préfère le diminutif, si ça ne t'ennuie pas.

– Bien sûr. Je veux que tu sois à l'aise avec moi, je veux dire, je peux t'appeler comme tu veux, euh...

Je toussote, gêné. Je sens mon visage s'enflammer, mais Lili ne se moque pas, au contraire. Elle sourit avec gentillesse et pose sa main sur la mienne.

    — Merci. Alors comme ça, tu lis du Tolkien ?

Surpris et flatté par ce changement de discussion plus que bienvenu, je me détends brièvement.

    — C'est clairement mon auteur préféré. Ces œuvres sont bien plus que ça. Elles sont comme...

    — La Bible du genre fantasy.

Je la regard, muet de stupeur. Comment a-t-elle pu deviner ce à quoi je pensais à cet instant ? Elle glousse devant mon air ahuri. Ce son provoque de délicieux frissons qui viennent caresser tout mon corps.

    — Je suis aussi une grande admiratrice de Tolkien. Je fais partie de la communauté, comme toi, je présume.

Mon Dieu, la femme parfaite existe ! Je ne sais pas ce qu'il me retient de lui demander sa main, là, tout de suite ! Sûrement la voix de la sagesse, qui me rappelle qu'aujourd'hui on n'épouse pas une femme que l'on vient de rencontrer. À moins que ce ne soit une phrase que j'ai entendue dans un film, et qui se rappelle à moi afin de m'éviter d'être trop pressant.

    Le serveur s'approche de nous et nous tend les cartes. Plutôt beau gosse, avec sa tignasse blonde décoiffée et son sourire angélique. Je le vois s'attarder un instant sur Lili, mais cette dernière se contente de le remercier poliment et porte toute son attention sur moi. Je sens une grande bouffée de chaleur me réchauffer le visage. Elle me préfère au blondinet !

    — Qu'est-ce que tu prendras ? veut-elle savoir en souriant malicieusement. Promis, je ne serais pas du genre un prendre une simple eau gazeuse.

Sa remarque me fait pouffer de rire. Je me souviens d'une des remarques de Damien, qui me disait qu'en général, les filles prenaient de l'eau gazeuse et une salade au premier rencard pour faire bonne impression, alors qu'en réalité elles passent plutôt pour des obsédées de leur poids.

Par contre, je ne sais pas ce que moi, je suis censé prendre pour paraître normal à ses yeux. Un mojito ? Non, trop féminin ces derniers temps. Un whisky ? Trop ringard. Une bière alors ? J'ai peur que ça ne fasse trop beauf, mais cette option me parait plus cool qu'un simple soda. Anxieux, je me racle la gorge et dis d'une voix étonnamment assuré au blondinet qui attend encore, bloqué sur mon invitée :

— Ce sera une pression, s'il vous plaît.

Le serveur me regarde enfin, l'air passablement agacé. Je fronce les sourcils sans le lâcher du regard, et il blêmit en un rien de temps. Le message est enfin passé : pas touche !

Lili ne remarque rien, pas plus qu'elle ne réagit à ma commande. Elle se contente de refermer sa carte et d'annoncer à son tour :

— Pour moi, ce sera un mojito framboise.

Ouf ! Heureusement que j'ai écouté mon instinct. Notre rencard débute vraiment bien, mon stress s'évanouit enfin en grande partie. Je me détends sur ma chaise et plonge mon regard dans les yeux émeraude de Lili. Elle me semble familière, mais je n'arrive pas à savoir pourquoi. Peut-être l'ai-je déjà croisée une fois dans la rue, ou sur le campus ?

Je ne m'attarde pas sur ce détail et me reconcentre sur la jeune femme. Son petit sourire malicieux n'a pas quitté son visage, illuminant le mien. Et pour la première fois, je me sens serein en présence d'une fille.

Chapitre 26 _ Lili

J'ai beaucoup de mal à me détacher du regard de Bastien. Il dégage quelque chose de magnétique qui a réussi à m'envoûter. Il est loin du petit coq prétentieux qui avait tenté de draguer ma meilleure amie. Au contraire, il est doux, attentif à ce que je lui raconte, et très galant. Il ne me coupe jamais la parole, et me regarde toujours droit dans les yeux. Bon, je l'ai bien surpris glisser un regard vers mon décolleté, mais il ne s'y est pas attardé, sûrement par peur d'être pris pour un pervers.

Étrangement, je me sens bien. Sereine, même. Ma nervosité s'est envolée, pour laisser place à un sentiment que je n'avait pas éprouvé depuis longtemps : l'excitation. Refaire un premier vrai rencard est nouveau pour moi. Avant, je me contentais d'échanger des paroles brèves avec ma cible du moment avant de filer dans la première chambre venue et de faire mon affaire. Rien d'aussi exaltant que l'échange que je suis en train de vivre.

Le serveur revient avec nos boissons. Il les dépose rapidement avant de filer à toute vitesse. Un sourire moqueur étire mes lèvres. J'ai très bien remarqué son regard un peu trop insistant, mais il n'aurait eu aucune chance. S'il y a bien une chose que je ne supporte pas, c'est la drague envers une personne déjà en couple. Et même si nous n'en sommes pas encore là avec Bastien, c'était clairement un manque de respect envers lui, même si ce dernier a bien fait comprendre, à la manière d'un dominant, que j'étais chasse gardée. Le comportement primaire des hommes envers nous, les femmes, me fera toujours rire. Certaines crieront qu'elles n'ont pas besoin de mâle pour s'en sortir, et je suis quelque peu de leur avis. Mais rien ne m'enlèvera le plaisir de me retrouver dans les bras protecteurs d'un homme qui laisse ressortir de temps à autre son côté homme des cavernes.

Je trinque avec Bastien et porte le verre à mes lèvres. La boisson fraîche glisse dans ma gorge, laissant une douce brûlure sur son passage. Bastien repose son verre, et je remarque une légère trace de mousse sur le dessus de sa lèvre. Je mordille la mienne sans réussir à retenir un sourire amusé, et avant que je ne change d'avis, je me penche vers lui.

— Tu as de la mousse, juste là...

Ma main vient effleurer son visage pour retirer la petite trace mousseuse, frôlant sa bouche ouverte en un O de stupeur. Ses yeux s'écarquillent et il déglutit à grand peine. Je vois des plaques rouges se déposer sur ses pommettes.

— Quel effet tu me fais, murmure-t-il, fasciné.

Au vu de ses yeux qui s'écarquillent, il a dû croire qu'il n'avait fait que penser cette phrase. Loin de m'en offusquer, ni même de me moquer, je glousse en sentant mes joues devenir à leur tour cramoisies. Voilà bien longtemps que je n'avais pas ressenti de satisfaction à faire réagir un garçon de la sorte.

— Je vais prendre ça comme un compliment, je souris malicieusement.

Bastien toussote et tente de se donner une contenance, mais je devine son sourire derrière le verre qu'il vient de reporter à ses lèvres. On commence à parler de tout et de rien, de nos autres passions, des cours à la fac. Il est tellement facile de discuter avec lui. Je prends plaisir à lui parler de ma passion pour les tatouages, qu'il avait facilement deviné au vu des œuvres qui ornent une partie de mon corps. Je lui avoue également que je suis en troisième année de fac, pour qu'il sache que je suis plus âgée que lui, mais il balaie ma remarque d'un geste de la main en me disant que l'écart d'âge aussi minime ne le dérangeait pas. Un part de moi est soulagée de sa réponse. Je sais que la plupart des hommes préfèrent une copine plus jeune, sûrement pour prouver leur côté viril et protecteur, alors que le contraire est tout à fait possible.

Et alors que je sirote ma boisson, il me pose une question à laquelle je ne m'étais pas préparée :

— Et sinon, tu m'avais dit que tu étais dans les études d'histoire de l'art. Tu vas faire quoi après ?

Sa question me laisse pantoise. Je sais ce que je rêve de faire après la validation de ma licence. Ce que je ne sais pas, c'est si j'y arriverai vraiment.

— En fait, je vais m'éloigner de tous les métiers possibles avec ce genre d'études. J'ai une grande passion pour l'art, mais ce que j'aime par-dessus tout, c'est redessiner les œuvres.

Bastien fronce les sourcils et me regarde intensément. Je sens la force de ses yeux sur moi, comme s'il tentait de lire mes pensées.

— Mais alors, pourquoi ne t'es-tu pas lancée dans des études d'arts appliqués ?

Je retiens de peu un rire dédaigneux, mais le sarcasme dans ma voix est perceptible :

— Je n'avais pas les moyens d'en faire.

Je le vois rouvrir la bouche. De peur qu'il ne veuille en savoir plus, je m'empresse d'enchaîner :

– Mais pendant une visite d'un musée, alors que je griffonnais une esquisse d'un Botticelli, un homme a aperçu mon travail, m'a dit avoir été bluffé et a insisté pour me laisser ses coordonnées. J'ai d'abord pensé à une blague, puis j'ai cherché son nom sur Internet, et j'ai alors pu voir que le destin m'avait donné une chance de réaliser mon rêve. Il s'avérait être un grand illustrateur de livres sur l'art. Lorsque j'ai décidé de prendre contact avec lui, on a pu se rencontrer de manière officielle.

« Je lui ai parlé de mon parcours étudiant, mais ça n'a pas eu l'air de le gêner que je ne sois pas dans une école de dessin. Au contraire, il était ravi de voir que j'étudiais l'art en profondeur. Il m'a proposé de valider ma licence, et seulement après, je pourrais m'inscrire dans un concours d'illustration. Si je le valide également, il est prêt à me prendre directement sous son aile. Je pense que je peux lui faire confiance, c'est un homme réputé dans le milieu, il n'est pas du genre à choisir son équipe par hasard. S'il me veut à ses cotés, c'est sûrement qu'il aime sincèrement mon travail.

Je cesse de parler et porte la paille à mes lèvres, heureuse et soulagée d'avoir enfin pu parler à quelqu'un de mon avenir pré-établi, celui que je suis obligée de cacher, mais pour lequel je me bats afin d'échapper définitivement à mon bourreau de père. Il suffit seulement de réussir à valider cette dernière année sans la moindre bavure... Mon téléphone vibre sur la table, mais je n'y prête pas attention.

– Incroyable, commente Bastien, l'air sincèrement impressionné. Je te souhaite sincèrement de réussir. Ce projet te tiens vraiment à cœur, ça se sent dans la manière dont tu en parles.

– Tu as raison, et c'est tellement plus qu'un projet. C'est mon futur, ma voie. Mais assez parlé de moi. Toi, qui rêves-tu de devenir ?

Bastien sourit timidement, puis se lance à son tour dans des explications captivantes de son objectif, à savoir celui de partager et transmettre le savoir à la future génération. Je le sens dans sa gestuelle dynamique, je le vois dans ses yeux pétillants, il est exactement comme moi : prêt à tout pour décrocher la lune. Son visage s'illumine alors qu'il m'avoue avoir toujours voulu enseigner, et qu'il ne s'était jamais éloigné de ce rêve. Je ne peux m'empêcher de rester suspendue à ses lèvres. Il dégage à cet instant quelque chose d'irrésistible, qui me donne envie de me blottir dans ses bras et de sentir ses lèvres douces sur mon front.

Une énième vibration insistante me tire de ma rêverie. J'attends que Bastien achève à son tour son monologue avant de jeter un œil à mon téléphone. Je manque de m'étrangler d'horreur lorsque je lis le message :

Océane : « Ma belle, je t'en supplie, réponds ! Ça fait trop longtemps que j'essaie de te joindre. Ton père est devant chez moi ! »

Chapitre 27 _ Bastien

Dire que je suis complètement à l'aise serait presque exagéré, mais pas si loin de la vérité. J'ai vraiment relâché la pression dès l'instant où Lili a pris ma remarque que je croyais pensée pour un compliment. Elle a su me mettre à l'aise, sans avoir dû remarquer mon angoisse de tout faire de travers. J'ai adoré sa confession sur son rêve d'avenir. J'y ai tout de suite perçu de l'espoir, de l'envie, et de la passion.

Elle était tellement belle, ses yeux étincelaient, son sourire était si contagieux que j'ai senti mes lèvres s'étirer à leur tour. Ses pommettes délicatement rosées me donnaient envie d'y glisser mes doigts dessus, ne serait-ce que pour sentir la douceur de sa peau dénuée d'artifices. Je sais que les femmes ne se maquillent pas uniquement pour plaire aux hommes, mais que Lili soit venue ce soir avec un minimum de couleurs sur le visage laisse penser qu'elle doit se savoir jolie au naturel.

Alors que j'achève à mon tour mon récit sur mon rêve d'enfance, je m'accorde une petite pause pour finir ma bière. Je jette un œil à ma montre et écarquille les yeux. Dire qu'il est déjà quasiment minuit ! Le temps a filé bien trop vite à mon goût. Je lève les yeux vers Lili, et voit cette dernière blême de terreur. Inquiet, je tends la main vers elle et la pose sur la sienne. Elle sursaute, comme si elle revenait de très loin.

— Tout va bien ? je l'interroge, soucieux. Tu es toute pâle.

— Oui... oui, ça va. Je n'avais juste pas vu l'heure. Il faut absolument que j'y aille, j'ai presque dépassé l'heure autorisée.

— Tu veux que je te raccompagne ?

— Non !

Son exclamation me fait lever un sourcil. Elle rougit et bafouille :

— Désolée, c'est juste que mes parents sont un peu trop... *protecteurs*. Ils ne sont pas vraiment au courant de ma petite virée nocturne.

Elle se force à sourire, mais je sens bien dans sa voix qu'elle a eu du mal à sortir le dernier mot. Peut-être est-elle gênée de la surprotection de ses parents. Je ne lui en tiens cependant pas rigueur. Je sais que la réaction des proches peut être parfois un peu trop étouffante.

Je me dirige vers le bar et règle nos consommations avant que Lili n'ait le temps de réagir et de réclamer à payer sa part. Peut-être l'aurait-elle fait pour la forme, mais je la vois taper frénétiquement sur son portable et jeter des coups d'œil angoissés vers le parking. Ça me fait de la peine, de la voir aussi terrorisée à l'idée d'être sévèrement réprimandée pour avoir dépassé le couvre-feu. Mon cœur se serre à l'idée que je sois en partie responsable de ses inquiétudes.

Nous sortons rapidement, la nuit nous enveloppant d'une douce fraîcheur. Je soupire et me tourne vers mon invitée. Elle se mordille le pouce, balayant le parking d'un regard impatient et torturé. C'est plus fort que moi, je ressens un besoin irrépressible de la rassurer. Alors que je lui prends à nouveau la main, elle tourne brusquement la tête vers moi. Je lui souris avec toute la douceur que je peux.

— Tu ne te souviens plus où tu as garé ta voiture ? je tente de la taquiner.

Elle doit le percevoir au ton de ma voix, puisqu'elle grimace un sourire gêné.

    – Non, je... je suis venue à pied. J'habite juste à coté.

    – Tu es sûre que tu ne veux pas que je te dépose ?

Elle hésite, regarde son portable, puis finit par souffler :

    – D'accord.

Mon cœur fait un saut périlleux dans ma poitrine. Lui qui commençait à perdre espoir quant à mes chances de prolonger ce délicieux moment, il vient de se ranimer en un rien de temps. Je la conduis jusqu'à ma voiture, que j'avais préalablement nettoyée avant de venir, dans le cas où je devrais la ramener, même si je n'y croyais pas trop.

    Elle s'installe rapidement et agite ses doigts sur son genoux. Sentant son inquiétude grandir, je m'empresse de mettre le contact et de rouler dans la direction qu'elle m'indique. J'aimerais pouvoir lui dire quelque chose, n'importe quoi qui pourrait la détendre, mais rien ne vient. Je me contente de suivre la route, roulant le plus rapidement possible sans risquer un excès trop dangereux. Lorsque je tourne discrètement la tête dans sa direction, je vois que Lili reste silencieuse, le regard tourné vers l'horizon.

    J'arrive trop vite à mon goût à destination. Elle m'indique d'une voix cassante de me garer au bout de la rue. Aussitôt le moteur coupé, elle se tourne vers moi, les yeux brillants de larmes. L'angoisse qui émane d'elle est presque palpable.

    – Je suis désolée, je n'aurais pas dû être aussi sèche. J'ai passé un agréable moment, ça faisait longtemps que ça ne m'était pas arrivée.

Je souris et ne peux m'empêcher de venir poser ma paume contre sa joue. Sa peau de nacre est aussi douce que je me l'était imaginé. Elle ferme les yeux et s'abandonne à ma caresse. La voir se laisser aller quelques instants gonfle mon cœur d'un sentiment apaisant, et je me laisse aller à mon tour, allant jusqu'à déposer un petit baiser sur son front.

Lili lève sa tête vers moi, et ses lèvres viennent s'étirer en un sourire des plus lumineux. Je mets quelques secondes à réaliser ce que je viens d'oser faire. Je sens la chaleur de mes joues me trahir, et remercie l'obscurité de me cacher un minimum. Je souris timidement et et lui dis :

— Ne t'inquiète pas, je peux comprendre. J'ai moi aussi passé un moment inoubliable.

Voilà, le moment fatidique est arrivé. Je sais que c'est l'instant idéal pour l'embrasser. Une part de moi, celle que je voudrais réussir à faire taire, hésite ; et si elle décidait de me repousser et de me rire au nez ? Ma dernière humiliation me revient brutalement en mémoire, assénant un coup de poignard dans mon cœur.

Je romps alors le contact avec son corps, qui laisse des frissons courir le long de mon bras, et avant que je ne perde le courage qui vient de s'emparer de moi, j'attrape un calepin et un stylo que je garde toujours dans la boîte à gants et griffonne mon numéro avant de lui tendre la page d'une main tremblante.

— Si jamais tu veux qu'on garde contact, je pense que ce sera plus facile par sms que de devoir passer à chaque fois par le site.

Elle me prend timidement la feuille, la plie et la glisse dans la pochette de son portable. Son regard s'accroche au mien, brillant sous la lune étincelante.

— Compte sur moi pour t'envoyer un message dès que possible. C'est à mon tour de payer ma tournée, maintenant.

Mutine, elle vient déposer un baiser sur ma joue, juste au coin de mes lèvres, et sort de la voiture avant que je n'ai le temps de réaliser ce qu'il vient de se passer. Ma peau chauffe agréablement là où ses lèvres m'ont touchées. Mon cerveau se met alors en pause, tandis que mon cœur décide de danser la salsa dans ma poitrine. Toutes mes pensées restent figées sur la trace de son baiser fugace. Je lève la main pour frôler ma bouche, totalement désorienté.

Elle m'a embrassée. Bon, d'accord, ce n'était pas un vrai baiser à proprement parlé, mais à mon humble avis, c'était encore plus sensuel. Il était littéralement le goût de l'espoir, la promesse d'une prochaine rencontre.

Je retrouve peu à peu mes esprits, juste à temps pour la voir au loin se faufiler dans un jardin. Une seule pensée vient alors tourner dans ma tête, lorsque je remets le contact.

Je vais la revoir...

Chapitre 28 _ Lili

Mon cœur tambourine dans ma poitrine, mais ce n'est certainement pas dû au sprint que je viens de faire à travers le jardin d'Océane. Non, il vient de reprendre vie dès l'instant où j'ai embrassé Bastien. Bon, d'accord, c'était juste un petit baiser au coin des lèvres, mais c'était tout ce dont je me sentais capable sur l'instant. La soirée que je venais de passer était tellement belle, que j'avais peur de rompre le charme si je venais à griller les étapes. Et pendant un _trop_ bref instant, j'ai oublié la raison de mon retour précipité.

Je hais mon père. De tout mon être. Indirectement, à cause de sa paranoïa et de son envie de tout contrôler, il vient d'exploser la petite bulle de bonheur qui s'était formée autour de moi ce soir. Je n'avais pas ressenti ça depuis Nathan. J'avais forcé mon cœur à se verrouiller, afin d'éviter de revivre la souffrance qu'il m'avait causé. Et mon père qui s'était mêlé à cette triste histoire m'avait convaincu de laisser tomber l'amour et les tracas qui allaient avec.

Mais voilà que quatre mois plus tard, je me retrouve à tomber à nouveau dans le piège. J'ai plongé dedans tête la première, parce qu'évidemment, la première leçon ne m'a pas suffi !

Je me maudis intérieurement alors que je pénètre sans bruit dans la maison de mon amie, et me glisse dans sa chambre où je la vois faire les cent pas en se mordillant le pouce. Lorsqu'elle me voit, elle fonce sur moi, les yeux étincelants de fureur.

— Je vais t'étriper ! Me laisser comme ça, sans

nouvelles ! J'ai cru que ton père t'était tombé dessus !

J'ouvre la bouche pour rétorquer une réplique bien sentie, mais à ma plus grande stupeur, des larmes se mettent à couler. Océane s'adoucit aussitôt et me serre contre elle.

    — Hé... ça va aller.

    — Je le... déteste ! je hoquette entre deux sanglots.

    — Je sais. Mais on trouvera un moyen d'en finir avec ses excès de paranoïa, et tu verras, tu pourras vivre heureuse jusqu'à la fin des temps avec ton *BasTille*, entourée d'une ribambelle d'enfants qui viendront dessiner par-dessus tes œuvres d'art.

Elle réussit à me tirer un mince sourire, mais je ne renchéris pas. Elle sait déjà que ce n'est pas le futur que je veux, n'ayant aucun désir d'enfanter depuis que je suis en âge de comprendre le sexe. Même Nathan n'avait jamais réussi à m'éveiller ce fameux « déclic » dont toutes les mamans parlent, comme si c'était inné.

    — Allez, en attendant, sèche-moi ces larmes, et on passe au PVE.

PVE, ou « Plan Verre d'Eau », qui consiste à aller dans sa cuisine donnant du côté où mon père est stationné, à allumer toutes les lumières et à me positionner innocemment devant la fenêtre en me servant un verre d'eau. Comme ça, mon cher géniteur aura la preuve que je suis bien chez mon amie, et s'en ira dans la minute qui suivra.

    Je n'ose même plus compter le nombre de fois où j'ai dû user de ce stratagème pour prouver ma bonne foi. Et si Océane voit cet acte comme de la surprotection, je sais très bien qu'il n'en est rien ; il veut juste être sûre que je ne sois pas avec un garçon.

    Mes mains se mettent à trembler alors que j'arrive

dans la cuisine. J'ai l'impression qu'on m'enfonce un poignard dans le cœur alors que je prends conscience que le rencard de ce soir a bien failli me coûter très cher. J'allume la lumière, attrape un verre et me dirige vers l'évier.

Je dois faire preuve d'un grand self-control pour m'empêcher de lever le nez vers la fenêtre, au risque de me faire surprendre par mon père. Même si je ne verrais rien dans la nuit noire, je ne veux pas prendre le risque d'éveiller ses soupçons.

Une fois ma petite mise en scène accomplie, je traîne les pieds jusque dans la chambre de mon amie. J'ai l'impression qu'un étau s'amuse à me compresser le cœur. Océane ne semble pas s'en rendre compte et tapote son lit avec impatience :

– Bon, maintenant, tu dois tout me raconter. Ton rencard devait vraiment en valoir la peine pour que tu ne remarques pas mes nombreux appels.

Un soupir s'échappe de mes lèvres. Oh ça oui, il en valait la peine. Il m'a fait passer un délicieux moment. Une petite parenthèse de bien-être.

– Tout était parfait. Pour information, il s'appelle Bastien. Il m'a l'air d'être un gentil garçon, qui ne se prend pas la tête. Je me suis sentie bien avec lui, il a su me mettre à l'aise. Il est attentionné, charmeur, attentif à tout ce que je disais. Il est aussi très...

Sexy. Très sexy.

– Mignon. Vraiment, tout était parfait.

Océane fronce les sourcils et penche la tête.

– Alors pourquoi j'entends du regret dans ta voix s'il était si parfait ?

Contre toute attente, les larmes viennent de nouveau inonder mes yeux. Je me déteste pour ce que je vais dire, et Océane risque de ne pas comprendre. Mais je n'ai pas le choix. L'aboutissement final de cette soirée me noue la gorge et me fait réaliser la fatalité de la chose. Je ravale difficilement le sanglot qui m'étrangle, et lâche d'une voix éteinte :

— Parce que je ne le reverrai pas.

Chapitre 29 _ Bastien

J'ai envie d'étrangler celui qui a inventé le proverbe « tout vient à point à qui sait attendre ». Parce que cinq jours sans aucune nouvelle de Lili, ni sms ni conversation sur le site de rencontre, c'est clairement une torture, lente et insupportable. Chaque fois que j'entends mon téléphone vibrer, je me précipite dessus, comme si ma vie en dépendait. Et à chaque fois, je le repose en grognant lorsque je constate que ce n'est pas son nom sur l'écran. Cette fille a réussi à me rendre dingue en moins d'une semaine, qui l'eût cru ? Même Damien n'ose plus faire la moindre remarque, sentant probablement que je suis à deux doigts d'exploser. Pourtant, il ne s'est pas gêné lorsque je suis rentré de notre premier rencard.

— *Alors, dis-moi tout, c'est un ordre ! me crie Damien alors que je franchis à peine le seuil de la maison. Vous avez conclu sur la banquette arrière ? C'était comment ? Pas trop serré ? Derrière les sièges, hein, pas entre les cuisses...*

— *Damien, merde ! Arrête ça, c'est gênant ! je me plains en me bouchant les oreilles.*
Mon meilleur ami esquisse une moue boudeuse avant de hocher la tête avec un petit sourire contrit.

— *Bon, ok, je ne veux pas vraiment savoir, de toute manière, affirme-t-il alors que je sais pertinemment qu'il aurait voulu tous les détails, même les plus osés.*

— *Merci. Mon rencard s'est très bien passé. Lili est une*

fille charmante. J'ai hâte de la revoir. Maintenant, si tu veux bien, j'aimerais aller me coucher, je suis fatigué.

C'est faux, je veux juste voir si Lili m'a envoyé un message. Je suis bien trop excité pour pouvoir dormir maintenant. Mais alors que je me dirige tranquillement vers ma chambre, Damien s'exclame d'un air dramatique :

— Lili ? Ça me dit quelque chose. C'est pas comme ça qu'elle s'appelait, celle qui nous a accueillie à la rentrée ?

Je me fige, réfléchissant à la remarque de mon ami. J'essaie de me souvenir de cette fameuse fille, mais tout ce dont je me souviens, c'est son air fuyant derrière ses grosses lunettes et sa tenue un peu trop stricte. Et elle n'était pas brune, mais blonde, si ma mémoire ne me fait pas défaut. Rien à voir avec la jeune femme tatouée, qui assumait son corps et ses idées, avec qui j'ai pu enfin être moi-même.

— Non. Ce n'était pas elle, j'affirme avant de reprendre la route vers ma chambre.

— Et alors, c'est tout ce que j'aurais le droit de savoir ? Qu'elle était « charmante » ? Mais mon pote, tu ne vas pas t'en sortir comme ça ! Je veux des détails ! Elle était comment ? Elle ressemblait à sa photo de profil ? Elle aime quoi dans la vie ? C'est quoi sa série préférée ? Elle t'a fait bandé ?

Je soupire de désespoir et clame un « bonne nuit ! » avant de m'enfermer dans ma chambre. Néanmoins, un sourire amusé vient se dessiner sur mon visage. Je savais que Damien n'arriverait pas à retenir un flot de questions, mais pour l'instant, je veux juste pouvoir continuer de flotter dans cette petite bulle magique qui allège mon cœur, et qui me donne la permission d'espérer avoir enfin trouvé une fille sympa et sincère.

Ma bulle menace d'exploser désormais. Les cours ne m'ont pas franchement aidés à me détendre, au contraire. Je n'ai pas pu m'empêcher de reluquer chaque fille que je croisais, espérant reconnaître Lili. J'ai bien dû passer pour un psychopathe, au vu du regard que certaines me lançaient, mais qu'importe, je n'y ai pas prêté attention. Je voulais seulement voir une silhouette longiligne et tatouée, mais en vain. À croire qu'elle n'étudie pas ici, alors qu'elle m'a affirmé être dans la même école que moi.

Je ne comprends pas ce que j'ai pu faire de mal pour être sans nouvelles de sa part. Aurai-je finalement eu un comportement déplacé pendant notre *date*, alors que je pensais avoir fait un sans faute ? Ou alors, peut-être que j'aurais vraiment dû... en fait, je n'en sais rien. Je n'arrive pas à voir où est-ce que j'ai pu me planter. Et je ne préfère pas me confier à Damien, je crains qu'il ne comprenne pas et me charrie bien plus que ce que je pourrais supporter.

Mon portable en main, je me connecte sur *TrueStory* et vais sur notre bulle de conversation. Apparemment, Lili ne s'est pas reconnectée depuis qu'elle m'a envoyé sa description physique. Je ne sais pas si c'est bon signe ou non.

Mes doigts survolent le clavier. Que faire ? Je meurs d'envie de lui envoyer un message, mais une part de moi ne peux s'empêcher de penser qu'il vaut mieux que j'attende que se soit elle qui revienne vers moi, lorsqu'elle se sentira prête.

« Mais cinq jours, c'est déjà tellement long ! » gémit une petite voix dans ma tête. Je ne peux qu'approuver, et mes doigts écrivent fébrilement. Je m'empresse de cliquer sur la touche d'envoi avant de risquer de changer d'avis.

Sitôt le message parti, mon cœur tambourine dans ma poitrine, comme si je venais de courir un marathon. Le marathon de l'amour, me dirait probablement Damien avec son habituel sourire ironique. Et il aurait raison. Les débuts de relation sont on ne peut plus sportifs, personne ne pourra me faire dire le contraire. Après tout, on a le cœur qui bat la chamade, on tremble, on a la respiration plus saccadée qu'à l'accoutumée, on transpire...

Ok, le dernier point est un peu gênant. Mais véridique ! Ça ne sert à rien de se le cacher, la nervosité des premiers rencards n'est pas glamour pour tout le monde. En tout cas, pas pour moi. J'espère néanmoins ne pas être le seul dans ce cas-là.

Je jette un petit coup d'œil au message qui s'est envoyé dans la conversation.

BasTille : **Ma chère et tendre Reine. J'espère que vous allez bien et que vous gardez un souvenir particulièrement agréable de notre rendez-vous. Pour ma part, je l'ai trouvé très plaisant, et je dois vous avouer que j'espère avoir de vos nouvelles et pouvoir vous revoir rapidement. Signé, votre dévoué Bastien.**

Lili ne l'a pas encore lu. Je prie pour qu'elle se reconnecte rapidement, qu'elle apprécie mon message qui lui rappellera forcément nos premiers échanges, et surtout qu'elle m'enverra une réponse positive.

Chapitre 30 _ Lili

— Sale petite garce ! s'époumone mon père avant de me balancer son poing dans mon estomac.
Je tombe à terre, la respiration coupée. Ma bouche s'ouvre et se ferme, sans que le moindre filet d'air ne parvienne à la franchir. Mon père s'essuie le front du revers de sa main et titube vers la cuisine. Je l'entrevois à travers les larmes qui me brouillent la vue se diriger vers le placard, saisir un verre et le remplir de whisky. Il boit une rasade avant de revenir vers moi. Il s'agenouille à ma hauteur et me saisit le menton, me forçant à le regarder. Contrainte, je plonge dans ses yeux tout aussi vitreux que les miens, mais pas pour la même raison. Et je n'y lis qu'une chose : un profond dégoût.

— Tu n'es que la plus grande erreur de toute ma vie, crache-t-il, les joues empourprées. Hors de ma vue, et cache-moi *ça*.
Il me repousse brutalement et se relève tout en cherchant son équilibre mis à rude épreuve à cause de l'alcool, avant d'aller se laisser tomber dans le canapé pour regarder je ne sais quoi. Je n'existe plus pour lui, il est déjà passé à autre chose. C'est le signal pour moi de fuir en vitesse, ou au moins en rampant du mieux que je le peux. Le souffle qui me parvient me brûle d'une grande force, chaque inspiration est une épreuve aussi douloureuse que l'expiration qui s'ensuit.

Je n'arrive même plus à me souvenir pourquoi ni comment il s'est défoulé sur moi ce soir. Je venais à peine de rentrer de la fac, j'étais concentrée dans la rédaction d'une dissertation, lorsque j'avais entendu sa voix balbutiante m'ordonner de descendre. Ne voulant pas le contrarier, je me suis exécutée, mais je pense qu'il aurait finalement été mieux que je fasse semblant de ne pas l'avoir entendu. Surtout lorsqu'une fois en bas, il m'avait jeté en premier lieu un regard surpris, comme s'il ne se souvenait pas m'avoir appelé.

Ce soir-là, je viens d'apprendre non sans douleur que les vêtements longs que l'on m'impose ne sont pas seulement là pour cacher mes tatouages, mais aussi pour camoufler les traces de la violence que je subis depuis plusieurs mois avec plus d'intensité.

Je fais un crochet par la salle de bain, où j'attrape un gant que je passe sous l'eau froide le plus rapidement possible. Une fois dans ma chambre, je m'enferme à double tour et tousse en grimaçant, avant d'appliquer le gant humide sur ma peau gonflée. Je siffle de douleur, les yeux fermés. La sensation de son poing s'enfonçant dans la chair ne me quitte pas. Elle est telle un spectre, planant sans cesse sur ma blessure pour m'obliger à me souvenir que ça recommencera, encore et encore. Que le moment de répit n'arrivera qu'à la fin de l'année, lorsque j'aurais validé ma licence.

Et je me rends compte que depuis plusieurs semaines, le seul qui m'aidait à tenir est Bastien. Car même si je ne le connaissais pas, il a su m'apporter du réconfort, il m'a fait penser à autre chose, m'effaçant mon quotidien compliqué de ma mémoire pendant de brefs instants. Le rayer de ma vie après notre rencontre idyllique est la pire décision que j'ai pu prendre.

Je l'ai réalisé lorsque je l'ai croisé à la fac, plus tôt dans la journée. Il m'est passé à côté, son regard me traversant sans me reconnaître. Mon pouls s'est emballé lorsque je l'ai senti me frôler, et pendant de terribles secondes, j'ai espéré qu'il réussisse à me reconnaître, malgré mon accoutrement. Mais il ne s'est pas arrêté. Contrairement à mon cœur. Comment est-il possible de ressentir une telle chose envers un garçon que je n'ai vu qu'une fois ?

Une sonnerie retentit, m'annonçant un nouveau message en provenance de *TrueStory*. Je m'empare de mon téléphone, et immédiatement, un sourire béat vient étirer mes lèvres. Bastien m'a renvoyé un message. Mes cinq jours de silence ne lui ont pas fait perdre espoir, et j'en suis finalement soulagée.

Océane m'a passé une soufflante après ma confession, me disant que je ne devais pas baisser les bras aussi facilement, après la petite difficulté que nous avons pu surmonter sans problème. Au fond, je savais qu'elle disait vrai, mais cette part de moi terrorisée à l'idée de se faire prendre par mon père a eu raison de mes envies, et je me suis enfermée dans un long mutisme, faisant comme si notre rencard n'était qu'un lointain souvenir, agréable certes, mais sans suite possible.

Cependant, le message reçu à l'instant m'ouvre les yeux : j'ai adoré ressentir ce que je croyais enfoui au plus profond de moi. Je vais peut-être jouer avec le feu, mais qu'importe : je me brûlerais avec plaisir tant qu'on me laisse un instant avec Bastien.

Je revois son regard noisette briller avec intensité pendant nos échanges sur nos passions communes. Je réussis à imaginer sa main caressant la mienne, à sa bouche se posant chastement sur mes lèvres entrouvertes. Un frisson me parcoure de la tête aux pieds. Je fonds rien qu'en me

139

remémorant ces souvenirs. Je ne peux pas rester loin du jeune homme, c'est impossible. Le temps file, et je n'ai plus l'intention de le gaspiller davantage. Je rédige donc un message, mais cette fois-ci en tapant son numéro de téléphone dans la barre du destinataire. Ces dix petits chiffres, je les ai appris par cœur, dans le cas où je perdrais son papier.

« Hey ! C'est ta *QueenElisabeth*. Tu m'excuseras de ce silence bien trop long, j'ai eu des complications. Je t'expliquerai un jour... ou pas. Après tout, une reine n'a pas à se justifier. Je rigole, j'espère sincèrement que tu ne m'en veux pas. Saches que j'ai vraiment apprécié notre rencard, et j'ai hâte de remettre ça. »

Fébrile, j'appuie sur la touche « envoi ». quelques secondes après, je reçois sa réponse :

Bastien : « Hey ! Ne t'inquiète pas, je ne t'en tiendrais pas rigueur. En espérant ne pas paraître trop empressé, je ne fais rien après mes cours demain. Veux-tu qu'on se retrouve devant la fac ? Je pourrais t'emmener dans un endroit sympa:) »

Mes doigts se figent au-dessus de l'écran, soudainement hésitante. Je sais que demain, mes cours se finissent tôt, mais si mon père décidait de se pointer comme par hasard devant la fac, prêt à me tomber dessus ?

Je revois le visage souriant de Bastien, et ma décision se prend en un instant. Je plonge.

Chapitre 31 _ Bastien

Lili : « Dix-sept heures mon dernier cours. Qui devra attendre l'autre ? »

Est-il réellement possible de sourire autant, rien qu'en lisant un simple sms ? Apparemment oui, puisque je sens une délicieuse douleur au visage, me faisant réaliser que je suis probablement un imbécile heureux depuis la réception de son message.

« Je finis une demi-heure plus tard. Sauras-tu rester patiente ? »

Lili : « Pour te voir, oui. »

Cette fille causera ma perte. Elle sait quoi dire pour faire bondir un homme, c'est évident. Quoi qu'il en soit, je trépigne déjà d'impatience. J'aimerais bien faire avancer ce qui semble être le début d'une relation, mais j'ignore comment elle pourrait réagir si je me trouvais être trop pressant. Peut-être vaudrait-il mieux que je la laisse diriger notre prochain rencard, pour voir ce qu'elle veut de son côté.

J'entends soudain toquer à la porte. Je fronce les sourcils, étonné. Damien m'a prévenu qu'il finissait les cours bien plus tard, à moins qu'ils n'aient été suspendus et qu'il a oublié ses clés.

Mais ce n'est pas mon meilleur ami que je découvre sur le pas de la porte, mais ma mère et ma (*horreur et damnation!*) demi-sœur.

— Surprise ! s'exclament-elles en chœur.

Statufié, je ne réagis pas. Ma mère place ses poings sur les hanches, l'air faussement réprobateur.

— Et bien, c'est comme ça que tu accueilles ta mère ?

— Et ta sœur préférée ? ne peut s'empêcher de rajouter Zoé, un sourire inquiétant sur le visage.

— Demi-sœur, je corrige machinalement en faisant un pas sur le côté pour les laisser entrer.

Elles s'empressent de gagner le petit salon tout en balayant la pièce d'un air inquisiteur.

— Bon, à première vue, il n'y a encore rien de cassé, commente ma mère.

Je la dévisage, éberlué. Elle hausse les épaules.

— Quoi ? Je connais Damien, il n'est pas le dernier à vouloir faire la teuf.

Grimaçant devant sa façon de vouloir parler comme les jeunes, j'esquive la remarque en allant dans le coin cuisine. Il est vrai que j'ai beaucoup de chance, Damien n'a pas encore eu l'idée d'organiser une orgie géante avec tout le campus réuni. Bon, c'est peut-être exagéré. Quoi que...

— Vous voulez boire quelque chose ? je propose en essayant d'effacer d'horribles images qui se dessinaient dans ma tête.

— Volontiers. Un café pour moi, répond ma mère.

— Moi, j'adorerai voir la déco dans ta chambre, intervient Zoé.

Le sort s'acharne contre moi. Surtout lorsqu'au même moment, le téléphone professionnel de ma mère sonne.

— Allez-y, je vous laisse papoter entre vous, ça fait longtemps que vous ne vous êtes pas vus, vous devez avoir plein de choses à vous dire.

Que Dieu ait pitié de moi ! Rien qu'à voir le sourire victorieux de Zoé, je pense que le pire est à venir. À contrecœur, je lui indique mon sanctuaire et la précède, la mort dans l'âme. Sitôt la porte franchie, elle s'empresse de la refermer et fait le tour de la pièce. Je la suis du regard, la tête légèrement rentrée dans les épaules. Qui sait ce dont elle pourrait être capable en cet instant ?

Elle a déjà réussi à se familiariser avec ma mère, se faisant passer pour une jeune fille sage et studieuse, évitant les sous-entendus avec moi lorsqu'elle est dans les parages. Elles font même du shopping ensemble. Tout laisse à croire que nous allons former une famille parfaite, et que j'adore avoir une demi-sœur, alors qu'il n'en est rien. J'aurais pu l'apprécier, ou au pire la tolérer, si elle n'avait pas pour idée de me voir comme son petit ami idéal...

Ma diabolique demi-sœur s'assoit finalement sur le bord de mon lit et me regarde longuement, se demandant probablement à quelle sauce elle va me manger.

— Alors, comment sont les cours, à la fac ? m'interroge-t-elle.

— Biens, mais plus compliqués qu'au lycée, je réponds avec méfiance.

Elle soupire et se laisse tomber entièrement avant d'attraper mon oreiller pour le coller contre elle. Je risque probablement de retrouver des cheveux blonds sur la taie d'oreiller. À croire qu'elle en fait exprès pour que je me souvienne de son passage.

— J'ai tellement hâte d'y être, continue-t-elle. Le lycée, c'est chiant à mourir. Les profs nous prennent de haut, ils n'ont qu'un mot à la bouche : « bac ». Comme si ce diplôme inutile était la solution à tous nos maux. Pour eux, à aucun moment ils nous parlent d'avenir professionnel. Le plus important, c'est d'avoir le bac, et pour l'étape suivante, on se démerde. Comme si on savait forcément ce qu'on voulait devenir après !

Je la regarde avec surprise. Elle s'est rarement confiée de cette manière, préférant me draguer lourdement plutôt que de se comporter comme une vraie sœur.

— Je suis d'accord. C'est pour ça qu'il faut que tu fasses des recherches de ton côté, parce que sinon, tu n'arriveras pas à y voir plus clair avec les pseudos conseillers d'orientation.

Elle sourit, heureuse que nous soyons sur la même longueur d'onde. J'ai alors une petite lueur d'espoir qui s'anime en moi, qui me laisse croire qu'elle va enfin arrêter ses sous-entendus déplacés. Je m'apprête à lui parler d'Océane, qui pourrait commencer à s'entraîner quant à son futur métier, quand Zoé me sort :

— Et puis qui sait ? Peut-être que mon métier de rêve sera accessible par une formation dans la même fac que toi ? Nous pourrions être tous les deux colocataires...

Ah bah, finalement, elle reste fidèle à elle-même...

Chapitre 32 _ Lili

Éviter mon père ; fait. Prévoir une tenue à enfiler après les cours ; fait. Avoir un alibi en béton pour justifier mon absence ce soir à la maison : fait. Être à deux doigts de m'évanouir pour cause de stress ; presque fait. Je crains tellement d'être prise en flagrant délit ! Mais je ne me sens pas prête à abandonner pour autant. L'adrénaline qui courra dans mes veines pendant le bref instant où j'attendrai Bastien me permettra de rester aux aguets.

La matinée ne se passe pas néanmoins comme prévu. Léo n'a visiblement pas compris que notre dernière conversation était censée être un point final à notre « relation ». Alors que je sors du cours de méthodologie, il m'attrape par le bras et me tire vers un couloir en retrait, malgré mes protestations. Lorsqu'il voit que nous sommes seuls, il me lâche et me dévisage longuement. Je croise les bras sur ma poitrine, l'air agacé, alors qu'en réalité je suis morte de trouille. Parce que je sais pertinemment que la discussion qui va suivre ne va pas me plaire.

– Qu'est-ce qui t'es arrivée ? demande-t-il alors, perplexe. Où est la Lili pétillante qui montrait ses tatouages avec fierté et qui se moquait pas mal des cours ?
Je baisse les yeux, la honte me brûlant le visage. Il a touché un point sensible en évoquant mon ancien *moi*.

– Elle s'est remise sur le droit chemin, je murmure alors. Parce que son avenir est plus important que les fêtes à répétition.

– Je n'y crois pas une seconde ! Tu aimais trop sortir

avec moi pour te raviser en seulement deux mois. Je sais que ton histoire avec Nathan t'a fait du mal, mais...

La gifle part toute seule. Léo écarquille les yeux, stupéfait, avant de porter la main à sa joue devenant rouge. Mais je me moque pas mal de ce qu'il peut penser en cet instant. Rien que de l'avoir entendu prononcer son nom, ça m'a fait disjoncter. Je ne supporte plus que l'on ose me parler de celui qui a été la source de mon bonheur et de mon malheur.

    – Ne me parle plus jamais de Nathan ! je siffle, folle de rage. Tu ne sais pas ce qu'il y a eu entre nous, tu ne sais rien de moi ! La seule chose que tu sais, c'est uniquement ce que je *voulais* que tu saches, rien de plus. Toi et moi, on a baisé quelques fois, mais c'est tout. Alors ne prétends pas me connaître juste parce que tu as eu la chance d'être entre mes cuisses.

Je m'avance vers lui, les poings serrés. Intimidé, Léo recule d'un pas. Je plante un doigt dans son torse et articule lentement, avec tout le venin possible dans ma voix :

    – Je te conseille de bien retenir ceci : il n'y a pas eu, et il n'y aura *pas* de « nous ». Oublie-moi, oublie mon nom s'il le faut. Une bonne fois pour toutes.

Sur ces mots, je lui tourne le dos et m'éloigne d'un pas rapide. Mon cœur, qui s'est lancé dans un marathon, ne s'apaise que légèrement lorsque je m'enferme dans un cabinet de toilettes. On pourrait faire plus glamour, mais on va pas se mentir, les toilettes sont un véritable refuge pour y sécher nos larmes.

    Dès l'instant où je verrouille la porte, un flot de larmes vient dévaler mes joues. Je m'en veux de ressentir à nouveau cette souffrance que j'ai tellement tenté d'enfouir au plus profond de mon cœur, mais rien n'y fait. À la moindre opportunité, elle s'amuse à rejaillir à toute vitesse, tel un diable qui sort de sa boîte. Et bien évidemment, la discussion avec Léo me ramène au dernier jour que j'ai passé avec lui, avant que tout ne se transforme en enfer...

Les vacances sont bientôt là. Pourtant, je n'ai pas envie de rentrer à la maison. Je pourrais rester dans ce petit appartement qui est devenu mon deuxième foyer, mais mes parents ne l'entendent pas de cette oreille.

Léo passe son bras autour de ma taille, me sortant de mes songes. Il dépose une volée de baisers sur ma clavicule, avant de descendre vers mon sein nu. Je me cambre sous lui, pourtant je ne ressens absolument rien. Juste le vide total dans mon cœur devenu pierre.

— J'ai très envie de toi, me susurre-t-il d'une voix qui se veut suave, mais qui m'horripile par-dessus tout.
Si je couche encore avec lui, c'est uniquement parce qu'il sait très bien se servir de sa langue, contrairement à mes précédents plans d'un soir. Il est l'un des rares mecs à ne pas avoir peur des cunnilingus, et c'est vraiment plaisant.

Je fais mine de glousser et me tortille pour lui faire comprendre ce que je veux. Léo esquisse un sourire et descend enfin sa tête vers ma zone érogène. Je ferme les yeux, prête à plonger à nouveau dans le vice pour réussir à l'oublier. Je suis prête à tout pour étouffer cette douleur qui m'empoisonne depuis déjà un mois.

Mais alors que Léo baisse le drap qui recouvrait encore mes jambes, j'entends un cliquètement de clé dans ma serrure. Nous n'avons même pas le temps de réagir que mon père pénètre dans mon appartement, ma mère à ses côtés. Leurs regards se posent presque immédiatement sur nous ; Léo, à quatre pattes et une expression mi-horrifiée, mi-fascinée sur le visage, et moi la poitrine à l'air, mais surtout les tatouages visibles. Mon plus grand secret, l'objet des pires cauchemars de mes parents puritains.

Le premier à réagir est mon père. Son visage vire au rouge, puis au blanc, avant de redevenir rouge. Sa respiration devient sifflante, on a l'impression qu'il est au bord de l'apoplexie.

— Toi ! rugit-il en pointant un doigt accusateur vers Léo. Dehors, espèce de petit con ! Comment oses-tu déshonorer ma fille ?

— Euh, je ne suis pas son premier..., a le culot de répondre mon plan d'un soir.

Nous le dévisageons tous, aussi interloqués les uns que les autres. Surtout moi, je n'en reviens pas qu'il ait osé dire une chose pareille. C'est comme s'il venait de déclarer à mes parents que j'étais ni plus ni moins une catin. D'ailleurs, j'en conclus au hoquet scandalisé de ma mère qu'ils ont pensé la même chose. Mon père serre les doigts, à deux doigts de commettre un meurtre.

— Fiche le camp, avant que je ne change d'avis, gronde-t-il d'un ton on ne peut plus menaçant.

Mon amant ne demande pas son reste et s'éclipse aussi vite que possible, tout en tentant de cacher sa virilité désormais retombée. Sitôt qu'il a disparu, mes parents se tournent vers moi. Je me recroqueville autant que possible, mais le mal est déjà fait.

— Oh Seigneur ! se lamente ma mère, les larmes aux yeux. Elle a bafoué son corps d'horribles choses !

Ma petite voix intérieure hurle que ce ne sont pas « d'horribles choses », mais une forme d'œuvre d'art. Mais *pour mon bien, il vaut mieux que je la boucle. J'ose jeter un œil à mon père, et ce que je lis dans son regard me pétrifie : je n'y vois que du dégoût.*

— Je n'arrive pas à y croire ! scande-t-il. Nous t'avons accordé toute la liberté que tu désirais, et voilà le remerciement ! Tu te comportes comme une catin et tu arbores des tatouages !

Il pointe un doigt menaçant vers moi, et la sentence tombe :

— Mais à présent, c'est fini. Tu rentres à la maison. Terminées, les sorties pour ternir ton corps et ta réputation. Désormais, tu resteras enfermée à la maison. Dis adieu à ton appartement et à ton université, le temps que nous trouvions quoi faire de toi. Tu es la honte de cette famille.

Je sèche mes larmes, avant de sortir du cabinet. Je n'oublierai jamais ce jour où j'ai tout perdu, aussi bien ma dignité que ma liberté. Mais à présent, je vois clairement la cause de cette situation : si Nathan n'était pas entré dans ma vie, rien de tout cela ne serait arrivé.

Chapitre 33 _ Bastien

La fin des cours sonne à peine que je suis déjà sur pieds, presque à courir dehors. J'ai probablement l'air d'un fou, mais je m'en moque. J'ai tellement hâte de revoir Lili que je n'ai que faire du regard des autres. Mes pieds qui martèlent le sol au même rythme que mon cœur créent une douce chanson : « Vite ! Vite ! Vite ! Vite ! »

Arrivé au-dehors, le soleil vient agresser ma peau. Je plisse les yeux, ébloui par autant de luminosité. Nous sommes en octobre, et il fait aussi beau et chaud que si nous étions en août. Pour un peu, nous passerons Halloween en tongs.

Après qu'aucune tache ne vienne obstruer mon champs de vision, je me mets à chercher Lili du regard. Je ne mets que quelques secondes à la trouver, comme si mon regard était aimanté sur elle. Et Dieu qu'elle est belle ! Assise légèrement en retrait des autres, elle est vêtue d'une petite robe bustier florale, avec un petit gilet rose pâle. Elle a attachée ses cheveux en un chignon lâche, me permettant d'admirer son doux visage, toujours dépourvu d'artifices. Et ma première pensée reste la même : elle est belle au naturel. Sa peau diaphane me donne l'illusion qu'elle brille sous le soleil, telle un ange, ou...

Un lys. Voilà ce qu'elle m'évoque. Cette fleur royale qui lui correspond en tous points de par son nom, sa grâce, sa pureté. Un sourire rêveur se dessine sur mon visage. Je sais quelles fleurs lui offrir pour la surprendre la prochaine fois que nous sortirons ensemble.

Comme si elle avait senti quelqu'un l'observer, elle pose ses yeux verts sur moi, et esquisse un grand sourire. Elle saute sur ses pieds et m'enlace lorsque j'arrive à son niveau. J'inspire profondément son parfum mélangeant la framboise et la rose. C'est officiel, je suis dingue de cette fille !

Je la relâche à contrecœur et lui demande :

— Comment tu vas ?

— Bof. Ça pourrait aller mieux.

— Comment ça ? je m'inquiète aussitôt.

Elle sourit avec malice et répond :

— Je n'ai même pas eu droit à un bisou pour me dire bonjour.

Estomaqué, je prends quelques secondes à enregistrer sa réponse avant d'éclater de rire. Dire que je n'osais pas paraître trop empressé, alors que c'est exactement ce qu'elle veut de moi.

Alors, je ne la fais pas plus attendre et joins mes lèvres aux siennes. Son baiser a un goût sucré, comme le miel. La douceur qui émane de notre échange est à l'opposé de ce qui se joue dans mon cerveau et ma poitrine. Elle n'est pas la première fille que j'embrasse, mais elle est la première qui déclenche un tel feu d'artifice dans tout mon corps.

Lorsque je me détache d'elle à contrecœur, ses yeux pétillent de joie, et son sourire illumine son doux visage. Elle entrelace ses doigts aux miens et me demande :

— Alors, qu'as-tu prévu pour aujourd'hui ?

Je ne dis rien, me contentant de l'entraîner vers ma voiture. Elle s'y faufile alors que je lui tiens galamment la portière.

— Tu me kidnappes ?

– Devant des centaines de témoins ? Probablement. J'espère pour toi qu'ils auront retenus la couleur de ta robe.

Elle glousse, et voilà que ça me fait succomber. Comment un simple son peut me mettre dans un tel état ? J'ai l'impression d'être un ado pré-pubère qui vit sa première histoire d'amour...

Et merde ! C'est réellement ma première histoire d'amour, mais avec quelques années de retard. Je n'ose même pas imaginer comment elle réagirait si elle savait que je n'ai encore jamais eu de relation amoureuse avant elle. Peut-être ne voudra-t-elle pas aller plus loin, et qu'elle m'enverra promener, comme Jessica.

Je secoue la tête pour m'enlever ces idées sombres et pose mon regard sur elle. Elle est clairement à l'opposé de Jessica, aussi bien physiquement que mentalement. Elle est bien plus mûre que la majorité des filles de notre âge, cela se voit dans sa manière de se comporter et de parler. Mais dans son regard se cache quelque chose que je n'arrive pas clairement à identifier. Serait-ce de la peine ? De la nostalgie ? Une chose est sûre, Lili a bien des secrets, qu'il me tarde de dévoiler.

Je prends la route en direction d'un bar qui n'est connu que par les plus grands fans de films fantastiques. Je prie pour qu'elle ne le connaisse pas, bien qu'il ne soit qu'à une petite dizaine de minutes du campus. Tout le long de la route, nous écoutons à tour de rôle nos musiques favorites. Si elle ne jure que par Taylor Swift et Katy Perry, j'ai grand plaisir à lui faire découvrir le métal, et tous les sous-genres qui s'en écoulent. Loin de me discréditer, elle écoute attentivement, balançant de temps à autre sa tête au rythme de la mélodie. Elle me demande même le nom de certains groupes et les note dans son téléphone.

Chaque fois que je tourne la tête vers elle, j'admire son sourire serein et ce petit geste qu'elle esquisse sans même s'en rendre compte : elle pousse du bout du doigt une mèche de cheveux vers son oreille, sans jamais la caler derrière. Alors qu'elle lève la main pour s'exécuter, elle surprend mon regard et hausse un sourcil :

– Quoi ?

Je me détourne, rouge de honte.

– Rien, je marmonne en me stationnant plus facilement que je ne l'aurait cru.

Nous sortons de la voiture en même temps, et nous rapprochons aussitôt l'un de l'autre. Nos mains se joignent d'elles-mêmes, comme si la chose était naturelle. J'aime à croire que c'est le cas.

Rouen est encore animé à cette heure de la journée. Il y a beaucoup d'étudiants sur les terrasses, pour qui la soirée ne fait que commencer. Ils parlent, ils rient, ils se disputent gentiment ou violemment. Mais en cet instant, je n'ai que faire de ce brouhaha. Je tiens la main d'une des plus jolies filles du campus, qui a daigné posé un regard sans jugement sur moi, et je compte bien profiter de cet instant jusqu'au bout.

J'entraîne doucement Lili dans une ruelle moins bondée que la place où a été brûlée Jeanne d'Arc, vers mon repaire favori. L'un de mes amis de collège, parti faire un apprentissage en restauration dès qu'il en a eu l'occasion, se retrouve aujourd'hui à faire des extras le soir dans ce fameux bar à thème.

Connaissant mon goût prononcé pour l'univers magique du « Seigneur des Anneaux », il m'a rapidement parlé de son lieu de travail, qui s'est révélé être un endroit parfait pour moi lorsque je souhaitais m'évader quelques heures.

En arrivant devant l'enseigne, Lili fronce les sourcils.

– « Le Popcorn » ? Je n'en ai jamais entendu parler. Pourtant, je connais bien Rouen.

Elle paraît presque contrariée de cette révélation. Je tente de la taquiner pour la dérider :

– Seuls les élus d'entre les élus connaissent ce repaire secret*. Maintenant, grâce à moi, tu en feras partie, que tu le veuilles ou non.

Au son de ma voix faussement grave, elle esquisse un sourire amusé, toute contrariété envolée. Je l'invite à entrer, et sais que j'ai réussi mon coup lorsque je l'entends hoqueter.

– Regarde ! Une réplique de l'œuf d'or dans Harry Potter ! Et là...

Un sourire jusqu'aux oreilles, je la contemple s'extasier sur la décoration atypique du bar. J'adore voir ses yeux pétiller, son sourire s'agrandir devant chaque réplique qu'elle reconnaît. Elle tourne sans cesse sur elle-même, comme si elle voulait tout voir en un minimum de temps.

– Comment ai-je pu passer à côté d'un tel endroit, moi, la plus grande fan du célèbre sorcier à la cicatrice en forme d'éclair ?!

Je hausse les épaules, amusé. Lili en sautille presque de joie, je m'en veux de la tirer jusqu'à une table. Mais à peine assise, cela ne l'empêche pas de balayer la salle d'un regard rêveur.

---

*Maintenant, tu en fais partie ! N'hésites pas à y passer si tu passes un jour par Rouen, leurs cocktails sont à tomber !

– J'envie ceux qui réussissent à vivre de leur passion tout en créant un univers à leur image, soupire-t-elle en posant sa tête dans le creux de sa main.

Sa remarque m'interpelle. J'attrape timidement son autre main et lui souris avec tendresse.

– Toi aussi, tu pourras aller au bout de ton rêve, à la fin de l'année.

Son visage se rembrunit. Elle se retire de mon étreinte et attrape la carte des boissons en grommelant :

– Oui, bien sûr...

Je sens que j'ai touché un point sensible. Mais lequel ? Doute-t-elle autant de son avenir au point de croire que ses rêves resteront tels qu'ils sont ? J'ai de la peine qu'elle puisse se sous-estimer ainsi.

Je ne la connais que depuis peu, mais je sens qu'elle n'est pas le genre de fille à baisser les bras aussi facilement. Alors, pourquoi ce revirement soudain ?

Lili plaque soudain la carte contre la table, une lueur joyeuse dans le regard. Surpris par ce nouveau changement d'humeur, j'attends qu'elle prenne la parole.

– Tu sais quoi ? Je te fais confiance sur le choix des boissons. Surprends-moi.

Un petit rire s'étrangle dans ma gorge. Elle me teste, à tous les coups elle veut savoir si je la connais assez pour voir ce qui pourrait lui convenir. Et bien, elle ne va pas être déçue !

Chapitre 34 _ Lili

Le cocktail en référence à Harry Potter, à base de champagne, était vraiment parfait. Même son nom a réussi à me faire rougir. Et un « filtre d'amour » pour la soirée, un ! Et sitôt nos boissons arrivées, accompagnée d'une belle planche de charcuterie en tout genre en guise de repas pour la soirée, Bastien m'a proposé une activité pour le moins inattendue : un jeu de société. Évidemment, pas n'importe lequel, mais un blind test « geek ». Autant dire que les questions s'enchaînent, et les réponses correctes avec. Rien n'a encore réussi à nous départager.

Je plonge ma main vers le tas, avant de réaliser qu'il n'y a plus une carte à lire. Je glousse, les joues toutes chaudes. Ma tête tourne doucement, me donnant l'impression d'avancer au ralenti. Il devait y avoir autre chose, avec le champagne...

– Oups ! On dirait qu'on a fini le jeu, je ricane en tirant la langue.

– Comment ça ? Déjà ? sursaute Bastien en regardant au fond de la boîte pour tenter de débusquer une éventuelle cachottière.

Devant sa moue déçue, je ne peux m'empêcher de fondre. Il est tellement mignon, avec cet air de chiot malheureux qui a besoin de réconfort ! Je me lève maladroitement, titube légèrement jusqu'à lui et me laisse tomber sur ses genoux.

J'ai le temps d'apercevoir son air ahuri avant de le serrer très fort contre moi, ou du moins d'enfouir sa tête contre ma poitrine. Mais je n'y prête pas attention, il a besoin d'un câlin !

— Allez, ne t'en fais pas, c'est pas grave, on s'est vraiment éclatés ce soir. En plus, on est à égalité.

Ses mains se placent sur mes hanches et me repoussent doucement, mais fermement. Étonnée, je baisse les yeux vers lui. Pourquoi ne veut-il pas de mon câlin ? Puis je remarque son visage écarlate, et pars dans un fou rire incontrôlable.

— Quoi ? Qu'est-ce qu'il y a ?

Je hoquette, mais je n'arrive pas à m'arrêter de rire. Des larmes en dévalent mes joues. Les clients autour de nous tournent la tête dans notre direction, mais je m'en moque. Je n'ai d'yeux que pour mon beau Bastien, dont le visage a du mal à se départir de cette adorable couleur rouge.

— Ex... excuse-moi... je t'ai ét... étouffé avec mes seins !

Et le fou rire repart de plus belle, récoltant quelques remarques agacées de la part d'une fille à la table d'à côté. Je suis à deux doigts de l'envoyer promener, surtout que j'ai surpris son regard insistant sur Bastien tout au long de la soirée, mais je le sens se tortiller sous moi, gêné.

— Non ! Tu ne m'a pas étouffé avec tes... bref, j'ai juste été surpris par cet élan.

Il est mal à l'aise, encore plus maintenant que tous les regards sont braqués sur nous. C'est ce qui calme aussitôt mon euphorie. Je ne l'avais jamais vu très entreprenant, mais de voir que le jugement des autres le braque, ça me fais culpabiliser. Je descends doucement de ses genoux, et propose alors :

— Viens, allons ailleurs, prendre l'air.

En un clin d'œil, je revois ses pommettes redevenir

cramoisies. Il toussote et se redresse sur sa chaise.

— Pars devant, je te rejoins dans un instant. Je... vais ranger le jeu et j'arrive.

Je hausse les épaules, murmure un « ok » et me dirige au comptoir pour régler, avant que Bastien ne décide de me payer une nouvelle fois la soirée. Alors que je passe ma carte, je tourne la tête vers lui, et le vois ranger méthodiquement chaque carte, probablement par catégorie. Je laisse échapper un petit gloussement, amusée devant son air concentré.

Une bouffée de chaleur m'envahit, m'encourageant à l'attendre dehors. Mais à peine le seuil franchi, je couine de stupeur sous la morsure du froid. Les quelques fumeurs me jettent à peine un regard, trop concentrés sur l'objet de leur addiction. Je m'éloigne de leur fumée toxique et inspire à pleins poumons une bouffée d'air frais. Ma tête continue de jouer à la toupie, mais de manière moins intense.

Voilà bien longtemps que je n'avais pas eu une aussi belle soirée. Je n'arrive même plus à me souvenir à quand date ma dernière cuite. Mais c'était il y a un moment, pour qu'un simple cocktail à base de champagne réussisse à me retourner la tête aussi vite. Ou alors, c'est peut-être parce que je l'ai bu quasiment d'une traite...

Je piétine sur place pour tenter de me réchauffer, mon gilet étant bien trop fin pour m'apporter une quelconque chaleur. C'est incroyable ce que les journées peuvent être étouffantes, et les nuits aussi glaciales ! Mais qu'importe, j'aurais bientôt Bastien à mes côtés, qui retrouvera son côté naturel gentleman, et me prendra dans ses bras pour me réchauffer, avant de m'embrasser tendrement et de dire que je suis la femme de sa vie...

Je sors de mes songes avant qu'ils n'aillent trop loin. Pas question de retomber dans le piège des relations longue durée. Si je réussis déjà à établir un semblant de vraie relation avec Bastien, ce sera très bien ! D'ailleurs, pourquoi ne m'a-t-il toujours pas rejoint ?

Il a dû lire dans mes pensées, car je le vois quitter le bar d'un pas rapide, presque nerveux. Je fronce les sourcils alors qu'il attrape mon bras et me tire en avant. Adieu, mon câlin chaleureux !

— Tout va bien ? je demande quand même.

— Oui, oui ! Très bien !

— Non. Tu as une drôle de voix. Qu'est-ce qu'il t'arrive ?

Bastien se retourne, sûrement pour vérifier qu'il n'y aura pas d'oreilles indiscrètes. Mais au moment d'ouvrir la bouche, rien n'en sort.

— Tu as été très long à sortir, je tente de l'encourager en creusant la question. Comment ça se fait ?

— Euh, et bien, en fait...

Il se passe une main dans ses cheveux, vraiment nerveux. C'en est presque touchant.

— Ok ! Tout à l'heure, quand tu étais sur mes genoux, j'ai vraiment été surpris. Très surpris.

Je m'apprête à lui demander de développer, lorsque l'évidence me frappe. Un gloussement sort de mes lèvres. Je plaque ma main sur ma bouche, mais trop tard. Bastien me regarde avec désespoir, alors que je lâche :

— C'est pas vrai ?! T'as eu une érection, c'est ça ?

Son air mortifié me prouve à quel point j'ai tapé dans le mille. J'explose alors de rire, tapant dans mes mains. Mais si moi je suis fière de ne pas l'avoir laissé indifférent juste en montant sur ses genoux, je sens que lui en est vraiment gêné. Sa détresse dans son regard me calme instantanément.

— Hé ! Rassure-toi, ce n'est pas grave. Je ne t'en veux pas, tu sais ? Je suis parfaitement au courant que c'est une partie du corps qui ne se contrôle pas. Pour nous aussi, c'est pareil, sauf que nous ça ne se voit pas. À part les tétons, si on a un tee-shirt moulant...

— Pitié, on peut éviter de parler de tétons ? me coupe Bastien en se couvrant les oreilles. J'aimerais éviter que ça revienne, tu vois ce que je veux dire ?

— Oups. Désolée, je pouffe en m'accrochant à son bras. Il paraît plus détendu maintenant que je lui ai dit que ce n'était pas grave. Néanmoins, lorsque je le vois repasser sa main dans sa tignasse ébouriffée, je sais qu'il ne m'a pas tout dit. Il doit sentir mon regard peser sur lui, puisqu'il soupire et lâche :

— La fille d'à-côté, elle a vu mon... état. Elle m'a même proposé d'aller arranger ça dans les toilettes.
Un rire franchit mes lèvres, mais ne dure qu'une seconde. C'est plus fort que moi, mais l'image de cette pimbêche qui n'a pas supporté mon éclat d'humeur en train de donner du plaisir à Bastien suffit à faire monter la colère. Ou la jalousie ?

— Ne me dis pas que c'est pour ça que tu étais aussi long, je le supplie presque.
Je déteste cette voix désespérée, qui me donne l'impression d'être un peu trop attachée à Bastien, alors qu'il y a quelques minutes à peine, je tentais de me convaincre qu'il n'y aurait rien de trop sérieux entre lui et moi.

— Non. C'est même la première fois que j'envoie

balader une fille. J'ai trouvé ça carrément déplacé qu'elle ait osé me proposer un truc pareil. Elle devait avoir un peu trop bu, à mon avis.

Sa réponse fait disparaître la tension dans mes épaules. Je ne sais pas comment j'aurais réagi s'il m'avait avoué s'être envoyé en l'air avec cette pétasse. Et je ne préfère pas savoir. La seule chose à laquelle je pense, c'est ce qu'il vient de me glisser à l'oreille :

— Et puis, je ne suis pas du genre à vouloir une relation libre. Lorsque je sors avec une fille, c'est une relation exclusive.

Chapitre 35 _ Bastien

Le tableau de bord affiche bientôt minuit. Une heure tout à fait raisonnable, si on considère que nous sommes en pleine semaine. Mais pour ma part, j'ai l'impression d'avoir veillé beaucoup trop tard. *La faute à qui ?* s'insurge une voix dans ma tête. Une réflexion logique, puisque je ne sors jamais, même lorsque Damien fait tout pour que je le suive dans ses escapades nocturnes.

Et puis, après tout, quelle importance désormais ? Je viens de passer une soirée incroyable, quoique un peu gênante sur certains points, mais qui s'oublient vite grâce à Lili et à son côté malicieux qui m'aura permis de découvrir une nouvelle facette de sa personnalité. Et je dois avouer que plus j'en apprends sur elle, plus elle me plaît. Elle est douce, chaleureuse, honnête en tous points avec moi. Mais surtout, elle ne me juge pas. Elle a même rougi de plaisir lorsque je lui ai annoncé qu'il n'y aurait qu'elle dans ma vie. Je tiendrai parole sur ce point, car s'il y a bien une chose que je ne pourrais jamais pardonner, c'est l'infidélité. Certaines personnes arrivent à passer outre, mais je sais que ce ne sera pas mon cas. Je suis bien trop jaloux pour accepter de passer l'éponge sur une coucherie avec un autre.

Alors que je sors enfin du centre-ville, je glisse un regard vers ma partenaire de jeu de société. Ses yeux commencent à se fermer, mais je la vois lutter contre le sommeil qui l'appelle. Doucement, je glisse mes doigts sur sa cuisse. Elle les attrape aussitôt, mais ne pousse pas ma main.

– Peux-tu me déposer comme la dernière fois, au coin de la rue ? demande-t-elle d'une petite voix ensommeillée.

J'acquiesce, mais n'éprouve aucune envie de me séparer d'elle. Je n'ai pas envie d'attendre encore cinq jours pour la revoir. Je voudrais lui dire que je veux être avec elle tous les jours, y compris sur le campus, même si je n'ai pas encore eu la chance de la croiser dessus. Je voudrais lui avouer que je me suis déjà attaché à elle, même si nous nous sommes à peine vus. Mais la peur d'être rejeté est encore trop présente, elle m'étouffe. Si bien que je garde le silence et me maudis intérieurement.

– Sauf si tu voulais qu'on dorme ensemble.

Mon pied écrase le frein. Lili couine de stupeur et écarquille les yeux en tentant de regarder au-dehors. Elle pense que j'ai voulu éviter quelque chose. Mais tout ce que je veux, c'est d'être sûr d'avoir bien entendu, et non pas de croire que mon cerveau me joue des tours.

– Qu'est-ce que tu as dis ? je demande lentement.

Elle me fixe étrangement, et longtemps avec autant de lenteur possible :

– Je te proposais qu'on dorme ensemble. Mais je peux comprendre que ce soit précipité...

– Pas du tout ! Je veux dire, on peut dormir, d'accord. Juste dormir.

Lili se détend et esquisse une moue moqueuse.

– Oui, juste dormir...

Je reprends la route direction l'appartement, mon cœur battant la chamade. Je ne regrette pas ma décision, seulement, quelques petits détails viennent saboter ce qui s'annonçait comme la plus belle fin de soirée. Tout d'abord, je ne sais plus dans quel état j'ai laissé ma chambre. Je n'ai plus qu'à prier pour qu'aucun slip ne vienne se mettre en travers de notre chemin. Et puis, dois-je la faire dormir avec moi, ou voudra-t-elle dormir sur le canapé ?

Je manque de m'étrangler avec ma salive. Damien ! Comment ai-je pu l'oublier ? Si on tombe sur lui au moment de rentrer, il va nous sortir le grand jeu, au risque de la mettre mal à l'aise et de la faire fuir. Mais trop tard pour faire marche arrière, désormais. Je n'ai plus qu'à prier ma bonne étoile pour que tout se passe sans problème majeur.

Lorsque nous arrivons, je constate avec soulagement que ma prière a été entendue. Damien n'est pas là, je le vois à sa place de parking déserte. J'invite alors Lili à entrer dans l'appartement. Heureusement que j'avais pensé à faire un bon coup de ménage avant de partir ce matin. On ne peut pas dire que mon coloc soit une fée du logis en ce moment. Je vois d'ailleurs au regard appréciateur de mon invitée que l'intérieur lui plaît.

— Ma chambre est par-là, je lui montre du doigt. Là, c'est celle de mon coloc, mais il n'est pas là, on sera tranquilles. Et la salle d'eau se trouve juste entre les deux. Tu peux te servir, je ne sais pas si tu avais prévu quoi que ce soit. Ah mais non, évidemment que non...

Lili attrape ma nuque et m'attire à elle, ses lèvres scellant les miennes avec volupté. Je gémis et la serre contre moi, rendant son baiser avec encore plus de ferveur. Elle entrouvre la bouche, glissant subtilement sa langue avec la mienne. Dieu que c'est bon ! Cette femme est en train de me rendre fou ! Mais quelle douce folie...

Je l'entraîne jusque dans ma chambre, avant qu'elle ne me pousse sur le lit et grimpe à califourchon sur moi. Ses lèvres s'aimantent à nouveau aux miennes, mes mains caressent les courbes délicates de ses hanches. Doucement, son bassin ondule contre moi, me donnant une idée précise de ce qu'elle a en tête.

Des feux d'alarme se mettent à hurler dans ma tête « attention ! », me faisant me redresser un peu trop brusquement. Lili recule sa tête, interloquée.

— Attends..., je souffle, la respiration entrecoupée.

— Quoi ? Qu'est-ce qui se passe ?

Je vois à son regard que je l'ai blessée. Elle doit croire que je l'ai repoussée parce qu'elle ne me fait aucun effet. Oh, si seulement elle savait que c'est justement à cause du contraire que je l'ai arrêtée...

— Je... je ne veux pas te forcer à quoi que ce soit, je tente de la convaincre. Tu sais, on peut attendre un peu. J'ai très envie, je rajoute précipitamment devant son air sombre, crois-moi, je pense que tu peux sentir à quel point j'en ai envie.

Lili se détend et glousse en baissant les yeux vers la bosse qui étire mon jean. Son regard me gêne quelque peu, mais je tente de ne rien laisser paraître et caresse sa joue.

— Je veux juste être sûr que ce soit le bon moment, je murmure plus pour me convaincre moi-même.

Lili doit l'avoir pris pour elle, comme je l'espérais, et acquiesce. Un sourire reconnaissant vient s'étirer sur son visage.

— Merci, souffle-t-elle. Rares sont les garçons à m'avoir fait une telle proposition. Mais si ça ne t'ennuie pas, j'aimerais quand même bien dormir dans tes bras.

Sa demande fait fondre mon cœur. Un câlin, sans ambiguïté.

Quelque chose de simple, mais de tellement plus fort qu'une simple partie de jambes en l'air.

Elle s'éclipse dans la salle d'eau pour se revêtir d'un haut à manches longues et d'un short que j'ai pu lui trouver au fond de l'armoire. Devant mon air surpris, elle a haussé les épaules et m'a avoué qu'elle était du genre frileuse la nuit. Je n'ai pas posé plus de questions, attendant juste impatiemment qu'elle finisse sa toilette et me rejoigne dans le creux de mes bras. C'est une sensation nouvelle, devoir s'habituer à sa présence aussi bien dans mon lit que contre moi. Le doux parfum fruité de ses cheveux taquine mes narines. Je repousse doucement quelques mèches qui, malgré l'odeur envoûtante, risquent de me faire éternuer.

Alors que je commence à glisser dans les bras de Morphée, une remarque de sa part vient m'interpeller. Lili a parlé de « rares garçons ». Vu la façon dont elle les a évoqués, et en quelle circonstance, cela ne peut signifier qu'une chose : elle a déjà eu une vie sexuelle active, soit tout mon contraire. Et elle doit être persuadée que j'ai juste été gentleman avec elle, alors qu'en réalité, je suis juste mort de trouille à l'idée de faire ma première fois. Encore plus avec une fille qui l'a déjà fait.

Chapitre 36 _ Lili

Un souffle régulier sur ma nuque me tire du sommeil. J'entrouvre les yeux avec difficulté, tentant de me repérer. Où suis-je ? Je ne reconnais pas cette chambre à la décoration minimaliste. Je tourne la tête et découvre Bastien, encore profondément endormi, un bras en travers de mon ventre. Son innocence transparaît encore plus sur ses traits fins. J'ai encore du mal à croire qu'il ait voulu changer ça pour l'image d'un *bad boy*. Toutes les filles ne rêvent pas du mauvais garçon. En tout cas, ce n'est plus mon cas...

Les souvenirs de la veille affluent tranquillement à la surface, telles les bulles de champagne qui crépitaient dans mon verre _note à moi-même, faire très attention avec ce cocktail traître_. Je me revois dans ce bar, joueuse et joyeuse, puis chez lui, lorsque je lui ai littéralement sauté dessus, avec bien trop d'arrières-pensées cochonnes en tête. Et pourtant, on s'est endormis blottis l'un contre l'autre, sans avoir rien fait. Une partie de moi est reconnaissante envers Bastien de ne pas avoir profité de la situation. Honnêtement, je ne sais même pas si j'en aurais éprouvé le moindre plaisir, au vu de l'état dans lequel un simple verre m'a mis. Heureusement, je suis tombée sur un garçon galant et prévenant. Le genre de mec dont toutes les filles devraient tomber amoureuse.

Bastien lâche un soupir, avant d'ouvrir doucement les yeux. Son regard s'aimante tout de suite au mien, et un sourire illumine son visage.

— Bonjour, Votre Altesse, murmure-t-il en caressant

avec douceur ma joue.

— Bonjour, jeune rebelle, je réponds avec attendrissement. Bien dormi ?

Je le vois froncer les sourcils, réfléchissant vraiment à sa réponse.

— Plutôt bien, à vrai dire. Je pensais que ce serait plus compliqué de m'habituer à avoir quelqu'un avec moi, mais finalement non.

Ses yeux s'écarquillent soudain lorsqu'il réalise ce qu'il vient d'avouer. Mais trop curieuse, je ne peux faire semblant et ignorer sa remarque.

— Tu n'avais jamais dormi avec une fille ?

Je regrette presque de lui avoir posé *la* question lorsque je vois la panique se dessiner sur ses traits. Mais contre toute attente, il me répond :

— Non, jamais.

Avant que je ne puisse le questionner davantage, il se lève du lit, attrape un tee-shirt et sort de la chambre. Songeuse, je le suis sans rien dire. Mais tout plein de questions tourbillonnent dans ma tête : pourquoi n'a-t-il jamais dormi en compagnie d'une fille ? A-t-il eu uniquement des histoires sans lendemain ? Ou alors... se pourrait-il qu'il n'ait jamais eu de relation sérieuse avant ?

Alors que je le vois s'affairer pour préparer un petit-déjeuner, je m'installe à table en croisant les jambes et le détaille. Il a vraiment une jolie silhouette, délicatement musclée sans être dans l'excès. Il est loin des tops modèles qui font la couverture des romances, mais il n'en dégage pas moins un certain charme, bien plus attrayant que les montagnes de muscles artificielles.

Lorsqu'il se retourne vers moi, je sursaute. Son petit

sourire surpris et amusé montre qu'il a bien aimé me surprendre en pleine séance de contemplation.

— Café ou chocolat ?

— Chocolat, je ne suis encore qu'une fillette.

Il ricane et me prépare un chocolat chaud. Si certains ne jurent que par leur dose de caféine dès le matin, rien ne vaut pour moi la douceur et la gourmandise d'un bon chocolat chaud.

Bastien me dépose un mug « Disneyland Paris » devant moi et s'adosse au plan de travail pour siroter son café. Ni lui ni moi n'échangeons un mot, mais le silence ne nous incommode pas un instant. J'ai juste plaisir à le regarder, à me perdre dans son regard noisette. Et lorsqu'il croise mon regard, des papillons viennent s'envoler dans mon ventre. Je suis bien avec lui, c'est devenu une évidence.

— Chéri, je suis rentré ! Coupe ton porno, j'en ai vécu un hier soir, j'ai pas encore rechargé les batteries pour l'instant !

Bastien et moi sursautons de concert. La porte d'entrée claque, laissant apparaître un grand rouquin très séduisant, dans le genre *bad boy*. Autant dire, pas pour moi. Et lorsqu'il s'avance, je le reconnais aussitôt ; il était avec Bastien le jour de leur rentrée. Mais je ne m'attendais pas à ce que ce soit son meilleur ami. Ils n'ont clairement rien en commun, à commencer par le franc-parler de ce dernier, qui me perturbe quelque peu.

Lorsqu'il arrive dans la cuisine, il ouvre la bouche, regarde Bastien, puis moi. Il me reluque sans aucune gêne, de la tête aux pieds. Je me tortille sur la chaise, mal à l'aise lorsque je réalise que je ne porte que le pull et le short que Bastien m'a prêtés pour cette nuit. Lorsque je croise à nouveau son regard, je le vois intrigué. Un instant, j'ai peur qu'il me reconnaisse. Je plonge alors mon nez dans la tasse, priant pour qu'il ne dise rien de compromettant.

— Oups. À ce que je vois, j'ai interrompu quelque chose, rigole-t-il nerveusement. Qui est cette charmante personne, Bastien ?

L'intéressé toussote, aussi gêné que moi par cette soudaine apparition. Visiblement, il ne s'attendait pas à ce que son colocataire revienne aussi tôt.

— Je te présente Lili, une amie. Voici Damien, mon insupportable coloc.

Je salue brièvement Damien, sans pouvoir m'empêcher de penser que Bastien m'ait simplement qualifié « d'amie ». Bon, après tout, je m'attendais à quoi ? À ce qu'il annonce que j'étais sa petite amie, alors qu'on a eu que deux rencards et qu'on en a même pas encore discuté ?

— Ok, alors enchanté, Lili. On ne se serait pas déjà vu ?

Et merde ! Les signaux d'alerte rugissent dans ma tête. Je tente de la jouer décontractée, le regarde droit dans les yeux, fais semblant de réfléchir une seconde avant de secouer la tête.

— Non désolée. Un mec comme toi, ça s'oublie pas.

Il glousse, prenant ma remarque pour un compliment. Seul Bastien comprend au son de ma voix que c'est ironique, je le vois croiser les bras avec un sourire moqueur.

— Je suis quand même sûr de t'avoir déjà croisé quelque part. Pas grave ! Je m'en souviendrais bien un jour. Allez, je vous laisse, les « amis ».

Il crochète ses doigts pour mimer les guillemets et s'éclipse d'une manière loin d'être discrète. Bastien lâche un soupir qu'il semblait retenir depuis l'arrivée de son ami.

— Désolé, il peut paraître bizarre, voire carrément déjanté, mais il est pas méchant. Il ne connaît juste pas ses limites.

— Ou alors il se fiche complètement du regard des autres.

Bastien approuve, songeur. Puis, il vient devant moi, me tire de ma chaise pour pouvoir m'enlacer. Je me blottis contre lui, inspirant à fond son odeur boisée. Pour rien au monde je ne voudrais être ailleurs.

— Lili ? Je voudrais savoir...

Je lève les yeux vers lui. Je vois dans ses yeux qu'il est tiraillé. Je dépose un petit baiser sur ses lèvres pour l'encourager.

— Oui ?

— Toi et moi, on est quoi ? Parce qu'on ne peut pas dire qu'on soit réellement des amis. Et un couple, peut-être pas non plus, tu vas sûrement trouver ça précipité.

— Non ! Pas du tout, je réplique, un peu trop vite à mon goût. Je veux dire, on peut se considérer comme un couple, après tout, on a déjà eu deux rencards, on a échangé le premier baiser, on a même dormi ensemble. Si tout ça ne fait pas de nous un couple, je ne sais pas comment nous qualifier.

Bastien penche la tête sur le côté, réfléchissant à chacun de mes mots. Finalement, il hausse les épaules et sourit :

— Tu sais quoi ? Tu as raison. Et puis de toute façon, quelle importance ? On peut se qualifier de n'importe quel terme, et quel que soit le chemin que prendra notre relation, je n'irai pas voir ailleurs. Ça me paraît important que tu saches qu'il n'y aura que toi, même si tu décides qu'il n'y aura rien de sérieux.

— C'est pareil pour moi, je réponds avec ardeur. Je n'irais pas voir d'autres hommes tant que je serai avec toi. Je préférerai t'en parler et mettre un terme à notre histoire que de te faire souffrir pour rien.

Un sourire reconnaissant vient se dessiner sur son visage. Je me sens soulagée d'avoir eu cette discussion, mais la tension revient aussitôt lorsqu'il rajoute :

— J'aimerais beaucoup qu'on puisse officialiser notre relation à la fac. Après tout, on est sur le même campus, autant en profiter.

Chapitre 37 _ Bastien

La matinée s'est achevée de la même manière que lorsqu'elle a débuté : avec une bonne dose de surprise. Malgré notre lever tardif, nous avons convenus qu'il serait mieux de filer en cours avant de rater trop d'heures. Lili n'a pas répondu à ma dernière requête, se contentant de sourire timidement et de me déposer un baiser au coin des lèvres. Elle m'a quand même laissée l'emmener avec moi à la fac, mais nous nous sommes séparés bien trop vite à mon goût. Un dernier baiser, et voilà qu'elle disparaissait dans la foule, prétextant un besoin de passer chercher des changes que son amie avait dû lui apporter.

J'ai suivi les derniers cours tant bien que mal, la tête emplie de Lili. J'ai savouré chaque seconde passée à ses côtés, même si j'aurais aimé en grappiller un peu plus. Je sais que je dois être patient, ne pas la brusquer au risque de lui faire peur, mais c'est très dur. Je l'ai dans la peau, c'est indéniable.

Damien ne m'a pas encore sauté dessus, et je ne sais pas si c'est bon signe, ou si au contraire je dois m'inquiéter. Bon, le fait que je l'évite joue peut-être aussi en ma faveur, mais je m'attends à le voir surgir à tout instant devant moi, avant de m'assaillir de questions les unes plus dérangeantes que les autres. Je ne peux pas lui en vouloir d'être comme ça, je voudrais juste qu'il soit un peu plus « sérieux », pour ne pas faire fuir ma copine. Car c'est bien ce qu'elle est, non ?

Ma dernière heure de cours me permet de retrouver

Océane. Aujourd'hui, elle va m'apprendre à me présenter convenablement pendant un éventuel entretien. Je la retrouve devant la salle de classe, en compagnie de son amie. Cette dernière sursaute lorsque j'arrive à sa hauteur et baisse les yeux au sol. Je hausse un sourcil, étonné par son attitude. Je tente d'engager la conversation poliment :

— Salut, moi c'est Bastien. Ton amie est ma binôme dans ce cours.

— S'lut, marmonne-t-elle, refusant de croiser mon regard.

Elle adresse un petit signe de la main à Océane avant de s'enfuir, le dos raide et les livres de cours serrés contre sa poitrine. Le cliché parfait de l'intello. Son attitude jette un froid, me laissant une sensation de malaise. Ça ne paraît pas naturel, on aurait presque l'impression que...

Qu'elle se donne un genre, comme j'ai pu le faire en début d'année. Elle se cache derrière cette image de fille parfaite, j'en mettrai ma main à couper. Comme pour confirmer mes dires, Océane s'excuse :

— Désolée, ne crois pas qu'elle ne t'aime pas. Elle est juste... forcée d'être parfaite.

— Comment ça ?

— Disons qu'elle a des parents qui attendent d'elle la perfection. Elle n'a pas le choix, malheureusement.

Je pince les lèvres, dubitatif. Je ne comprends pas comment on peut se laisser traiter ainsi par ses propres parents. Qu'attendent-ils d'elle au juste ?

Je ne creuse pas plus mes interrogations et pénètre dans la salle, prêt à donner le meilleur de moi-même.

***

Je suis penché sur une dissertation qui me donne du fil à retordre lorsque Damien rentre de cours. Si moi j'ai eu la chance de finir, tôt, ce n'est pas le cas de mon ami, qui rentre en bougonnant.

— Qu'est-ce qui se passe ? je crie depuis ma chambre.

— J'ai faim !

Je pouffe de rire. Du Damien tout craché. Je me repenche sur ma copie lorsque je le vois du coin de l'œil sur le pas de ma porte. Je fais mine d'écrire, attendant que le couperet tombe.

— Alors ? Tu n'as rien à me dire ?

Je hausse les épaules, feignant de ne pas comprendre. Mais Damien n'est pas dupe. Il m'arrache le stylo des mains et le pointe vers moi d'un air menaçant.

— Ne me prends pas pour un idiot. Tu m'avais bien caché ton jeu, sale petit ingrat. Ton premier rencard a donné suite à un deuxième, puis à l'arrivée dans ton pieu, et tu voulais me cacher ça, à *moi*, ton meilleur ami ?!

— Bien sûr que non, je ne te l'aurais pas caché ! je déballe à toute vitesse, tant que j'en ai le courage. Je cherchais juste... le meilleur moyen de te l'annoncer sans que je me fasse charrier. Parce que je ne voulais pas que tu lui fasses peur avec tes sous-entendus salaces, alors qu'on vient à peine de se rencontrer. Et pour ton info, oui on a fini dans mon lit, mais il ne s'est rien passé, parce que je n'étais pas prêt, alors j'espère que tu vas m'épargner ton discours moralisateur sur la perte de temps, parce que je ne suis franchement pas d'humeur ! Je me prends la tête parce que je ne sais pas comment notre relation va évoluer, je ne sais pas si elle veut qu'on soit un couple, même à la fac, et en plus je galère à mort avec cette dissertation !

D'un geste rageur, je chiffonne ma feuille et la balance à travers la pièce. Damien reste bouche bée devant ma franchise. Il se contente de me regarder comme s'il m'était poussé un troisième bras. Puis il cligne des yeux plusieurs fois, éberlué, avant de souffler :

    – Wouah ! Si je m'attendais à ça.

    – Quoi donc ?

    – Mon petit Bastien s'affirme enfin ! Et il ne fait plus semblant !

Il applaudit un bref instant avant d'arborer un air sérieux qui lui est franchement inhabituel :

    – Je vais te confier une chose, que tu dois absolument savoir, maintenant que ça paraît sérieux : ne contrarie jamais une femme. Jamais.

Devant ma tête ahuri, il hausse les épaules.

    – Quoi ? C'est vrai, crois-en mon expérience. C'est la leçon numéro un à retenir lorsque tu te retrouves en couple. Parce qu'une femme contrariée, c'est comme une rose : tu la trouves irrésistible, tu veux y toucher, mais tu te prends de ces épines ! Ça pique là où il faut et ça fait mal ! Mais ça la rend encore plus attractive...

Il laisse échapper un soupir rêveur qui me laisse perplexe. Je n'avais jamais vu Damien aussi sérieux, je ne le pensais même pas capable de me sortir d'aussi belles métaphores. Mais avant que je ne puisse dire quoi que ce soit, il reprend contenance, tape dans ses mains et chantonne :

– Bon, toi et moi, on sort. Je crois qu'on a plein de choses à se dire.

Chapitre 38 _ Lili

Deux semaines viennent de s'écouler à la vitesse de la lumière. Et j'ai l'impression de vivre sur un petit nuage. Par je ne sais quel moyen ingénieux, j'ai réussi à voir Bastien presque tous les soirs à la sortie de la fac. Troquer mes vêtements couvrants et ma perruque pour enfin dévoiler la vraie moi me fait toujours un drôle d'effet, comme si je m'accordais une pause dans toute cette comédie.

J'ai toujours cette angoisse qui me tord le ventre de voir mon père dans la foule d'étudiants, mais j'ose prendre le risque. C'est plus fort que moi, Bastien est ancré dans ma peau. Bon, pas au sens littéral, mais presque. J'ai enfin pu lui dévoiler mes bras, les cicatrices ayant presque disparu de ma peau. Je me souviens encore avec délice son regard appréciateur devant mes tatouages.

Les week-end, Océane m'a servi de couverture pour que je puisse rejoindre Bastien à son appartement. Heureusement pour nous, Damien était aux abonnés absents. Mon copain m'a avoué avoir eu une conversation avec lui, et que depuis, son ami respectait un peu plus sa vie privée.

Parce que oui, je peux enfin le dire, Bastien est mon copain. Je ne sais pas quel tournant prendra notre relation, mais ces deux premières semaines sont plutôt prometteuses. Je suis bien, pour la première fois depuis ma rupture avec Nathan. Bastien ne m'a pas encore posé de question sur mon passé, il n'a pas non plus cherché à savoir pourquoi nous n'avions toujours pas pu nous croiser sur le campus, et intérieurement, une partie de moi en est soulagée.

J'ai horreur des mensonges, d'autant qu'il m'a parlé plus d'une fois sans le savoir. J'ai peur qu'il se doute de quelque chose, parce qu'à force de me côtoyer, il finira bien par s'apercevoir que la meilleure amie d'Océane et sa petite copine sont une seule et même personne.

J'ai d'ailleurs fini par avouer à ma meilleure amie que mon copain n'est autre que son partenaire de cours. Elle n'a pas eu l'air surprise, elle s'est contentée de pousser des petits cris de joie et de me dire :

— Je suis tellement heureuse ! Il a l'air d'être un gars bien et honnête, tout ce qu'il te faut. Je te l'avais dit qu'il faisait semblant de jouer aux durs.

J'avais acquiescé, amusée. Il est vrai que pour le coup, sa manière peu engageante de draguer le jour de la rentrée ne nous avait pas du tout convaincues. J'en viens encore à me demander pourquoi il s'était comporté de la sorte, mais je ne peux pas le questionner, au risque de cramer mon identité.

Et puis, comment réagirait-il s'il découvrait que je me cachais derrière l'image d'une fille timide et droite ? Je sais qu'un jour où l'autre, je devrais tout lui dire, mais pas pour l'instant. Je préfère me réfugier dans cette bulle réconfortante et chaleureuse qu'il m'offre.

Ce dimanche, nous étions dans notre routine ; lui devant un jeu vidéo, et moi avec mon carnet de croquis, en train de reproduire « la naissance de Vénus » depuis quelques heures. Tout à coup, une idée me vient. Une envie subite de sortir de mes habitudes. Je mordille mon crayon, avant de me lancer et de griffonner à nouveau. Bastien sent que je m'agite un peu plus, puisqu'il jette un coup d'œil sur mon œuvre et écarquille les yeux d'admiration.

— C'est Vénus, pas vrai ? J'adore les tatouages que tu lui

as rajoutés.

Je lui adresse un petit clin d'œil coquin :

— Tu n'étais pas au courant ? Les Déesses de l'Amour sont tatouées. Elles doivent juste se cacher pour mieux se dévoiler devant leur partenaire.

— Un peu comme toi, pas vrai ?

Mon sourire vacille. Il ne sait pas à quel point il a visé juste. Mais il enchaîne comme si de rien n'était, un sourire plus lubrique sur le visage :

— Tu me dévoiles tes œuvres d'art pour me séduire, telle Aphrodite qui surgit de cette coquille, prête à faire tomber le plus commun des mortels dans ses bras.

Il me fait basculer sur le canapé avant de se pencher sur moi et de s'emparer de mes lèvres avec gourmandise, puis de descendre sur ma gorge. Sa comparaison m'amuse un premier temps, mais un gémissement s'échappe de mes lèvres lorsque je le sens aspirer doucement la peau de mon cou. Pas trop fort, pour ne pas me laisser de marque, mais suffisamment pour me faire perdre la tête.

Bastien descend le long de mon ventre, répandant une traînée brûlante de baisers, me faisant haleter un peu plus fort. Je le sens plus confiant, il vient glisser ses doigts sur ma peau nue avant de tirer doucement sur mon tee-shirt pour me le retirer. Je le laisse me torturer encore un instant avant de me jeter sur ses lèvres, affamée. Mais Bastien ne compte pas me laisser faire. Il me caresse les cheveux avant de descendre ses mains sur mes bras recouverts de frissons. Il me rallonge sur le canapé et trace le contours de mes tatouages avec lenteur.

— Oui, tu as raison. Les Déesses de l'Amour sont tatouées, murmure-t-il, la voix rauque de désir.

Il s'empare de ma bouche avec fougue. Il la mordille, la savoure, tantôt doux, tantôt pressé. De quoi me faire perdre la tête en quelques instants.

Je le sens dur contre moi, pourtant, à aucun moment il ne montre l'envie de passer à l'étape supérieure. Je meurs d'envie de lui arracher son pantalon pour qu'il me prenne enfin, mais ma dernière tentative datant de quelques jours s'étant révélé un échec, je ne fais rien. Je le laisse découvrir mon corps avec sa langue, tremblante de désir et de frustration.

***

Lorsque j'ouvre les yeux, il fait encore nuit. Le réveil de Bastien indique une heure du matin. Nous nous sommes couchés depuis deux heures maintenant, encore une fois sans rien échanger de plus que quelques baisers qui nous ont laissés ivres d'envie. Mais à présent, alors que je touche les draps froids, qu'une lumière filtre sous la porte de la salle d'eau, et que de petits gémissement étouffés me parviennent vaguement, je n'ai plus aucun doute. Bastien est parti assouvir son envie sans moi.

Profondément blessée, je me tourne dans le lit. Qu'ai-je bien pu faire pour qu'il préfère sa main à moi ? J'ai été patiente, il ne voulait pas me brusquer, comme il aimait me le répéter. Mais à aucun moment il ne m'a demandé ce que je voulais vraiment, où alors il faisait tout pour détourner le sujet. Je me lève alors et m'habille à la hâte, décidée à le laisser seul pour cette nuit. La rage me fait m'emmêler les pinceaux, me faisant jurer lorsque je tombe par terre, les deux jambes coincées dans le pantalon.

La porte s'ouvre brutalement, laissant apparaître Bastien uniquement vêtu d'une serviette sur la taille. Ses cheveux ébouriffés et son air ahuri me font presque regretter ma décision.

– Qu'est-ce qui se passe ? Lili ?

Il me regarde, perdu. Une étincelle de panique traverse son regard lorsqu'il voit que je suis en train de me rhabiller.

– Tu t'en va ? Pourquoi, qu'est-ce que j'ai fait ?

– Qu'est-ce que tu n'as pas fait, plutôt, je rétorque avec colère. Ou plutôt, à cause de ce que tu étais en train de faire.

Il pâlit aussitôt. Il se racle la gorge, tentant de nier :

– Je n'ai pas... je ne...

– Arrête, je le coupe. Te fatigue pas. Je sais très bien dans quel état on était avant de se coucher, moi aussi j'étais comme toi. Rappelle-toi juste que c'est toi qui nous a mis dans cet état.

Bastien se tortille, ne sachant où se mettre.

– Je sais, je suis désolé.

– Pourquoi ? je crie, agacée. Pourquoi tu nous excites pour qu'au final on s'arrête en plein milieu ? Pourquoi tu ne veux pas coucher avec moi ? Je sais que ça fait peu de temps qu'on est ensemble, mais un coup tu sembles ok pour passer à l'étape supérieure, et la seconde suivante, plus rien. Qu'est-ce que j'ai pu faire pour te couper à chaque fois ?

Je le vois mal à l'aise, mais je croise les bras, inflexible. Je veux des réponses, désormais, pas question qu'il ne se défile.

– Ce n'est pas toi, c'est moi.

J'éclate d'un rire mauvais en levant les bras au ciel. Si je m'attendais à ça !

 — Alors là, elle est pas mal ! Voilà que tu me sors l'excuse pathétique de tous les mecs.

 — Je suis sérieux. C'est vraiment moi qui ai un problème.

Il inspire à fond, ouvre la bouche à deux reprises. Je fronce les sourcils, perdue. Je vois bien qu'il bloque, que ça doit lui peser pour qu'aucun mot ne réussisse à sortir de sa bouche. Mais alors que je n'y croyais plus, il me lâche la bombe :

 — Je n'y arrive pas parce que je suis encore vierge.

Voilà, c'est dit. La plus grande honte de ma vie vient d'être avouée à la femme qui me plaît. La honte me brûle de l'intérieur, vicieuse et douloureuse. Je n'ose même plus regarder Lili. Je suis sûre qu'elle doit me considérer avec dégoût, comme Jessica. J'attends, les paupières closes, qu'elle se mette à éclater de rire avant de me planter là.

Je me passe une main dans mes cheveux, frustré.

— Voilà. Ce n'est pas vraiment comme ça que j'imaginais annoncer ça, mais bon...

Lili se lève et vient se planter devant moi. Je n'ose toujours pas croiser son regard, mais elle m'oblige à plonger mes yeux dans les siens en attrapant mon menton. Une fois de plus, mon cerveau s'amuse à me tourmenter, me faisant remarquer que je suis de la même taille que ma copine, et non pas plus grand et plus protecteur, comme toutes les filles en rêvent.

— Quel âge as-tu ? me demande-t-elle d'une voix calme.

— Dix-neuf ans dans quelques semaines, je marmonne, les joues rouges.

— Donc, nous sommes d'accord pour dire que tu es jeune. Que tu rentres seulement dans le monde adulte.

Je fronce les sourcils, ne voyant pas où elle veut en venir. Lili me caresse tendrement la joue, les yeux débordant de tout sauf ce à quoi je m'attendais : de l'amour.

— Ce n'est pas une honte de n'avoir aucune expérience alors que tu n'as même pas encore passé le cap de la vingtaine. Et même si tu avais, je ne sais pas, dix ans de plus, ce serait pareil. Ce qui compte avant tout, c'est de se sentir prêt, de laisser les choses se dérouler comme elles se doivent.

Une larme roule sur ma joue. Lili l'essuie délicatement, surprise. Mais c'est trop tard, en rien de temps, mon visage se retrouve trempé. Ma copine me tire contre elle, me berçant alors que je sanglote silencieusement. Elle m'entraîne sur le lit, m'allonge et vient se blottir contre moi. Je l'entoure de mes bras, respirant profondément pour tarir mes larmes. Un long moment de flottement s'ensuit, durant lequel je me sens un peu apaisé.

Une part de moi est soulagée d'avoir enfin pu dire la vérité. Mon cœur me serre moins dans ma poitrine, même si ma gorge semble vouloir restée nouée. Sentir la chaleur réconfortante de Lili sur mon torse m'aide à reprendre doucement mes esprits. Je lui dois des explications, désormais.

— Si tu savais à quel point c'était dur, j'articule difficilement. J'accompagnais Damien à chaque fête à laquelle on l'invitait, lui, au lycée. On ne me demandait jamais si je voulais venir. Après tout, qui a envie de s'encombrer d'un mec coincé, obnubilé par les cours et qui n'a jamais eu de petite amie ?

Je lâche un rire jaune, les souvenirs amers refaisant surface. Moi qui croyais les avoir profondément enfouis dans ma mémoire, voilà qu'ils n'attendaient que la première opportunité pour se rappeler à moi. Et avec, la première humiliation qui a conduit à me dégoûter...

Nous sommes en Terminale. Le bac approche à

185

grands pas, et même si j'ai révisé toute l'année avec assiduité, je doute. Et si on tombait sur le seul sujet sur lequel j'ai eu du mal à mémoriser ? Damien s'en fiche complètement. La seule chose à laquelle il pense, c'est à ce soir.

— Ça y est, c'est the moment ! s'exclame-t-il en rajustant son tee-shirt noir sur ses épaules. C'est ce soir que je vais conclure avec Marie.

— Tu n'as pas déjà conclu avec elle la semaine dernière ? je questionne ironiquement.

Damien me regarde comme si j'étais attardé. J'ai horreur de ce regard, même si je sais que mon ami ne pense pas à mal en me dévisageant ainsi.

— Mais non andouille ! C'était avec Dania. Mais elle était un peu trop collante, alors maintenant c'est fini. Et puis, Marie, c'est une vraie bombe sexuelle à côté.

Je hausse les épaules, l'air de m'en moquer. Pourtant, sa remarque innocente me rappelle douloureusement que moi, je n'ai encore jamais eu de « bombe sexuelle » dans ma vie. Si mon ami a perdu sa virginité en début d'année, à mon plus grand dam, je traîne encore la mienne comme un boulet.

— Allez, t'inquiète pas, on va bien s'amuser, m'assure Damien en me donnant une tape sur l'épaule.

Deux heures plus tard, me voilà une nouvelle fois traîné contre mon gré dans une énième fête organisée par un camarade de classe que je ne connais pas, où alcool et joints circulent en toute liberté. Je tente de me trouver un coin tranquille, mais c'est peine perdue. Je me réfugie dans le jardin, faisant fi de la température fraîche. Je sors quelques fiches de révision que j'avais soigneusement plié *avant de partir, ré hausse mes lunettes et me plonge dans la lecture.*

    Ma tranquillité est malheureusement de courte durée. J'entends des pas venant dans ma direction. Je fais croire un premier temps que je ne me suis rendu compte de rien, mais un toussotement insistant me fait lever les yeux. Lola, la meilleure amie de Marie, et l'une des filles les plus populaires de ma classe, se tient devant moi, l'air intimidé. Je la dévisage avec stupeur ; jamais elle ne m'avait parue aussi réservée.

    — Excuse-moi, je ne voulais pas te déranger, dit-elle d'une voix fluette. Mais à l'intérieur, ça devient n'importe quoi. J'avais l'impression d'étouffer. Ça t'ennuie si je reste un peu avec toi ?

    — Pas du tout ! je m'exclame avec trop d'empressement. Je t'en prie, installe-toi.

Lola sourit et s'assoit avec moi. L'herbe humide ne semble pas la gêner. Elle se penche vers moi, et son parfum mentholé vient chatouiller mes narines.

    — Qu'est-ce que tu fais ?

J'hésite, mais lui montre finalement mes fiches. Elle les parcoure rapidement, une étincelle d'admiration dans le regard d'un bleu ciel magnifique.

    — C'est incroyable ! Comment tu réussis à résumer autant de choses sur ces petites feuilles ?

    — Rien de plus simple, je me base sur l'essentiel, je coupe tout en plusieurs sous-catégories, avec des exemples types, avant d'amener la conclusion.

Lola reste suspendue à mes lèvres. Lorsqu'elle me demande de lui apprendre, je n'hésite pas une seconde. La soif de partage fait disparaître un instant l'intello timide que j'étais.

Alors que je suis sur ma lancée, Lola fait doucement glisser sa main sur ma cuisse. Déboussolé, je bafouille. Mais elle me regarde avec tendresse, sa main remontant toujours plus vers la bosse qui commence à étirer mon jean. Elle vient me caresser, faisant gonfler encore plus mon érection. Je gémis. Cette sensation nouvelle me fait perdre le fil de notre échange. Lola se penche alors vers moi, ses lèvres rouges viennent se poser sur les miennes.

Son parfum m'enveloppe instantanément, je viens caresser maladroitement sa joue pendant que ses lèvres dévorent les miennes. J'adore la vague qu'elle fait naître dans ma poitrine. Lola me donne pendant quelques instants la sensation d'être un homme, enfin.

– Attention ! Dépucelage en vue !

Des rires gras accompagnent la remarque, me sortant de ma douce torpeur et nous faisant sursauter. Lola se tourne brusquement vers les importuns, Arthur et sa bande habituelle, l'air fâché.

– Sérieux les mecs !

La gêne d'avoir été pris en flagrant délit s'apaise un peu, juste avant que Lola ne dise d'une voix suave :

– Vous auriez pu attendre deux minutes, vous auriez eu une super photo de lui à poil.

Une seconde. Deux secondes. Puis, la douche froide. Je reste béat devant la jeune fille, qui me regarde cette fois avec un mélange de dégoût et de moquerie.

– Sérieusement, tu croyais vraiment que j'allais m'emmerder à dépuceler un intello dans ton genre ? Arrête de rêver !

Je reste sans voix, le sang glacé dans mes veines. Tétanisé, je n'arrive même pas à me lever et à fuir cette scène cauchemardesque. Les mots restent bloqués dans ma gorge, me faisant haleter. Lola éclate d'un rire mauvais devant ma tête :

— Regardez-moi ça ! Ce mec est vraiment une couille molle.

Les rires emplis de méchanceté peinent à me tirer de ma torpeur. Je me redresse du mieux que je peux, mais Lola pose ses mains sur mes épaules, fermement, et susurre :

— Attends un peu, pourquoi tu veux partir ? J'ai cru comprendre que tu aimais ça.

Elle glisse à nouveau sa main sur mon entrejambe et la presse.

Glacé. Rien ne peut mieux décrire la sensation affreuse qui paralyse tout mon corps et m'empêche de fuir. Mes muscles sont raides, le souffle se fait saccadé, mais tout ce à quoi je parviens à penser est : « je ne veux pas ça. »

J'entends mes rires, comme s'ils venaient de loin, presque imperceptibles. Ma vue est totalement obstruée, seules deux prunelles d'un bleu plus acier que ciel me transpercent d'un milliard de coups de couteau dans la poitrine.

Puis, l'électrochoc. Je la repousse, me lève précipitamment, trébuche plus d'une fois, toujours sous leurs moqueries et insultes. Une fois stable, je cours. Je cours dans la rue, vers chez moi, loin de cette humiliation qui restera gravée dans leur mémoire, et dans la mienne. Pas un seul instant ne s'écoule sans que leurs rires démoniaques ne résonnent encore dans mes oreilles.

Les larmes ont recommencé à couler, mais je ne me donne pas la peine de les essuyer. Cette soirée aura été le début de l'enfer pour les quelques mois qu'il me restait à tenir avant les examens finaux.

J'ai été trois semaines enfermé dans ma chambre, à trembler sous ma couette, à frémir chaque fois que je revoyais Lola me caresser doucement. Chaque matin où je me réveillais avec une érection, je fonçais dans la salle de bain pour y vomir de la bile. Je ne supportais plus mon corps, lâche et informe. Je détestais ces lunettes qui me rangeaient dans une certaine catégorie. Et par-dessus tout, j'en voulais à Damien de m'avoir entraîné dans cette soirée, au lieu de me laisser réviser tranquillement chez moi.

Le retour au lycée m'a laissé un goût amer, que j'enfouis encore aujourd'hui tout au fond de ma mémoire, dans un recoin bien sombre où je n'ai encore aucune envie de m'y aventurer.

J'ai mis longtemps avant d'accepter de revoir mon meilleur ami, et de tout lui raconter. Même ma mère n'a jamais rien su de cette agression, elle qui faisait tout pour me réconforter et me faire parler. Je ne souhaitais pas voir la déception dans son regard ; son propre fils, incapable de se défendre face à une simple fille.

Lili me ramène à la réalité en déposant délicatement ses lèvres sur les miennes. Je m'accroche alors à elle, l'embrassant avec l'énergie du désespoir. Notre baiser a un goût salé, mais qu'importe. Elle ne me lâche pas, et je n'ai pas l'intention d'en faire autrement.

Son étreinte est comme une promesse, la promesse que je peux compter sur elle, que désormais, tout sera différent. Et je veux y croire. Je veux croire en nous. Alors, tant que le courage me domine, je lui dévoile ce secret qui m'a rongé depuis bien trop longtemps...

Chapitre 40 _ Lili

La nuit très courte me fait une nouvelle fois bailler pendant le cours. Je tente par tous les moyens de rester concentrée, mais la discussion avec Bastien tourbillonne sans cesse dans ma tête. J'ai du mal à réaliser combien sa dernière année de lycée a dû être un calvaire. Comment peut-on être aussi garce, et harceler un garçon qui n'a rien demandé, pour le simple plaisir de se sentir supérieure ? À quel moment on peut se dire, « tiens, si j'allais violer quelqu'un qui ne me revient pas ? Je m'ennuie aujourd'hui » ?

Mon cœur se serre douloureusement à l'idée que Bastien ait pu souffrir autant, au point de se détester lui-même. Ce qu'il a subi est malheureusement trop souvent gardé sous silence. Après tout, ce sont les hommes les agresseurs, pas les victimes. Le contraire est inimaginable aux yeux de notre société, et pourtant, c'est la triste réalité. Il y a bien plus d'hommes victimes d'abus sexuels qu'on ne le pense, et qui méritent d'être entendus et défendus.

Aucun mot n'était assez fort pour effacer la peine qui l'a englouti la nuit dernière. Il s'est contenté de me serrer dans ses bras, avec suffisamment de force pour me faire comprendre qu'il avait besoin de moi. J'avais chaud, mais je n'avais pas le cœur de me retirer de son étreinte. Je voulais avant tout qu'il ressente tout l'amour que je pouvais lui dédier, suffisamment pour l'apaiser quelques heures et le laisser dormir.

Mes yeux se ferment d'eux-même pour la quatrième

fois, mais une tape sur mon épaule me réveille aussitôt. Océane me regarde avec de gros yeux. Je hausse les épaules d'un air contrit. J'aimerais bien lui expliquer la raison de mon état, mais je ne veux pas trahir la confiance de Bastien.

Le cours s'achève enfin. Océane crochète son bras au mien et me siffle à l'oreille :

— Je ne sais pas ce que tu as fait cette nuit, et je ne veux pas le savoir. Par contre, méfie-toi. Le prof t'as regardé plus d'une fois.

— Quelle importance ? Il doit en voir plus d'un s'endormir dans ses cours.

— Oui, mais lui, c'est un ami de ton père. Souviens-toi, il s'était vanté en début d'année d'avoir l'opportunité de surveiller la fille de son ancien collègue.

Mes yeux s'écarquillent de terreur. J'avais complètement oublié ce détail. Mon père avait travaillé comme serveur avec mon professeur, le temps de payer leurs études. Et à ma première rentrée, il s'étaient immédiatement reconnus. Comment avais-je pu effacer leur échange malsain de ma mémoire ?

Prise de tremblements, je cours jusqu'aux toilettes. Je plonge mes mains moites sous l'eau, avant de m'asperger le visage. Je ferme les yeux et inspire profondément plusieurs fois. Mais rien à faire, mon cœur martèle ma poitrine, mon souffle se bloque dans ma gorge. Parce qu'au fond de moi, je sais que j'ai fait une erreur monumentale, et que je le paierai cher en rentrant à la maison. Le professeur n'aura aucune pitié envers moi, je sais qu'il va cafter. Tout comme je sais que je vais souffrir.

***

La peur me donne de violentes nausées. Immobile sur le pas de la porte depuis plusieurs minutes, je n'arrive pas à lever la main vers la poignée. C'est comme si tout mon corps s'était transformé en pierre ; le moindre mouvement me demande un effort colossal.

Je hoquette de frayeur lorsque la porte s'ouvre brusquement devant moi, laissant apparaître mon père. Je croise son regard un millième de secondes, mais qui aura été suffisant pour me faire comprendre que l'angoisse qui m'a torturé toute la journée était bel et bien fondée. Il me tire brutalement dans la maison et claque la porte derrière moi. Après tout, il est hors de question que les voisins soient témoins de son défoulement. Avant que je ne puisse dire quoi que ce soit, il empoigne mes cheveux et me traîne jusqu'à ma chambre. Je couine de douleur, les yeux emplis de larmes.

– J'ai reçu un coup de téléphone aujourd'hui, siffle mon tortionnaire en me poussant par terre. Mon ancien collègue, avec qui j'ai pu reprendre contact, affirme t'avoir vu piquer du nez durant toute la durée de son cours. Maintenant, tu as intérêt de me dire ce que tu as vraiment fait hier soir.

– J'étais chez Océane et...

Une gifle monumentale me coupe la respiration. La brûlure tiraille tout juste ma joue qu'une deuxième claque vient m'étaler entièrement par terre. Je halète sous l'effet de la douleur, mais je n'ose pas toucher les plaques rouges qui s'échauffent sur mon visage. Mon père prendrait cela pour un signe de faiblesse, et en profiterait pour m'en remettre une ou deux.

– Ne me mens pas ! crie-t-il alors, les yeux lançant des

éclairs.

Il pince mes joues entre ses doigts, me forçant à le regarder. La haine que je peux lire dans son regard me glace le sang.

— Où. Étais. Tu ? poursuit-il en détachant chaque mot, comme s'il parlait à une demeurée.

— Chez Océane, j'articule du mieux que je peux.

La pression de ses doigts s'accentue, écrasant ma mâchoire comme un vulgaire insecte. Je ne peux retenir les larmes de douleur qui viennent s'écraser sur sa main. Ce simple contact le fait se retirer aussitôt. Il grimace de dégoût et s'essuie rapidement, avant de reporter son attention sur moi.

— Tu n'es qu'une sale petite menteuse ! Si tu n'en démords pas, et que tu étais vraiment chez Océane, elle ne verra donc pas d'inconvénient à ce que ces petites escapades s'arrêtent, n'est-ce pas ?

J'écarquille les yeux, horrifiée. Le rictus triomphant de mon père lui donne toutes les réponses à ses interrogations.

— Et tant qu'on y est, à partir de maintenant, je garderai ton portable et ton ordinateur. Tu n'auras le droit d'utiliser ce dernier qu'une heure pour tes cours. Donne-les moi, tout de suite.

Il tend la main, un sourire mauvais aux lèvres. Dans ma tête, c'est la panique. Si je lui donne maintenant mes deux sources d'évasion, comment vais-je pouvoir prévenir Bastien de ne surtout pas m'envoyer de message ? Je tente le tout pour le tout, et demande, la voix rauque :

— Je voudrais envoyer un message à Océane, pour lui dire qu'on ne se verra plus les week-ends.

— Tu lui diras demain, à la fac, répond du tac au tac mon père.

Affolée, je tente un ultime coup de bluff :

— Laisse-moi juste lui envoyer la réponse à un cours. S'il te plaît, j'ajoute en grimaçant.

Mon père, ravi que je le supplie, hausse les épaules.

— Dépêche-toi.

Je ne perds pas une seconde et attrape mon téléphone. De là où il est, mon père ne peut pas voir ce que je fais. Je m'empresse d'ajouter Bastien sur liste noire, avant de supprimer tous les messages que nous avions échangés. Mon cœur se brise alors que je bloque son numéro. Puis, je pianote rapidement à Océane la seule idée qui me vienne à l'esprit :

« B ne doit pas se mélanger avec L, sous aucun prétexte, le blanc viendra adoucir le tout seulement des jours après. »

Mon père tape du pied, montrant que sa patience a des limites. Je lui tends alors à contrecœur mes outils, remerciant le ciel d'avoir pensé à aller l'ordinateur en évidence sur le bureau, et non pas dans sa planque. Bien évidemment, il s'empresse de regarder ce que j'ai envoyé à Océane. Il fronce les sourcils, indécis.

— Ce sont des codes couleurs, en arts appliqués, j'explique d'une voix que j'espère neutre.

Il lâche un grognement dédaigneux et me tourne le dos, avant de se retourner une dernière fois vers moi.

— Au fait, j'ai déjà pu arranger mes heures au travail, mais à partir de demain, c'est moi qui viendrai te chercher à la sortie de tes cours.

Cette dernière bombe vient achever l'infime espoir qu'il me restait. Sitôt qu'il est parti, je me relève péniblement pour me jeter sur mon lit. Les larmes dévalent mes joues, venant inonder mon oreiller. J'ai mal. Mais ce ne sont pas mes joues qui me font le plus souffrir. Non, c'est mon cœur qui s'éparpille en un million de morceaux dans ma poitrine. Parce que désormais, je ne pourrai plus voir Bastien, qui pensera probablement que je l'ai largué de la manière la plus lâche possible. Le simple fait de l'imaginer se décomposer lorsque la voix robotique de mon répondeur lui annoncera que ce numéro n'est plus attribué me détruit à petit feu.

Je viens à peine de retrouver l'amour, que je le perds déjà.

PARTIE 2 : MENSONGES ET SENTIMENTS

Chapitre 1 : Bastien

Une goutte vient s'écraser sur mon front. Puis une deuxième. Enfin, le déluge s'abat. Je lève mon visage vers le ciel orageux, à l'image de mon humeur. Sentir la force des éléments se déchaîner a quelque chose de presque réconfortant. Ils n'en ont cure de qui a eu le temps de se mettre à l'abri de leur fureur, ils se contentent d'être, tout simplement. Pendant un bref instant, j'ai l'impression que c'est ce que je pourrais faire ; laisser éclater ma colère, peu importe qui sera sur mon passage.

— Bastien ! Qu'est-ce que tu fais ?! Rentre immédiatement ! Tu vas attraper la mort !

La voix affolée de ma mère me ramène à la raison. Je traîne les pieds jusqu'à la véranda, trempé comme si je m'étais jeté dans une piscine tout habillé. Ma mère fronce les sourcils et me tend une serviette, que j'attrape sans un mot. Elle pince les lèvres, mais ne dit rien. Elle n'a pas besoin, elle sait pourquoi je suis aussi distant et déconnecté de la réalité.

Ça fait un mois que je n'ai plus de nouvelles de... d'elle. Au départ, mes messages sans réponse ne m'ont pas trop fait réagir. Je pensais simplement qu'elle n'avait pas le temps de parler, trop plongée dans ses cours. Puis, l'inquiétude a pointé le bout de son nez lorsque mon dernier message l'invitant à passer le week-end chez moi est resté sans réponse.

Mais le pire, qui a achevé sans la moindre pitié le peu d'espoir qui me restait, cela été lorsque j'ai tenté de l'appeler. Son numéro n'était plus attribué. Elle m'a rayé de sa vie d'un simple clic. Même son profil sur le site de rencontre a été supprimé, ce qui ne m'a étonné qu'à moitié, puisqu'elle m'avait avoué vouloir le faire sitôt après qu'elle m'ait rencontré. À présent, un flot ininterrompu de questions bouillonnent dans ma tête. Mais une en particulier prédomine. Pourquoi a-t-elle fait ça ?

Je ne peux m'enlever l'idée que ma confession nocturne l'a finalement dégoûté de moi, au point de devenir un fantôme le lendemain. Ce n'est pas faute de l'avoir cherché sur le campus, mais je n'ai jamais réussi à l'apercevoir, elle qui pourtant devrait facilement se détacher de la foule, avec ses sublimes tatouages et sa chevelure rougeoyante. Aurait-elle réussi à développer un stratagème pour m'éviter ?

Ou bien, ce qui est plus que probable, le campus est bien trop grand, et elle doit suivre ses cours à l'opposé des miens.

Néanmoins, une part de moi espère la croiser au détour d'un couloir pour enfin avoir une explication. C'est tout ce que je voudrais. Arrêter de me torturer l'esprit toutes les nuits et enfin pouvoir reprendre ma vie normalement, si tant est que cela soit possible. J'ai passé les vacances de la Toussaint seul, faisant fi des citrouilles grimaçantes et des projections de films d'horreur sélectionnés par ma presque demi-sœur.

À aucun moment, je n'ai pu appeler cette semaine de pause des « vacances », à cause de mes nuits blanches et de cette sensation de vide qui me grignotait chaque jour un peu plus de l'intérieur.

Une silhouette vient se planter devant moi, les mains sur les hanches. Je sors de ma torpeur, et croise le regard furieux de Zoé. Son visage est cramoisi. Je ne l'ai vu que quelques fois dans cet état, et mes oreilles s'en souviennent encore. Je n'ai pas le temps d'anticiper que la voilà qui ouvre grand la bouche :

— Tu n'es vraiment qu'un crétin ! piaille-t-elle de son horrible voix aiguë.

Je ne peux retenir une grimace. J'ai vraiment horreur lorsqu'elle pique une crise, sa voix monte si haut que j'ai du mal à croire qu'elle ne se détruise pas les cordes vocales, et son visage se transforme en tomate trop mûre en un clin d'œil. Si je n'étais pas aussi déprimé, j'aurais éclaté de rire, mais le cœur n'y est vraiment pas.

— Je ne sais pas ce que t'as fait cette fille, elle ne te méritait clairement pas, mais ça fait maintenant un mois que tu broies du noir, et tout le monde en pâtit ici. C'est pesant, de te voir tirer la tronche à longueur de journée. Il serait peut-être temps de se ressaisir, tu ne crois pas ? Parce que là, tu es tellement égocentrique que tu n'as même pas réagi lorsque mon père t'a proposé d'aller faire des essayages pour un costume pour le mariage. C'est pas cool de ta part, surtout en temps que futur témoin.

Sa dernière remarque me fait l'effet d'un électrochoc. Ça me fait mal de l'admettre, mais ma peste de future demi-sœur a raison. J'ai été égoïste au point d'en oublier ma mère qui avait besoin de soutien pendant les préparatifs du mariage, qui aurait lieu dans tout juste quatre mois.

Comment a-t-elle pu me supporter aussi longtemps dans cet état alors qu'elle-même a besoin de soutien ? Les remords commencent à me ronger, mais Zoé ne me laisse pas le temps de m'apitoyer. Elle m'arrache des mains la serviette et plisse le nez :

— Allez ! Va prendre une douche, tu pues le chien mouillé. Après, tu pourras peut-être daigner jeter un œil à la carte du traiteur pour m'aider à choisir le menu.

Elle s'éloigne d'un pas énergique, sans plus me regarder. Bouche bée, je la suis du regard, avant de prendre la direction de la salle de bain. Pendant un instant, j'ai enfin eu la vision de la famille recomposée parfaite, sans demi-sœur aguicheuse. Je me surprends à espérer que la prévision du mariage l'aura fait mûrir et lui aura fait prendre conscience que la situation dans laquelle elle souhaitait se mettre virait droit à la catastrophe.

Car maintenant que j'y pense, j'ai toujours connu Zoé, bien avant que nos parents respectifs ne se côtoient. Deux ans plus jeune que moi, elle a fréquenté les mêmes établissements scolaires que moi. À onze ans, elle rentrait au collègue, moi j'en avait déjà fait la moitié, et elle était déjà en train de lorgner sur moi dans la cour. Les gloussements typiques des collégiennes résonnaient régulièrement sur mon passage, et chaque fois que je tournais la tête vers la source de ces bruitages, c'était toujours son regard et son visage cramoisi qui se détachaient de son groupe de copines.

Mais je m'en fichais, je discutais avec quelques camarades de classe, j'ignorais leurs remarques stupides de pré-ados en début de puberté, je préférais de loin la compagnie des livres à celle des filles.

Si je n'y avais pas vraiment prêté attention jusqu'à ce que j'arrive au lycée, c'est lorsque j'ai atteint la Terminale que les choses se sont corsées. Les deux premières années, Zoé étant encore au collège, je n'ai eu aucun problème. J'avais même complètement oublié son existence, elle n'était qu'un vague souvenir de gamin. Mais lorsqu'il l'avait croisée quelques jours après la rentrée, Damien, présent depuis le premier jour et ayant une bien meilleure mémoire que moi, m'avait signalé le retour de « la foldingue », comme il aimait l'appeler au collège, suite à ses gloussements et ses fuites précipitées dès qu'il essayait de l'interpeller.

Il m'avait mis en garde, il l'avait surpris plusieurs fois en train de me suivre entre plusieurs inter-classes, ou de se refaire une beauté juste avant de me frôler, ou même de caresser du bout des doigts mon casier.

À cet instant, j'ai grandement apprécié la phase « espionnage » de Damien, qui se prenait pour un agent infiltré en lycéen et qui jouait son rôle à la perfection. Zoé ne s'était pas rendu compte qu'elle se faisait suivre alors qu'elle-même me suivait. Les messages déposés par la suite « anonymement » dans mon casier et les traces de rouge à lèvres sur un mouchoir m'ont fait tiré la sonnette d'alarme. Car si au début tout cela nous avait amusé, Damien et moi, j'ai par la suite commencé à réellement m'inquiéter de son obsession envers moi. Et j'ai malheureusement réagi trop tard.

Un claquement sec me ramène à la réalité. Je soupire et frotte mes bras nerveusement. Je déteste repenser à ce qui a suivi le jour où j'ai osé confronter ma terrible demi-sœur. Je préfère me dire qu'elle est désormais au-dessus de tout ça, que nous avons fait une erreur de gamin, rien de plus. Il est temps pour moi de clore définitivement ce chapitre en me tournant vers le mariage de ma mère.

Chapitre 2 _ Lili

Je cours. Ma respiration est saccadée, mes jambes me supplient de ralentir, mais j'ignore les signaux d'alerte et poursuis ma fuite. Le sentiment de culpabilité est enfoui au plus profond de moi, et je fais tout pour qu'il n'empiète pas sur la raison. Parce que si je l'écoutais maintenant, je serais capable du pire et de faire volte-face. Mais il ne faut pas. Je me l'interdis, et pousse mon corps dans ses derniers retranchements pour accélérer l'allure.

Mes poumons hurlent de ne pas se remplir de suffisamment d'oxygène et me font haleter bruyamment. Je ne veux même pas penser à mon épaule, qui irradie de douleur. Si je croise quelqu'un, on va me prendre pour une cinglée tout droit sortie d'un asile, avec les flics au cul. Je n'y prête aucune attention et fonce vers la seule porte de secours possible.

Lorsque j'y serai, je ne sais pas ce que je pourrais dire, je n'y ai pas réfléchi une seule seconde. Tout ce que je sais, c'est pourquoi j'en suis arrivée là, alors que je m'étais promis de tenir...

– *ONZE ! Tu oses te pointer la bouche en cœur avec seulement un putain de ONZE SUR VINGT !*
Mon père jette ma copie brouillonne du dernier devoir, remis par son cher ami qui n'attendait que ça : prouver à mon paternel que je n'étais plus concentrée dans les cours.

Car depuis un mois, je vis un véritable calvaire ;

forcée de rentrer avec mon père tous les soirs, surveillée en permanence par son ami, je n'ai fait qu'errer entre les salles de classe, tel un fantôme. Mon cœur en miettes depuis le soir où Bastien m'avait fait ses premières confidences ne cicatrise pas, au contraire. J'ai réalisé qu'il était tout à fait possible de le réduire en poussière encore plus fine, chaque fois que je le croise dans un couloir.

Chaque fois que je le vois, je me redresse, je suis prise d'un espoir fou qu'il capte mon regard et me reconnaisse sous mon accoutrement, et la seconde suivante, je souffre. Il n'a pas daigné lever les yeux. Pire, chaque jour qui passe, je vois la souffrance et la fatigue se peindre sur son visage. Le voir ainsi, aussi défait que moi, suffit à m'anéantir. Il souffre par ma faute, et je ne peux rien faire pour changer la donne.

Évidemment, mes résultats scolaires en pâtissent, malgré la meilleure volonté pour ne rien changer, mais c'est plus fort que moi. Chaque fois que je tente de me concentrer, le visage de Bastien s'impose alors, me détournant de mes cours. Mille et une façons de l'approcher germent dans mon esprit, mais aucune d'elles n'est suffisamment fiable, et ne font que renforcer ma haine contre mon père.

La dernière note en date, nous n'étions censés l'avoir que le lendemain. Or, mon sadique de prof a voulu prouver qu'il était bel et bien de mèche avec mon paternel pour me pourrir la vie.

— C'est comme ça que tu nous remercie de payer tes études ?! En n'étant même pas foutue de ramener des bonnes notes ?

Il pince mon menton entre ses doigts et me force à le

regarder. Ses yeux sont brillants de fureur, dépourvus de ce voile flou qui témoigne habituellement de la présence d'alcool.

– Nous avions un accord, toi et moi. On dirait bien que tu l'as oublié. Ou alors tu te fiches complètement de finir sur un trottoir. Peut-être même que tu n'attends que ça.

Il ricane et me pousse contre le mur. Ma tête cogne violemment, me faisant voir des étoiles pendant quelques secondes. Je n'ai pas le temps de me remettre de ce premier choc que mon père me balance son poing dans l'estomac. Je m'effondre à ses pieds, tentant d'avaler une simple goulée d'air. Mais rien n'y fait. Je hoquette, les larmes s'écoulent une à une, et pendant que je rampe et tente de retrouver mon souffle, mon père retourne s'asseoir dans son fauteuil.

– Tu es pitoyable, me balance-t-il en me regardant toujours au sol, indifférent. Ta mère, elle, était une vraie battante. Toi, tu ne vaux rien. Je ne sais même pas pourquoi on t'a accordé une dernière chance. Trop bon, trop con.

Il saisit un verre sur la table d'appoint avant de se verser une rasade de wisky. Tant bien que mal, je me relève. Je titube un instant, la douleur résonnant encore dans mon ventre. Ma vue se trouble, je me dirige tant bien que mal vers ma chambre avant de m'effondrer sur le lit.

Alors que je laisse échapper un sanglot, la porte s'ouvre brutalement et mon père pénètre dans ma chambre. Il saisit mon bras et me tire à terre. Un craquement provenant de mon épaule me fait hurler de douleur. Il n'en a cure, il se contente de me traîner hors de ma petite zone de confort.

– Je n'avais pas fini de parler, crache-t-il. Tu ne pars que lorsque je t'y autorise.

206

Le monstre qui me sert de père me jette dans le couloir et me toise avec dédain. Toute humanité a définitivement déserté cet homme, mon bourreau, mon géniteur. Je suis la chair de sa chair, mais en cet instant je suis réduite à l'état d'une moins que rien, une étrangère, une erreur. Je crois qu'on peut difficilement faire pire comme souffrance.

Il crache à quelques centimètres de mon visage.

— Misérable ! siffle-t-il, les lèvres retroussées en une grimace de dégoût. Je ne supporte même plus de te regarder. Hors de ma vue !

Il s'éloigne d'un pas lourd, m'abandonnant, le visage déformé par la douleur et le corps secoué de hoquets. Le peu de conscience qu'il me reste appuie sur le bouton d'urgence, chose que je m'étais toujours défendue de faire. Alors, avant que la culpabilité ne reprenne le dessus et me fasse rebrousser chemin, je me relève, attrape le sac que j'avais préparé pour ce jour où j'aurais le déclic, et trébuche vers la sortie. Le cri de mon géniteur qui se doute de ce que je suis en train de faire me donne la force suffisante pour m'élancer. Il est temps de taper le sprint de ma vie, pour ma survie.

Lorsque j'aperçois ma destination finale, un cri de soulagement s'échappe de mes lèvres. Je tambourine la porte de la maison sans discontinuer, jusqu'à ce qu'elle s'ouvre, ce qui manque de me faire basculer en avant. Océane écarquille les yeux, sa bouche s'ouvre en un O choqué lorsqu'elle me reconnaît. Le souffle court, je balbutie :

— Aide-moi...

Puis, le noir me dévore enfin.

Chapitre 3 _ Bastien

La pluie se met à dégringoler lorsque je coupe le moteur de ma voiture. Exaspéré, je soupire. Je fais partie des malchanceux qui sont obligés de se garer à l'autre bout du parking avant de pouvoir atteindre le bâtiment principal de l'hôpital. Et bien évidemment, j'ai oublié un parapluie. En clair, je vais devoir taper le sprint de ma vie, pour la survie de mes cheveux.

Rien qu'en repensant aux conseils de Damien pour que je fasse un effort sur ma coiffure, j'ai envie de rire jaune. Tant d'efforts gâchés par Dame Nature. Dire qu'il y a peu de temps encore, j'étais amorphe sous ces trombes d'eau, et qu'aujourd'hui je donnerais n'importe quoi pour ne pas être mouillé.

Je pose à peine un pied dehors que la pluie glaciale me trempe jusqu'aux os. Je cours jusqu'à l'entrée sans prendre la peine de m'excuser lorsque je bouscule un couple qui riait aux éclats. Merci, mais on est pas dans un téléfilm cliché avec la fameuse scène romantique de la pluie. La réalité est glaçante, et vous file une crève qui vous cloue au lit.

Je pénètre dans l'hôpital, dégoulinant. Maria, l'hôtesse d'accueil qui me connaît depuis tout petit, me regarde avec compassion.

— Mon pauvre Bastien. Que va dire ta mère en te voyant dans cet état ?

— J'espère qu'elle me remerciera de lui avoir apporté son déjeuner alors que j'aurais pu rester tranquillement à la maison à réviser pour mes premiers examens.

Maria sourit avec tendresse. D'aussi loin que je me souvienne, je l'ai toujours vue avec ma mère. Amies depuis leurs années lycée, elles ont eu la chance de travailler au même endroit, malgré leur parcours professionnel divergeant.

    – J'en suis certaine. File donc au niveau 3, elle doit être en train de finir sa tournée d'inspection générale.

Je salue Maria et file vers les ascenseurs. Mes chaussures laissent échapper un léger chuintement lorsque je marche. Ce bruit léger m'agace de plus en plus, et je maudis une nouvelle fois la météo merdique et imprévisible de la Normandie.

    La chance me sourit néanmoins un peu, puisque je tombe directement sur ma mère dans le bureau des infirmières. Elle semble contrariée, mais comme si elle sentait ma présence, elle lève les yeux et croise mon regard. Aussitôt, un grand sourire vient effacer les rides qui barraient son front.

    – Mon chéri, te voilà ! Tu aurais dû rester à la maison par ce temps, je me serais débrouillée en piquant dans la gamelle d'Audrey.

    – Je t'entends, et ne crois pas que je t'aurais laissé faire, répond ladite concernée sans lever les yeux de son dossier.

Ma mère soupire en me faisant un clin d'œil.

    – Au moins, mon fils ne me laissera pas mourir de faim, lui.

Je ricane alors qu'Audrey secoue la tête d'exaspération, mais un sourire amusé se dessine sur son visage. La bonne entente entre collègues fait chaud au cœur, et ça se ressent partout. De nombreux patients apprécient d'être pris en charge dans cet hôpital grâce à ça.

   – Je dois d'abord aller voir une de mes patientes avant de pouvoir savourer ce délicieux repas, ajoute ma mère avec un petit sourire.

Je sens la fatigue et la résignation dans l'intonation de sa voix.

   – Encore une qui a voulu mettre fin à sa vie ? je suppose alors, me souvenant d'une histoire semblable qui avait profondément affecté ma mère, surtout lorsque la fille en question avait tenté une nouvelle fois de se suicider au cœur même de l'hôpital. Ce genre d'histoires vous marque, et vous prouve que la vie n'est pas un conte de fées, mais qu'il y a de nombreuses ombres entre les lignes qui viennent grignoter sournoisement les pages.

   – Non, contredit ma mère. On pense que c'était une jeune fille battue par un parent ou un petit ami violent, au vu des hématomes qui couvrent son corps. Certains s'estompent, d'autres sont plus récents, mais ils sont tous sur des zones faciles à couvrir. Comme si rien ne s'était passé.

Sa voix se brise, mais elle toussote et reprends contenance. Dans son métier, elle n'a pas le droit de fléchir, ni de s'attendrir, au risque d'elle-même souffrir. Et c'est l'une des raisons pour laquelle je voue une admiration sans faille envers ma mère.

   – Elle est en observation depuis quelques jours déjà, suite à un traumatisme crânien. Si tout va bien, elle pourra sortir aujourd'hui. J'espère seulement qu'elle réussira à raconter ce qui lui est vraiment arrivée, sinon je crains que son cauchemar ne continue. Parce que tout ce qu'elle a pu nous dire jusque là, c'est qu'elle est maladroite et qu'elle est tombée dans les escaliers. Le prétexte habituel, quoi...

Mon cœur se serre dans ma poitrine. Je ne connais pas cette fille, mais j'ai mal pour elle. J'ose à peine imaginer ce qu'elle doit vivre au quotidien. Et mentir pour couvrir celui ou celle qui s'acharne sur elle me fait serrer les poings de rage. À quel moment peut-on éprouver du plaisir à faire du mal à quelqu'un qu'on est censé protéger, ou au moins aimer ?

Je suis ma mère jusqu'à la chambre de la concernée, et m'arrête sur le seuil de la porte. Je sais que je n'ai pas le droit d'aller plus loin, alors j'attends patiemment que ma mère examine la jeune fille.

— Comment te sens-tu aujourd'hui ? lui demande-t-elle d'une voix douce et rassurante.

— Mieux, merci. Quand est-ce que je pourrais sortir ?
Je tends l'oreille. Je ne devrais pas, mais c'est plus fort que moi, cette voix me semble étrangement familière.

— Nous devons attendre l'avis du médecin, il devrait passer te voir d'ici une ou deux heures.

— Mais je vous assure que je vais bien ! Je n'ai pas besoin d'attendre plus longtemps.

— Je suis désolée trésor, je ne suis qu'infirmière, je ne peux rien faire de plus.
Je suis presque collé à la porte, mais je n'entends plus rien. La jeune fille doit s'être braquée et ne dit plus un mot. Frustré, je fronce les sourcils et tente de me remémorer sa voix. Je suis persuadé de la connaître, mais plus je réfléchis, et moins j'arrive à m'en souvenir.

Ma mère sort au même moment, manquant de me faire tomber à la renverse. Interloquée, elle me dévisage. Je sens le rouge me monter aux joues, mais je ne dis rien et tente de rien laisser paraître, comme si je n'étais pas en train

211

d'espionner une conversation quelques instants plus tôt.

La porte étant restée entrebâillée, je jette un œil dans la pièce, et aperçoit une jeune fille renfrognée, un bras plâtré contre sa poitrine. Elle doit sentir mon regard, car elle lève la tête. Plusieurs émotions me traversent alors, tandis qu'elle pâlit. Incrédulité, incompréhension, et surtout colère. Pas contre elle, non. Mais contre celui qui a osé envoyer ma Lili dans cet endroit.

Chapitre 4 _ Lili

Une chance sur un million de tomber sur un visage familier, et il a fallu que ce soit celui qui a fait revivre mon cœur. Comment a-t-il pu savoir que j'étais là ? Pendant un instant, je pense à Océane, mais je lui ai fait promettre quelques jours plus tôt de ne rien dire. J'avais tout fait pour le tenir à l'écart de moi, pas question qu'il me voit telle que j'étais réellement : faible. Mais il semblerait que le destin ait décidé de me faire un joli pied de nez.

Je le sens furieux, ses yeux lancent des éclairs tandis qu'il me toise depuis l'entrée de la chambre. Honteuse, je baisse les yeux. J'ai mérité sa haine, après ce que je lui ai fait subir. Je l'ai jeté comme un vulgaire mouchoir, sans un mot d'excuse, j'ai fait en sorte de ne plus recevoir ses appels ou messages. Je l'ai laissé souffrir, lui qui a un véritable cœur en or, qui me vouait un amour inconditionnel et qui me faisait confiance.

Et j'ai tout piétiné, telle la garce que j'étais. Aujourd'hui, je réalise qu'à mon tour, j'aurais pu me confier à lui, sur ce que je vivais. Il m'aurait protégée, j'en suis certaine. Au lieu de ça, j'ai joué le jeu malsain de mon père, et voilà le résultat ; je me retrouve là où je devais inéluctablement finir.

Je lève timidement un œil vers la porte, et découvre avec surprise que Bastien est entré dans la pièce. Ses cheveux sont humides, comme s'il sortait de sous la douche. Il parcourt tout mon corps d'un regard haineux, avant de plonger son regard dans le mien. Aussitôt, ses yeux s'adoucissent, je peux y lire de l'incompréhension et... de la pitié ?

— Oh, Elisabeth..., soupire-t-il.

S'en est trop. Les vannes s'ouvrent, les larmes qui refusaient de couler sortent enfin. Je hoquette. Bastien franchit les derniers mètres qui nous séparent et vient s'asseoir à mes côtés, avant de m'envelopper de ses bras en prenant soin de ne pas toucher mon membre cassé.

Mon visage contre son torse, je me laisse aller et pleure. Je pleure pour toutes les souffrances que je tais depuis trop longtemps, je pleure pour le soulagement d'avoir retrouvé l'homme qui me rends vivante. Et je pleure pour l'espoir qui vient timidement de renaître.

Peu à peu, mes larmes se tarissent. Mais je ne veux pas bouger. Je me sens apaisée dans l'étreinte de Bastien, ses caresses, ses baisers sur le haut du crâne, tout me donne envie de rester blottie contre lui. Et une part de moi sait que je vais devoir parler. Mais je ne me sens pas prête. Pas encore.

— Excuse-moi, je couine d'une toute petite voix.

— T'excuser de quoi ? De te retrouver dans un hôpital alors qu'on aurait dû se revoir à la fac ? Ou de m'avoir planté comme un con sans aucune explication ?

Je relève les yeux, mais croiser son regard est définitivement trop dur. Je m'effondre à nouveau.

Bastien me berce doucement, déposant un baiser sur le sommet de mon crâne. Puis il me saisit le menton, me forçant à le regarder, faisant fi de mes joues trempées.

— Tu n'as pas à t'excuser de te retrouver ici. J'aimerais d'ailleurs savoir qui a bien pu te faire ça, histoire d'aller lui dire deux mots.

— Personne ! je m'empresse de répondre, paniquée. C'est personne, j'ai juste glissé...

Bastien vient poser un doigt sur mes lèvres pour m'interrompre :

— Pas de ça avec moi. Tu ne sais pas mentir, Lili, et je te connais assez pour savoir ça. Mais si tu ne veux pas en parler maintenant, alors j'attendrai. Je suis prêt à attendre le temps qu'il faudra pour que tu me fasses suffisamment confiance pour te confier.

Il garde un instant le silence, avant d'ajouter d'une voix un peu plus sèche :

— Quant à te pardonner pour ce que tu m'as fait, je ne peux rien promettre. C'est encore trop dur pour l'instant. Je suppose que pour ça aussi, j'aurai mes réponses plus tard.

Je hoche la tête, honteuse. Je me déteste pour ce que je lui inflige, et je me déteste encore plus de ne pas réussir à m'ouvrir entièrement à lui. Mais qu'en sera-t-il une fois que ce sera fait ? Me verra-t-il toujours comme une battante, ou au contraire comme une lâche ? Me laissera-t-il tomber, comme Nathan ?

Une boule vient se loger au creux de mon ventre à la simple idée de revivre ce cauchemar. Je n'aurai pas la force de surmonter une nouvelle fois cette épreuve, même avec le soutien d'Océane.

— Je m'en veux, je dis alors d'une voix éteinte. Je sais que ce ne sont que des mots, que ça n'excuse en rien ce que je t'ai fait, mais j'avais besoin de te le dire. Pour moi aussi, ce dernier mois a été insupportable. Si j'avais eu la moindre opportunité de t'expliquer la distance que je devais prendre...

Je me tais, consciente d'en avoir trop dit. Bastien l'a compris, puisque je le sens se tendre d'un coup, et son regard se fait ombrageux.

— Qui t'obliges à garder tes distances avec moi ? Qui, Lili ? Tes parents, c'est ça ? Un ex ?

Je me mords la lèvre et secoue la tête, affolée.

— Je ne peux pas...

— S'il te plaît ! Ne te renfermes pas. Tu protèges la personne qui te fait souffrir, pourquoi ? Ça te fait du mal, je le vois bien, et ça m'en fait par la même occasion. J'ai la sensation d'être impuissant, de ne pas savoir quoi faire pour t'aider, et ça, c'est douloureux. Je remuerai ciel et terre pour toi, alors laisse-moi faire, s'il te plaît.

Je reste muette devant sa déclaration. Viendrait-il de m'avouer à demi-mot qu'il m'aimait ? C'est en tout cas ce qu'il semble laisser sous-entendre dans ses derniers propos. Et malgré les circonstances quelque peu hors normes, je sens mon cœur faire des sauts périlleux dans ma poitrine. Un petit sourire timide éclos doucement. J'ai l'impression de redevenir une petite fille qui n'ose pas demander par peur de se prendre un refus, pourtant je me lance :

— Est-ce que ça veut dire que... tu m'aimes ?

Il ouvre la bouche, puis la referme. Son visage prends une teinte rosée tandis qu'il détourne la tête.

— Je ne sais pas ce que je ressens. Je suis toujours en colère contre toi, ce que tu m'as fait, bordel ! Lili, est-ce que tu te rends compte que tu as fais comme si je n'existais pas juste après que je t'aies avoué que j'étais encore vierge ? Comment crois-tu que j'aie pu le prendre ?

Je palis, ses paroles faisant l'effet d'une véritable douche froide. Mais je ne peux lui donner tort. Il est vrai qu'à ce moment-là, je n'ai pensé qu'à l'éloigner de moi, sans réaliser une seule seconde qu'il venait d'ouvrir son cœur et son âme quelques heures plus tôt. Je voudrais me donner des gifles pour avoir pensé qu'il allait déclarer sa flamme là, en cet instant, juste parce qu'il m'avait apporté du réconfort.

Bastien doit sentir mon malaise, car il caresse tendrement ma joue avant de me dire :

– J'ai besoin de temps. Laisse-moi juste un peu de temps, et lorsque je me sentirais prêt à te le dire, à mettre des mots sur ce que je ressens, tu seras la première au courant.

Un triste sourire se dessine sur mon visage. Je ne peux pas le blâmer, j'aurais sûrement demandé la même chose à sa place. Pourtant, je ne peux m'empêcher de ressentir une pointe de déception au fond de moi. Parce que sais que je suis tombée amoureuse de lui, mais je ne peux pas encore le lui dire.

Chapitre 5 _ Bastien

À sa plus grande joie, le médecin a autorisé Lili à sortir le jour même, après lui avoir longuement expliqué que si quoi que ce soit pouvant mettre sa vie en danger devait arriver, elle pouvait venir se réfugier auprès d'un groupe de soutien qui la mettrait en sécurité. J'ai vu à sa mâchoire crispée et son sourire forcé qu'elle n'en ferait rien, mais a poliment remercié le médecin avant de réunir le peu d'affaires éparpillées dans la chambre.

Ma mère m'a regardé d'un air entendu, ayant compris (sûrement un instinct maternel) que la source de mes tourments et de mon bonheur était Lili. Elle n'a fait aucun commentaire, sinon de lui avoir adressé un au revoir assez sec. Je l'ai senti se raidir, surprise par l'attitude nouvelle de celle qui avait tant pris soin d'elle.

— C'est ma mère, je lui chuchote alors à l'oreille.

— Oh ! Je comprends mieux... Elle doit me détester.

— Non, je ne pense pas. C'est juste sa façon à elle de te mettre en garde.

Elle hoche la tête, guère convaincue. Elle fait peine à voir, avec son bras en écharpe et ses yeux cernés, pourtant elle réussit encore à faire accélérer les battements de mon cœur. Alors que je l'accompagne vers la sortie, je réalise soudain quelque chose :

— Tu as quelqu'un qui vient te chercher, n'est-ce pas ?

— Oui, Océane. Une infirmière l'a appelé pour moi.

— Tu restes chez Océane ?

– Oui, quelques jours.

Sa dernière réponse est assez sèche, comme pour me signifier de ne pas insister. Je me contente donc de hocher la tête, mais une question trotte en boucle : pourquoi ce ne sont pas ses parents qui la récupèrent ? Auraient-ils un lien avec sa blessure ? J'ai beau avoir cette idée en horreur, ce ne serait pas la première fois qu'une fille serait victime de ses propres parents. J'ignore comment creuser la question, le renfermement de Lili me fait bien comprendre qu'elle ne dira rien. Du moins, pour l'instant, j'ose espérer.

– Je sais donc où aller pour te trouver, je tente avec un clin d'œil pour la dérider.

Et ça marche, puisqu'elle me lance un regard plein d'espoir.

– Avec plaisir. Je ne vais pas reprendre la fac avant cinq bonnes semaines, donc on pourrait peut-être se voir avant.

Elle semble sur le point d'ajouter quelque chose, mais s'abstient. Une fois dehors, où la pluie s'est finalement arrêtée, nous restons là, les bras ballants, ne sachant quoi dire. Ou tout du moins ayant beaucoup de chose à nous dire, mais ne sachant pas par où commencer. Finalement, je me lance :

– Est-ce que je peux t'envoyer un message ?

Sa bouche se pince. Mauvais signe.

– Je suis désolée, je n'ai plus de téléphone. Il est cassé.

Devant ma mine déconfite, elle s'empresse de corriger le tir :

– Envoie un message à Océane, si jamais tu veux passer me voir. Je rachèterai un nouveau portable bientôt, et tu seras le premier à le savoir.

Sa tentative pour me rassurer ne réussit qu'à moitié. Je souris pour la convaincre que ça a fonctionné, mais une petite voix sournoise me siffle à l'oreille : « elle te cache quelque chose, c'est évident ».

Océane arrive au même moment, klaxonnant pour avertir Lili de sa présence. Cette dernière lui fait un petit signe, avant de se tourner vers moi. Elle se balance d'un pied sur l'autre, hésitante.

 — Bon, alors, à bientôt ?
 — Oui, à bientôt.

Lili esquisse un sourire pincé, hochant rapidement la tête. Je me doute de ce qu'elle attend, mais je ne peux pas lui donner ce qu'elle veut. Je me contente d'embrasser son front, m'y attardant quelques secondes, avant de reculer. Je l'entends soupirer, de tristesse ou de résignation, je l'ignore, puis elle file sans dire un mot vers la voiture.

 J'ai peut-être mal agi. J'aurai sûrement dû l'embrasser, même avec un baiser chaste, mais je n'arrive pas à m'y résoudre. Je m'en veux un instant, avant de me rappeler la douleur que j'ai ressenti devant l'absence de réponse à mes messages et appels.

 Je préfère la laisser partir avec ce sentiment d'amertume, plutôt que de lui laisser de faux espoirs et de croire que j'ai pu facilement oublier son comportement. Et tant pis si je passe pour un connard.

 Je retourne à l'intérieur pour aller saluer ma mère. Cette dernière finit de ranger des dossiers lorsque j'arrive à sa hauteur.

 — C'est donc elle, la cause de tes tourments ? me demande-t-elle de but en blanc.

Penaud, j'acquiesce. Ma mère me dévisage longuement, avant de se replonger dans ses dossiers.

– Elle est mignonne. Elle a l'air gentille. Sauf quand elle brise le cœur de mon fils.

– Maman ! je m'exclame, gêné. Ce n'est pas vraiment de sa faute.

Enfin, je crois. Et à en juger l'œillade de ma mère, je ne l'ai guère convaincue.

– J'espère juste que tu sais dans quoi tu te lances. Je ne veux plus te voir malheureux comme ce mois-ci.

– Ne t'inquiète pas maman, je sais ce que je fais. On va parler, elle et moi, pour comprendre ce qui s'est passé.

Mon ton affirmé réussit à rassurer ma mère, puisque je vois ses épaules se détendre. Elle m'embrasse avant de me souhaiter bonne route, et alors que j'esquisse un pas vers la sortie, elle rajoute :

– C'est quand même drôle, les coïncidences.

Je m'arrête, surpris.

– Pourquoi donc ?

Ma mère me regarde en haussant les épaules.

– Il y avait deux Elisabeth Delahaie d'enregistré aux urgences, aujourd'hui. Je ne l'ai pas vue, mais à ce qu'il paraît, elle avait un sacré tempérament, un peu comme ta copine.

Chapitre 6 _ Lili

Les parents d'Océane sont des gens en or. Ils n'ont pas hésité une seule seconde à me recueillir, après que leur fille ait raconté que mes parents partaient en voyage pendant deux mois, me laissant seule à la maison. J'ai prétexté ne pas me sentir sereine sans mes parents depuis ma « chute », ils ont donc gracieusement proposé de m'héberger le temps qu'ils rentrent. Ça ne leur a donc pas semblé bizarre qu'ils ne viennent pas me voir à l'hôpital.

Tant que je peux éviter les questions embarrassantes... J'ignore combien de temps je pourrais rester cachée loin de mon géniteur, mais ce dernier n'a pas donné signe de vie depuis... depuis ce fameux jour. Je ne sais pas si je dois m'en inquiéter ou être soulagée, mais pour l'instant, c'est l'angoisse qui a tendance à prendre le dessus.

J'en fais des cauchemars, où il me retrouve chez Océane. Il hurle que je ne suis qu'une bonne à rien, il m'agrippe les cheveux pour me tirer dehors. Je vois Bastien au loin qui observe, et alors que je l'appelle au secours, il secoue la tête avec dédain et je peux lire sur ses lèvres : « tu aurais dû d'abord m'en parler ».

Je me réveille à chaque fois en sueur et les joues trempées de larmes. Ce n'est pas seulement mon père qui me mets dans cet état, mais la peur que Bastien me repousse. Je me suis alors promis une chose : lorsqu'il viendra me voir pendant ma convalescence, s'il me pose la moindre question, je lui raconterais tout. Pas question que je me dégonfle comme à l'hôpital.

Mais ça fait un mois que je tourne en rond chez Océane, à essayer de rester à niveau dans mes cours, sans avoir eu la moindre visite. Il se rend bien à la fac, mon amie mange régulièrement avec lui les midis, il prend de temps en temps de mes nouvelles, j'ai même reçu quelques appels où j'ai pu échanger avec lui.

Je dois admettre qu'entendre simplement sa voix me rends toute chose, j'ai un sourire jusqu'aux oreilles, même si nous ne parlons que de cours ou de mes passes-temps à la maison.

Mais à aucun moment il n'a proposé de venir me voir. Je conçois qu'il m'en veuille, mais qu'il refuse de venir alors qu'il l'avait lui-même suggéré ? Je ne comprends pas, et la frustration vient tenir compagnie à la peine. Elles se tiennent la main et me tirent la langue, telles deux gamines, en me disant « tu l'as bien cherché ! »

J'essaie de me convaincre que je pourrais toujours lui parler à la fac, mais une nouvelle source d'angoisse grandit depuis quelques jours ; il ne connaît pas la Lili déguisée. Car j'ai beau tourner le problème dans tous les sens, je ne peux pas reprendre les cours en étant à nouveau moi-même. De un, ça attirerait bien trop l'attention sur moi, de deux, j'ai toujours une part de contrat à honorer, si je veux une bonne fois pour toutes sortir du cercle infernal. Après tout, peut-être que mes parents se fichent de savoir où je peux crécher, mais ils ne manqueraient sûrement pas de couper définitivement les vivres si j'osais me réaffirmer.

Après maintes supplications, j'ai réussi à convaincre Océane de m'acheter une nouvelle perruque et quelques vêtements couvrants, toutes mes affaires étant encore chez mes parents. Je ne suis pas prête à prendre le risque d'y passer, sous peine de tomber sur l'un de mes géniteurs qui n'attendrait que ça, pour me séquestrer jusqu'à la fin de mes jours.

C'est le cœur lourd que je me prépare donc, me débattant comme tous les matins avec ma blessure pour enfiler un malheureux pull. Non seulement mon bras, dont le plâtre **a** été retiré la veille, a encore tendance à me faire un mal de chien, mais en plus il m'empêche de me préparer toute seule. Océane est obligée de m'apporter son aide. Je sais que ça ne la gêne pas, mais moi, si.

Je surprends son regard accusateur dans le miroir alors que j'ajuste ma perruque.

– Quoi ?

– Je ne comprends pas pourquoi tu t'obstines à mettre cette chose, dit mon amie avec dégoût. Tu es tellement plus jolie sans.

– C'est faux, le blond me va tellement mieux, je tente de la faire rire, en vain.

– En plus, ça veut dire que tu vas continuer à mentir à Bastien. Le pauvre, il ne mérite pas ça, pas après ce qu'il a subi.

Ça, ça fait mal. Elle appuie précisément là où il faut pour que la culpabilité m'envahisse. Je sais qu'elle a raison, mais je ne veux pas l'admettre.

– C'est temporaire, je tente avec un sourire qui se veut assuré. Juste l'histoire de quelques jours avant que je ne puisse tout lui dire.

– Qui essaies-tu de convaincre ? Toi ou moi ? On sait toutes les deux qui tu essaies de protéger réellement. Je n'ai jamais rien dit jusque là, parce que je sais que tu ne veux pas en parler. Mais ouvre les yeux, ton bras est cassé. Ce sera quoi la prochaine fois ? Je ne...

Je lève la main pour l'empêcher d'en dire plus. Les larmes piquent mes yeux, mais je refuse de les laisser couler. Océane vise juste, encore une fois. J'ai toujours su qu'elle se doutait que mon père me martyrisait souvent, mais en tant qu'amie, elle m'a silencieusement soutenue sans remettre en cause mon silence. Elle a tenté une fois de me pousser d'aller déposer plainte, mais la colère dans laquelle ça m'avait mise l'a convaincue de laisser tomber l'affaire.

Qu'elle remette le sujet sur le tapis fait à nouveau monter cette colère que je croyais étouffée.

— Crois-moi, s'il te plaît. Il ne m'arrivera rien. Promis.

La fureur brille dans les yeux de mon amie.

— Non ! C'est fini, maintenant, je ne me tairais plus ! Je garde ton secret depuis des mois, je me suis même disputée avec Théo à ce propos, parce lui non plus ne croit pas à ton excuse bidon. Et pourtant, tu sais quoi ? Je t'ai défendue, alors que je sais aussi que TU me mens !

Furibonde, elle se lève et pointe un doigt menaçant vers moi. Intimidée, j'esquisse un bref mouvement de recul.

— Je ne veux pas perdre ma meilleure amie, alors soit tu fais ce que tu aurais dû faire il y a bien longtemps, c'est-à-dire porter plainte, soit tu sors de ma vie, parce que je refuse de souffrir et d'avoir rendez-vous avec toi au cimetière.

Elle sort de la chambre en claquant la porte, me laissant bouche bée. Je ne l'avais jamais vu ainsi auparavant. Elle d'ordinaire si calme et réfléchie, je n'ai aucun souvenir d'elle perdant le contrôle de ses émotions.

Je voudrais lui courir après, lui dire que je ferais ce qu'elle veut pour la rassurer, mais j'en suis incapable. Parce que ce ne serait que mensonge.

Au fond de moi, je sais qu'elle a raison. Je dois faire quelque chose, et porter plainte serait un bon début. Mais il y a cette crainte, encore et encore... Ce spectre qui flotte autour de moi comme une promesse de mauvaise augure si j'ose parler et dévoiler ce que j'endure depuis des mois.

Je soupire d'un air abattu. Je n'ai pas le choix, je dois maintenir les faux-semblants jusqu'au bout. Une dernière fois.

Chapitre 7 _ Bastien

Assis dans ma voiture, je pianote distraitement sur mon portable. Les vacances approchent à grands pas, les premiers examens aussi, pourtant je n'y pense que ponctuellement. Damien s'est transformé en véritable planning à révisions, une chose qui m'a toujours parue inconcevable au vu de son tempérament de fêtard invétéré. Mais à présent, il est le premier plongé dans ses notes, à m'engueuler si j'ai le malheur d'écouter un peu trop fort la musique. Je ne sais pas quel mauvais sort a été jeté à mon ami, mais une part de moi est soulagée qu'il m'ait lâché la grappe.

Dès l'instant où je me suis confié sur mes retrouvailles particulières avec Lili, il a été clair sur deux points : je ne devais plus la laisser filer, et je devais la faire mariner. Soit deux choses totalement contradictoires, mais Damien n'en démord pas.

— Pas question que tu te comportes comme un gentil toutou qui revient sagement à ses pieds chaque fois qu'elle te siffle.

— Merci pour cette image très valorisante, j'ai ironisé.

— Tu vois très bien ce que je veux dire, a soupiré mon ami. Tu dois lui faire comprendre que tu n'es pas à sa disposition, que tu as une vie en-dehors d'elle.

En me voyant hausser un sourcil, guère convaincu, Damien s'est frappé la poitrine :

— Je suis là, moi ! Je suis ta vie, après elle.

J'ai éclaté de rire, puis ai longuement réfléchi à ses paroles.

Il n'avait pas tort, je ne devais pas paraître trop empressé, si bien que j'ai rongé mon frein pendant un mois en m'empêchant d'aller la voir, comme je le lui avait dit. Et lorsque j'étais prêt à craquer, je m'empressais d'appeler Océane, qui me passait son amie, et me contentais d'entendre sa voix. Je l'imaginais à chaque fois devant moi, avec son petit sourire mutin et ses beaux yeux verts qui m'ont fait succomber. Mon cœur tambourine dans ma poitrine, comme un doux rappel à l'ordre que je ressens bien plus qu'une attirance physique envers cette fille.

Une notification sur mon téléphone me tire de mes songes. Un numéro inconnu s'affiche, avec un message:
« Ta reine vient de recevoir son nouveau pigeon voyageur. J'espère qu'il ne se perdra pas en route, et t'apportera ce message en temps et en heure. On doit parler. Ce soir, après les cours. Je reviens à la fac, et il est temps de te dire pourquoi j'ai pris mes distances avec toi. Elisabeth »

La première partie du message me fait sourire. Elle a le don de trouver les mots pour détendre l'atmosphère, et ne semble pas me tenir rigueur quant à mon absence de visite. Je lui réponds alors :
« Ton courtisan a bien reçu le message. Je t'attendrais dans la cour à dix-neuf heures. J'espère que ta journée sera agréable. Bastien »

Sitôt le message envoyé, je sens les battements de mon cœur s'emballer. Je vais enfin avoir le fin mot de cette histoire. Qu'elle se sente prête à se confier est bon signe, c'est qu'elle est prête à repartir sur des bases saines.

Je me dirige vers la salle de classe, traversant tant bien que mal la marée humaine. À quelques pas de l'amphithéâtre où va avoir lieu le cours, j'aperçois Océane en compagnie de son amie blonde. Un sentiment d'agacement m'envahit. Je n'apprécie par trop cette fille, il y a quelque chose chez elle de faux. Je n'arrive pas à mettre le doigt dessus, mais une sensation gênante me parcours lorsque je la regarde.

Les deux filles semblent se disputer, jusqu'à ce que la blonde tente de saisir la main d'Océane. Cette dernière la retire brusquement, avant de se détourner. Son amie a les épaules qui s'affaissent. Elle commence à s'éloigner, ce qui me convaincs de m'approcher d'Océane. Je ne sais pas ce que lui a dit cette fille, mais le fait qu'elle revienne du jour au lendemain vers son amie est probablement ce qui a énervé Océane. Je ne sais que trop ce que c'est d'être ignoré.

Quasiment à hauteur de ma nouvelle amie, je vois un adulte interpeller la blonde. Intriguée, Océane s'approche, ne m'ayant pas encore vu. Je suis suffisamment proche pour l'entendre dire :

– Elisabeth Delahaie ?

Je tourne alors la tête, ne l'ayant pas vu arriver non plus. Mais je ne la vois nulle part.

– C'est moi, j'entends alors la blonde répondre.

Je me fige, interloqué. C'est impossible, il y a erreur sur la personne. L'adulte poursuit :

– Je suis surpris de vous voir ici. J'ai pourtant bien reçu votre lettre qui affirmait votre abandon de cursus.

La blonde reste muette, sous le choc. Océane prend la parole :

– Pardon ? Elle était alitée quelques semaines, mais elle ne vous a jamais envoyé cette lettre.

– C'est pourtant ce que j'ai reçu hier, signée par ses

parents. Elisabeth changeait d'université, et renonçait donc à passer ses premiers examens ici. Une grande surprise, croyez-moi, à seulement quelques mois de la fin du cursus.

– C'est impossible, murmure la blonde. Je n'ai jamais voulu interrompre mes études. Je tiens trop à avoir ce diplôme, c'est essentiel pour mon projet d'avenir !

– Dans tous les cas, il est bien spécifié que vos parents cessent dès maintenant les versements pour vos études. Je suis désolé, je pourrais fermer les yeux sur ce malentendu, mais je vais devoir vous demander de quitter les lieux au retour des vacances si vous ne pouvez pas trouver un moyen de financer vous-même votre diplôme.

L'adulte, probablement un gestionnaire, s'éloigne sans un mot de plus. Je reste pétrifié, attendant qu'on me dise que tout ceci n'est qu'une mauvaise blague. Mais alors que la blonde se tourne enfin vers moi, le visage trempé de larmes, il n'y a plus aucun doute. Je fais abstraction de ses lunettes, et je réussis à la reconnaître.

Lili doit sentir mon regard, car elle lève le nez vers moi. Le choc la cloue sur place. Océane me remarque à son tour et pâlit. Je secoue la tête, un rictus déformant mon visage. La déception vient se glisser dans mes veines en un poison froid, me prouvant une fois de plus que je ne peux faire confiance à personne. On m'a menti, encore une fois.

Quel con je fais ! Comment ai-je pu être aussi aveugle ? L'intello coincée qui me répugnait en début d'année n'était qu'un simple déguisement, un faux-semblant. Elle est également, contre toute attente, celle qui a fait chavirer mon cœur. Mais a-t-elle été réellement sincère avec depuis le début ? Ou bien s'est-t-elle moquée de moi pour mieux pouvoir me faire souffrir, comme toutes celles à qui j'ai pu ouvrir mon cœur ?

Lili tend la main vers moi en me suppliant d'attendre, qu'elle va tout m'expliquer. Mais je lui fais signe de laisser tomber avant de tourner les talons et de m'éloigner de cette menteuse. Chaque pas plus lourd que le précédant me pèse, pourtant, je suis résolu à mettre le plus de distance entre elle et moi. Pour la première fois depuis le début de l'année, je rate volontairement un cours. À cause de celle que je croyais connaître.

Chapitre 8 _ Lili

Qu'ai-je donc fait pour mériter une telle chose ? Tout s'est enchaîné très vite. Trop vite. Un véritable cataclysme venu détruire tout ce qui me tenait le plus à cœur. Car apprendre que mes parents m'avaient définitivement sortie de leur vie reste un véritable choc. Je ne les pensais pas capables d'une aussi grande cruauté envers moi. Me retirer la dernière chose qui maintenait mon avenir à flot, c'est retirer tout espoir d'obtenir le poste de mes rêves.

Le karma est vraiment un sacré connard, car non content de me briser mon avenir, voilà qu'il me met Bastien sous le nez, et qui maintenant qu'il me connaît si bien, n'a eu aucun mal à me reconnaître sous mon déguisement. Si ça l'a quelque peu dupé au début de notre relation, ce n'est plus le cas aujourd'hui, et lire la douleur de cette trahison dans son regard m'a achevé.

J'entends Océane crier mon nom, mais je ne réagis pas. Je fixe d'un regard vague la direction qu'a pris Bastien, faisant fi de mon amie qui me secoue le bras. Que pourra-t-elle dire de plus, de toute façon ?

— Lili, bon sang ! jure Océane. Cours lui après, va t'expliquer !

— Oh... À quoi bon ? je marmonne en me dégageant de sa poigne. Il ne m'écoutera pas.

Océane soupire bruyamment en levant les mains vers le ciel.

— Mais qui a bien pu me mettre une telle amie dans les pattes ?! Arrête d'être aussi défaitiste et fonce ! Ne le perds pas une deuxième fois !

Sa phrase claque comme une gifle. Mon amie a raison, une fois de plus, Ni une ni deux, je m'élance alors dans le couloir, jouant des coudes avec les étudiants qui rentrent sagement dans leur classe. J'ignore où je vais, mais je cours. J'espère l'apercevoir au coin d'un couloir, en vain. Je me dirige alors vers la cour, dans l'espoir fou qu'il m'y attende malgré tout, avec quelques heures d'avance.

Mais elle est vide. Désemparée, je vais vers le parking. Avec un peu de chance, il sera dans sa voiture et n'aura pas encore démarré.

Je vois que j'arrive dix secondes trop tard. Je hurle de toutes mes forces :

— Bastien ! Attends !

Il sort du parking, et s'il jette un coup d'œil dans le rétroviseur, où j'apparais forcément, il n'en a rien à faire, puisqu'il poursuit sa route. Je le regarde alors s'éloigner, les bras ballants. Il vient clairement de me rejeter, mais je ne peux pas lui en vouloir. Je lui ai caché trop de choses, je suis la seule à blâmer.

J'aurais certainement réagi pareil, à sa place. J'aurais eu besoin de prendre du recul, de savoir si je me sentais prête à écouter les explications, ou si je préférais faire définitivement une croix sur notre relation, par peur de souffrir.

Je regagne la fac en traînant les pieds, le cœur lourd. Je n'ai qu'une envie : m'enfermer dans les toilettes et pleurer toutes les larmes de mon corps. Mais avant que je ne m'y résolve, il me reste un dernier espoir. Sans perdre une seconde, je rebrousse chemin à la recherche de son meilleur ami. Le trouver parmi la masse d'élèves relèverait du miracle, alors je tente ma chance en parcourant les couloirs que j'empruntais le plus souvent lors de ma première année.

Si le Dieu de la Chance existe, il décide de me faire une fleur, puisque j'aperçois Damien en compagnie d'une très jolie fille, patientant devant une salle de classe. Lorsque je m'approche, je le vois me jeter un bref coup d'œil, avant de reporter son attention sur sa camarade.

– Excuse-moi, je lui dis, peu sûre de moi.

Damien tourne la tête vers moi, et ses yeux s'écarquillent de stupeur.

– Lili ?! Bon sang, j'ai failli ne pas te reconnaître. C'est quoi cette nouvelle dégaine ?

– C'est compliqué à expliquer. J'ai besoin de toi. J'aurais aimé que tu dises à Bastien que tout ce qu'il a vu, c'est la raison de mon silence forcé.

Damien fronce les sourcils, perdu.

– Euh, c'est censé vouloir dire quoi ?

– Il comprendra, je t'assure. Répète-lui juste ce que je t'ai dit. S'il te plaît.

Il semble hésiter un instant, mais hoche finalement la tête. Soulagée, je commence à m'éloigner lorsqu'il m'interpelle :

– Lili ! Attends !

Je fais volte-face, et peux voir le jeune homme arborer un air sérieux.

– Tu as vraiment l'air d'une fille bien, et je n'ai jamais vu Bastien aussi heureux. Vous deux, ça a vraiment l'air de coller, alors j'espère sincèrement que tu ne joues pas avec lui. Malgré le genre de vilain garçon qu'il a voulu se donner, c'est quelqu'un de gentil et dévoué. S'il t'aime, c'est qu'il est prêt à t'accorder sa confiance à cent pour cent. Ne fous pas tout en l'air.

Je souris et dis d'une voix affirmée :

— C'est pour ça que je compte sur toi pour lui transmettre le message. Parce que je l'aime, et j'ai bien l'attention qu'il le comprenne.

Au vu du visage illuminé de joie de Damien, je devine que j'ai tapé dans le mille. Je prends la direction de mon cours, le cœur animé par l'espoir. J'espère que Bastien voudra entendre raison, car je me sens enfin prête à m'ouvrir.

Un deuxième point me revient en mémoire. Je viens de me souvenir de quelle manière je pourrais financer la dernière partie de mes cours, et ainsi avoir mon indépendance au détriment de mes parents.

Finalement, tout n'est peut-être pas perdu.

Chapitre 9 _ Bastien

Arrivé à l'appartement, la première que j'ai faite est de foncer dans ma chambre, attraper une paire de baskets de courses, avant de partir courir. Voilà une éternité que je n'ai pas pris le temps de faire du sport, chose que je faisais chaque jour précédant mon entrée à la fac. Les premières semaines suivant la rentrée, j'ai grandement diminué mon activité physique, jusqu'à ma rencontre avec Lili, où par la suite j'ai totalement laissé tomber.

Aujourd'hui, je réalise à quel point cette décision était une erreur. Pousser mon corps dans ses retranchements, courir à en perdre haleine et sentir mon cœur exploser dans ma poitrine, voilà tout ce qu'il me faut pour me sentir bien, pour me sentir *vivant*.

Alors je me lance, mes écouteurs vissés dans mes oreilles, crachant de l'*epic metal*, comme je faisais avant. Mes pieds foulent rapidement le sol à une vitesse constante. La musique résonne dans mon crâne, effaçant toutes les pensées négatives qui ne cessent de me tourmenter depuis que je l'ai vue...

Je grimace et accélère, refusant de laisser Lili se frayer un chemin dans ma tête. Pas maintenant. Je veux courir, me laisser envahir par cette sensation grisante de plénitude, et profiter de cette parenthèse de paix. Mes pieds m'emmènent en un clin d'œil au cœur de Rouen. Le paysage urbain a quelque chose d'unique en son genre.

Je cours, au cœur du lieu de vie de nombreuses personnes, je croise le chemin de gens que je ne connais pas, et pour lesquelles je n'ai pas besoin de faire semblant. Pour eux, je suis juste un gars de passage, qui court pour le plaisir ou peut-être pour un marathon. Je peux être moi-même, le temps d'un bref instant.

Les devantures des boutiques défilent les unes après les autres, les gens vont et viennent, et je maintiens ma foulée. Je me faufile parmi la foule avec une grande aisance, avant de déboucher dans une rue que je ne connais pas. Je jette un bref regard sur la vitrine de la boutique, avant de me stopper net. L'affiche collée sur la vitre, je l'ai déjà vue quelque part. Je reviens en arrière en reprenant doucement mon souffle, qui à ma plus grande satisfaction est encore bien régulier.

Je détaille la femme qui recouvre l'affiche. C'est une représentation d'Aphrodite, dont le corps est recouvert de tatouages. Mon cœur rate un battement. Si ce dessin me semble si familier, c'est parce que la première fois que j'ai pu le contempler, c'était dans le carnet de croquis de Lili. Comment a-t-il pu se retrouver ici ?

Malgré cette petite voix qui tente de me dire que je veux oublier la jeune femme pour le moment, je ne peux m'empêcher de penser que je ne suis pas tombé sur l'affiche par hasard. Je dois savoir pourquoi son dessin est en vitrine.

Je pénètre dans ce qui se révèle être un salon de tatouage, au décor étonnamment chic. Un grand type baraqué, à la chevelure noire étonnement longue, dont les deux bras sont entièrement recouverts de motifs noirs, me jette un coup d'œil blasé.

— Si c'est pour un tatouage sur un coup de tête, je ne fais pas, surtout sans autorisation parentale.

Piqué au vif, je rougis de colère et de honte. J'ai horreur de faire plus jeune que mon âge.

— Je suis majeur, et je n'ai pas l'intention de me faire tatouer, merci bien !

— Alors qu'est-ce que je peux faire pour toi ? soupire le type. Je ne fais pas les piercings, ma perceuse est en vacances.

— Non ! J'ai juste été interpellé par votre affiche, là.

Le type semble de radoucir. Un grand sourire vient s'étirer sur son visage.

— Aaaah ! Tu admires ma plus grande fierté dans cette boutique ! C'est en quelque sorte le logo de la maison.

— Et c'est vous qui l'avez dessiné ?

Le tatoueur éclate de rire.

— Oh non ! Je ne fais pas autant dans la finesse. Ce que tu vois là, c'est l'œuvre de ma cliente la plus fidèle. Ça fait un moment que je ne l'ai pas vue, d'ailleurs.

Mon cœur s'emballe. La description correspond tout à fait à Lili, au vu des œuvres qui ornent le corps de cette dernière.

— Elle est sublime, je balbutie alors, rougissant en réalisant que ma phrase peut aussi bien s'adresser à l'œuvre qu'à sa dessinatrice.

— Oh ça oui ! soupire le tatoueur, l'air soudain nostalgique. Elle était en train de faire ses premières esquisses pendant que je tatouais son copain. J'ai eu un véritable coup de cœur en voyant le résultat, alors je lui ai proposé de le lui racheter pour en faire mon logo. Il reflétait tout à fait le style de tatouages que je réalise majoritairement : à la fois réaliste et hétéroclite. Cette petite était très douée, elle m'a dépanné à de nombreuses reprises pour des esquisses de flyers ou d'affiches pour des conventions, et je l'ai toujours dédommagée. Jusqu'au jour où j'ai tracé son premier tatouage sur la peau...

Son regard se fait vague, comme s'il repartait dans ses souvenirs. Je meurs d'envie de lui poser plein de questions, surtout après la mention d'un petit copain qui m'a fait grincer des dents. Se pourrait-il que Lili ait une double vie ? N'y tenant plus, je lâche :

— Elle est toujours avec son copain ?

— Et bien, non. Pourquoi cette question ? me demande le tatoueur, devenant méfiant.

— La fille... elle s'appelle Lili, pas vrai ? Elle étudie à la fac de Mont-St-Aignan ?

Il hoche la tête et m'incite à poursuivre.

— J'ai reconnu son dessin, la déesse de l'amour tatouée. En fait, elle et moi, on est... c'est compliqué.

Le tatoueur fronce les sourcils, avant de comprendre ce que je sous-entends.

— Une histoire d'amour ne devrait jamais être compliquée. Elle doit être ce qui te donne la force de te lever tous les matins avec le sourire, et qui te fais aller te coucher avec l'espoir d'un futur encore meilleur.

Ses paroles viennent résonner en moi comme une évidence. Je ne sais pratiquement rien du passé de Lili, mais je réalise avec mon propre vécu, ma propre expérience désastreuse, que le tatoueur a raison. Alors, un grand sourire se peint sur mon visage.

— Merci ! Merci d'avoir pris le temps de me répondre, vous ne savez pas à quel point vous avez visé juste.

Il se lève de derrière son comptoir et s'approche de moi, avant de poser une main sur mon épaule. Mais sa poigne a beau être forte, je lis de la douceur dans le regard de cet homme bâti comme un ours.

— La dernière fois que Lili est venue dans mon salon, elle était dévastée par un chagrin d'amour. Le dernier motif que j'ai gravé sur sa peau reflétait son état d'âme du moment. Si comme tu l'affirmes, tu la connais suffisamment pour voir ses esquisses aussi personnelles que la déesse de l'amour, c'est que tu as fais refleurir dans son cœur la rose qui s'est flétrie il y a bien six ou sept mois de cela. Et crois-moi, jeune homme, faire renaître la fleur d'une fille brisée, c'est donné uniquement à l'élu.

Sur ces belles paroles métaphoriques, le tatoueur me fait un clin d'œil avant de me reconduire dehors. Il m'interpelle une dernière fois :

— Passe-lui le bonjour de Joujou. Elle saura que tu es passé au salon. Et qu'elle n'hésite pas à venir, j'ai pas mal de projets qui pourraient l'intéresser.

Je lui promet et reprends mon jogging, en prenant le chemin du retour. Si un poids s'était déjà allégé lorsque je suis parti de l'appartement, je sens qu'il s'enlève totalement de mes épaules.

Réussir à suivre tous les cours de la journée a relevé de l'exploit. J'ai pu prendre toutes les notes nécessaires, les piochant souvent sur celles de mon voisin, certes, mais c'était toujours mieux que de garder mes feuilles vierges.

Je n'ai pas revu Damien, mais j'espère qu'il a bien transmis le message à Bastien, même si passer par un intermédiaire me rappelle cruellement les méthodes de la primaire. Je porte la main à mon portable toutes les deux minutes, espérant sans cesse y sentir des vibrations. Mais chaque fois que j'ai l'impression d'en sentir, et que je sors fébrilement le petit appareil pour découvrir l'écran noir, mon cœur sombre toujours un peu plus.

Le soir venu, de retour chez Océane, je note avec aigreur l'absence de ma meilleure amie. Je sais qu'elle m'en veut toujours, mais je pensais que les événements du matin l'auraient radoucie. Ne supportant pas l'idée de rester à nouveau enfermée, je dépose mon sac de cours et ressors.

Le froid mordant me saisit au niveau du visage, mais je ne cherche pas à m'en préserver, au contraire. Je lève les yeux vers le ciel, dont les gros nuages pourraient laisser présager une chute de neige. Même si cette dernière se fait rare en Normandie, l'espoir fait vivre. En cet instant, rien ne me comblerait plus que quelques flocons. À part peut-être Bastien à mes cotés, m'accompagnant pour une douce promenade, riant de me voir essayer de gober le symbole de l'hiver.

Je secoue la tête, effaçant ces pensées aussi puériles

qu'inenvisageables. Une voix cruelle n'arrête pas de me susurrer qu'il ne me pardonnera jamais l'enchaînement de mensonges, et que je dois commencer à me faire une raison. Après tout, je n'ai pas été capable de garder Nathan, en quoi cela serait différent avec Bastien ?

Les larmes viennent piquer mes yeux. Je les essuie avec rage avant d'accélérer la cadence. Je prends la direction d'un petit parc, probablement désert à cette heure de la journée. La nuit est tombée sur la ville depuis un moment, mais je ne la crains pas. Au contraire, elle m'offre une couverture apaisante. Océane n'aurait jamais voulu m'accompagner, à bien y réfléchir. Elle a bien trop peur de se faire agresser.

Mon coté impulsif annihile mes peurs à moi, du moins pour l'instant. Je sais qu'une fois arrivée au parc, je n'aurais qu'une envie, faire demi-tour et rentrer au chaud. Mais pour l'instant, je marche. Je marche alors qu'une phrase vient tourner en boucle dans ma tête : « tu ne me suffis plus ». ..

Avec désespoir et résignation, je laisse une nouvelle fois ce souvenir douloureux me torturer, comme il a pu le faire pendant des mois...

— *Mon amour ! je m'exclame en me jetant dans les bras de Nathan.*
Ce dernier ne me rend pas mon étreinte. Probablement sous le coup de la surprise. Je dépose alors un petit baiser sur ses lèvres, mais il les maintient serrées. Étonnée, je penche la tête sur le côté.
— *Tout va bien ?*
Son regard est fuyant, il fait tout pour éviter de croiser le

mien. Je ne comprends pas sa réaction, surtout après le message qu'il m'avait envoyé il y avait de cela une heure, me demandant de le rejoindre là où il m'avait offert ce magnifique collier que je portais tous les jours.

— Il faut que je te dise quelque chose, me dit-il en évitant ma question.

— Je t'écoute, je l'encourage avec un sourire en entrelaçant mes doigts aux siens.

Mais il se détache aussitôt et recule d'un pas. Je fronce les sourcils, sentant mon cœur rater un battement. Quelque chose ne tourne pas rond, j'ai un mauvais pressentiment.

— Ma bourse d'étude à l'étranger vient d'être acceptée, m'avoue-t-il, non sans une pointe de fierté. Je pars au Canada dans une semaine pour commencer à me faire des repères.

Je bondis de joie, toute peur volatilisée. Peut-être pensait-il que je prendrais mal la nouvelle de son départ, mais il n'en est rien, au contraire. J'ai toujours souhaité le meilleur pour lui, depuis le début. Et je savais que c'était son rêve d'intégrer l'académie des arts de Montréal.

— Oh, mon amour ! Félicitations ! Je suis tellement heureuse pour toi !

J'attends qu'il se déride, mais son visage reste renfermé. Mon sourire vacille, tout comme ma joie.

— Quelque chose ne va pas ? Tu sais, il ne reste que deux mois avant la fin des cours. Je pourrais arrêter ma licence et te suivre, qui sait si...

— Non !

Je m'interromps, coupée net. Je vois son regard s'assombrir alors qu'il croise un bref instant le mien.

– D'accord, je reprends doucement, de peur de l'énerver. Alors je resterai ici, mais on pourra toujours communiquer les soirs, après les cours. Je ne sais pas combien d'heures de décalage nous aurons, mais un tas de couple l'a déjà fait, et...

– On arrête là, assène brutalement Nathan.

Coup de poignard en plein cœur, qui vient me couper le souffle.

– Qu... quoi ?

– J'ai dit ;on arrête là. On sait très bien que quatre-vingt-dix-neuf pour cent des relations longue distance ne marchent pas, alors autant y mettre un terme maintenant.

– Tu sais, il y a encore un pour cent dont on pourrait faire partie, je tente de plaisanter en espérant qu'il y réfléchisse et approuve, avant de m'enlacer et de s'excuser de s'être emporté.

Mais il n'en fait rien. Son pas en arrière piétine le peu d'illusion que je me faisais, et son regard furieux me fait rentrer la tête dans les épaules.

– Tu ne comprends rien ! Je vais avoir un nouveau départ, là-bas, et je n'ai pas besoin de poids mort qui me rattache à mon ancienne vie. Tu comprends ?

Non, je ne comprends pas, j'aimerais lui crier. Mais aucun son ne sort de ma gorge, tant cette dernière est serrée. Voilà à quoi il résume notre presque première année de couple ; à un poids mort. Ce n'est que lorsqu'il commence à s'éloigner que ma voix jaillit, faible cri de souffrance face à ce qui m'attends :

– Alors c'est fini ? Comme ça, juste parce que tu t'en vas étudier ailleurs ? Mais tu fais quoi de nos sentiments,

de cet avenir qu'on projetait ensemble ?
Il marque un temps d'arrêt, avant de tourner la tête vers moi.

     — *Tu ne me suffis plus.*
Il me laisse là, les bras ballants, dans un lieu emblématique qui a vu éclore notre amour, et qui assiste désormais à son triste dénouement.

Sans m'en rendre compte, je me suis arrêtée en plein milieu du trottoir. Le souvenir m'a tellement envahie que j'ai de nouveau eu cette sensation de revivre la scène. J'ai longuement retourné dans ma tête la réaction de Nathan, j'ai tenté de me convaincre qu'il avait eu peur que notre relation s'étiole au fil du temps, que je puisse rencontrer quelqu'un d'autre pendant son absence.

Mais sa dernière phrase, qui avait le même effet qu'un coup de poignard, m'avait simplement montré qu'il ne voulait tout simplement plus de moi. Il avait ainsi le champs libre pour faire ce qu'il voulait, chose que j'ai pu voir un mois après son départ.

Prise d'une curiosité malsaine, je n'avais pas pu m'empêcher d'aller sur les réseaux pour le voir. Et cette fille qu'il embrassait à pleine bouche avec comme légende en-dessous :« la femme de ma vie <3 » m'avait plongé dans ma première grosse vague de dépression, qui avait débouché sur un enchaînement de conneries. Après tout ce que nous avions vécu, je lui en voulais de m'avoir effacé aussi vite de sa vie, et lui avait envoyé un message débordant de haine, qui m'avait valu le blocage de tous mes comptes.

La haine avait désormais laissé place au chagrin, et

un énorme trou s'était creusé dans ma poitrine. Mais aussi surprenant qu'inattendu, il avait commencé à se refermer dès l'instant où j'avais appris à connaître Bastien. Comme s'il était mon salut, mon sauveur, l'homme que je n'espérais plus mais qui s'était insidieusement faufilé jusqu'à mon cœur.

Il était facile désormais de comprendre pourquoi son rejet était aussi douloureux. Il m'avait guérie, il m'avait fait voir combien la vie valait finalement la peine d'être vécue, pour au final tout piétiner, à l'instar de Nathan.

Les larmes brouillent ma vue, je me sens chanceler. Je me rattrape à la première chose venue, à savoir un lampadaire qui diffuse une timide lumière chaude, mais qui ne parvient pas à chasser le froid de mon corps. J'entends vaguement une voiture ralentir, puis s'arrêter à ma hauteur. Je tourne la tête vers elle, reconnaît le conducteur, et m'effondre à terre, le corps secoué de sanglots. La portière claque, des pas se dirigent vers moi.

— Rentrons à la maison, m'encourage Océane en m'aidant à me remettre debout.

Chapitre 11 _ Bastien

— Oh ! Celle-ci est ma préférée ! Sûre, sûre, sûre !
Je retiens de peu un soupir d'agacement et lève les yeux au ciel. Voilà comment je passe mon samedi matin : ma mère nous a invité, Zoé et moi, à ses essayages de robes de mariée. Nous en sommes déjà à la quatrième, et à chaque fois ma future demi-sœur ne peut s'empêcher de piailler et de se trémousser sur le canapé.

Non pas que je ne sois pas enthousiaste à l'idée que ma mère refasse enfin sa vie, mais devoir cohabiter avec une gamine qui s'est amourachée de moi me fait grincer des dents.

Ma mère tourne sur elle-même, faisant voleter son jupon digne d'une princesse. Je la vois grimacer dans son reflet, et lorsqu'elle croise mon regard malicieux, elle comprend que nous pensons la même chose : elle n'est pas du tout en valeur dans cette robe, bien au contraire.

— Je crois que je préférerai quelque chose de plus sobre, avoue-t-elle à la vendeuse.

— Quoi ? Mais non ! s'insurge Zoé. C'est un mariage, il faut être au centre de l'attention. Avec une robe sublime comme celle-ci, impossible de ne pas être remarquée et admirée.
Je ne peux m'empêcher de laisser échapper un ricanement. Zoé se tourne vers moi, indignée.

— Tu as quelque chose à dire ?

— Oui. Je pense en effet qu'elle sera remarquée, mais

pas pour les raisons que tu penses.

— Euh, excuse-moi, mais qu'est-ce que tu y connais en matière de mode ?!

— En fait, ce n'est pas une question de mode. C'est un jour unique pour la mariée, elle est là pour se sentir bien, pas pour défiler avec une pièce de collection qui ne la met pas du tout en valeur.

Zoé lâche un petit « oh ! » scandalisé et se tourne vers ma mère, espérant son soutien.

— Désolée ma chérie, Bastien a raison. Je crois qu'une robe sirène ou bohème sera mieux qu'une princesse.

Zoé se renfrogne, puis soupire d'agacement :

— Très bien, allons voir ce qu'on peut trouver de potable. Mais j'ai du mal à y croire.

Elle sort d'un pas raide, suivie par la vendeuse dépitée qui n'arrive pas à en placer une. Je secoue la tête et m'avance vers ma mère, qui contemple son reflet d'un air songeur.

— Tu crois que j'ai pris la bonne décision ? me demande-t-elle finalement.

— Maman, tu es folle de Paul, évidemment que c'est la bonne décision.

— Je ne parle pas de Paul. Je pense surtout à Zoé et toi.

Devant ma tête surprise, elle sourit.

— J'ai bien vu qu'entre vous deux, c'était compliqué. Je ne sais pas pourquoi tu ne la portes pas dans ton cœur, c'est une gentille fille.

Oui, qui rêve juste d'être ma petite amie et de créer par la même occasion un schéma douteux de notre famille recomposée, je pense très fort, sans oser le dire. J'ai peur que si j'avouais le fantasme tordu de ma presque demi-sœur, ma mère ne veuille plus s'unir à Paul pour éviter des situations malaisantes.

Et je veux tout, sauf briser son rêve. Alors, je hausse les épaules et me tais. Son bonheur, c'est tout ce qui compte après le mariage désastreux qu'elle a vécu avec mon père, aux abonnés absents depuis que j'ai déclaré au juge vouloir vivre uniquement avec ma mère à l'âge de treize ans.

Zoé revient, suivie de près par la vendeuse qui affiche désormais une mine déterminée. Au vu de la tête renfrognée de ma presque demi-sœur, j'en déduis que son choix n'a pas remporté la deuxième manche. Alors que le rideau se tire autour de ma mère, je rigole d'un air narquois :

— Alors, pas de robe meringue cette fois ?

— Oh la ferme, siffle-t-elle en croisant ses bras maigres sur sa poitrine.

Je ricane et attends l'ouverture du rideau. Et lorsqu'elle arrive, j'en reste bouche bée. Même Zoé, que j'aurais pensé butée, laisse échapper un « ah ouais... » stupéfait. Je hoche la tête, et esquisse un sourire béat devant les yeux brillants de larmes de ma mère.

— C'est celle-là, souffle-t-elle, la voix étranglée d'émotion.

— C'est celle-là, je confirme, ému de voir ma mère aussi ravissante et heureuse.

— C'est celle-là, confirme à son tour Zoé, un peu à contrecœur.

La vendeuse lâche un soupir de soulagement et se redresse, l'air fier. Elle a réussi là où Zoé se pensait plus douée, et le coup d'œil qu'elle lui jette confirme ce que je pense depuis tout à l'heure : ma presque demi-sœur ne fera jamais carrière dans la mode.

***

En sortant de la boutique, l'acompte versé et le rendez-vous des essayages après retouches fixé, je sens mon téléphone vibrer. C'est un message d'Océane, qui me fait pâlir aussitôt :

Océane : « Gros problème, Lili ne va pas bien du tout. Je l'ai retrouvée errant en plein milieu de la nuit dans Rouen. Je sais qu'entre vous ça ne va pas, mais je pense qu'il est temps que vous ayez une vraie discussion, avant que les choses ne tournent mal, tu ne crois pas ? »

Je toussote et range mon portable sans répondre. Je me sens coupable d'agir en lâche, mais je me sens encore plus coupable de savoir que Lili dérive à cause de moi. Ses mensonges ont été un véritable coup de poignard, mais mon rejet aurait-il été pire pour elle ?

Océane a raison ; il est temps de crever l'abcès, quitte à avoir mal une bonne fois pour toutes. Lorsque ma mère se gare devant la maison, je sors précipitamment de la voiture et dis :

— Je vais voir une amie, ne m'attendez pas ce soir.

J'ignore ma mère qui me lance un « d'accord mais... » surpris, ainsi que Zoé et son air jaloux et fonce en direction de ma voiture. Je ne peux plus faire demi-tour, plus maintenant. Depuis ma discussion d'il y a à peine deux jours avec le tatoueur, je tourne en rond, sans savoir quoi faire. Le message transmis par Damien m'a remonté le moral, mais je ne suis toujours pas parvenu à envoyer un sms à Océane.

Quel abruti je fais d'avoir attendu si longtemps, alors que je sais déjà ce qu'il faut faire ! J'envoie alors un message à Océane, lui demandant de m'envoyer son adresse. Sitôt reçue, j'en prends sa direction. Et cette fois-ci, pas question de se défiler.

Chapitre 12 _ Lili

J'applique un dernier trait de couleur sous les yeux de ma nouvelle Aphrodite. Je l'ai esquissée alanguie sur une méridienne, un drap recouvrant tout son corps, sauf un sein. Après tout, la Déesse de l'Amour se doit de laisser apparaître un minimum de peau pour montrer toute sa sensualité. Mais malgré tout, je ne suis pas satisfaite de mon dessin. Il lui manque quelque chose, et j'ai beau gommer et recommencer les esquisses, rien n'y fait. Je n'arrive pas à mettre le doigt dessus. De rage, je chiffonne mon dessin et balance la boulette de papier vers la porte.

Ma crise de la veille a profondément inquiété Océane. Je m'en veux de lui avoir fait vivre ça, j'ai tenté par tous les moyens de lui faire croire que ça n'a été qu'un moment de faiblesse passager, mais elle était présente lors de ma première dépression, et sait par conséquent que j'étais à deux doigts d'une rechute. D'où ce soudain empressement à me replonger dans mes croquis.

Ma petite voix intérieure ricane. Elle sait pourquoi je réagis comme ça. L'absence de Bastien se fait ressentir jusque dans mes dessins, et je me hais de laisser mes états d'âme actuels prendre le pas sur ma passion. Car si même mon exutoire ne me sert plus à rien, vers quoi pourrai-je me tourner ?

J'entends un léger toussotement qui me fait lever la tête. Un instant, je bloque. Je ferme alors les yeux, les frotte énergétiquement, avant de les rouvrir. Il est toujours là, devant moi, et me regarde désormais avec un soupçon d'amusement sur son visage.

— Qu'est-ce que tu fais là ? je demande sèchement.

Toute trace d'amusement disparaît de son visage. Il se rembrunit et croise les bras sur sa poitrine.

— Tu n'avais pas envie de me voir ?

Je ricane d'un air mauvais. Au fond de moi, je meurs d'envie de courir dans ses bras, surtout lorsque je le vois arborer ce tee-shirt qui souligne ses muscles finement travaillés, mais je refuse de lui donner ce plaisir. Pas après ce qu'il m'a fait à l'université. Je veux qu'il s'en morde les doigts de m'avoir lâchement fui.

— J'imagine que c'est Océane qui t'a demandé de venir. Comme tu peux le voir, je vais très bien. Tu peux partir maintenant, après tout c'est ta spécialité de faire ça.

Un éclair de douleur traverse ses yeux noisette.

— C'est un coup bas, ça...

Je hausse les épaules d'un air détaché, faisant mine de ne pas être affectée.

— Il n'y a que la vérité qui blesse, d'après ce qu'on dit.

Je m'attends à ce qu'il renonce définitivement et rebrousse chemin, mais il n'en fait rien. Il vient au contraire s'asseoir à coté de moi sur le lit, en gardant toutefois une certaine distance.

— Je vais te dire un truc : lorsque je suis arrivé, Océane m'a tout de suite prévenu que tu risquais de te braquer et de tout faire pour me repousser, pour me faire payer ce que je t'ai fais.

Il se rapproche presque imperceptiblement de moi, mais je sens le matelas s'affaisser un peu plus vers moi. Mon cœur tambourine dans ma poitrine, je tourne alors la tête pour ne pas le regarder. Mais je le sens m'attraper le menton et me force à plonger mon regard dans le sien.

— Et puis autre chose : même si elle ne m'avait pas mis en garde, rien de ce que tu aurais balancé ne m'aurait fait partir. Parce qu'on a plein de choses à se dire, tu crois pas ? C'est une épreuve de rester neutre, mais je ne suis pas prête à rendre les armes. La partie torturée de moi a besoin de savoir jusqu'où je peux le pousser, afin de savoir s'il est sincère avec moi. Pas comme Nathan, avec lequel je faisais toujours attention à ce que disais, pour être sûre de ne pas l'énerver et risquer de le perdre.

— C'est pour ça que tu as attendu aussi longtemps ? je crache alors avec hargne. Si tu voulais tellement des explications, pourquoi tu t'es enfui sans me laisser le temps de dire quoi que ce soit ?

— Essaie de me comprendre ! s'exclame-t-il enfin en me lâchant. Du jour au lendemain, je découvre que ma copine tatouée et fière d'elle et cette intello coincée collée à Océane sont en fait la même personne, pour je ne sais quelle raison ! Tu m'as menti, tu me faisais croire que si on ne se voyait pas sur le campus, c'est parce qu'il était trop grand, alors que depuis le début, tu étais sous mon nez.

Il s'interrompt un bref instant, prend une profonde inspiration pour se calmer et reprend :

— Encore aujourd'hui, tu me caches des choses. Je ne sais pas pourquoi tu es chez Océane depuis si longtemps, d'ailleurs j'aimerais bien savoir pourquoi c'est ici que je t'ai déposé la première fois qu'on s'est vu, alors que c'était censé être chez tes parents. Et oui, conclut-il en voyant mes yeux ahuris. Je me souviens parfaitement de cette rue, même s'il faisait nuit.

J'ouvre la bouche, mais la referme, sidérée. Je sens toute couleur déserter mon visage en entendant sa dernière remarque. Je ne pensais pas qu'il se souviendrait de ce détail.

Il hausse un sourcil, attendant ma réponse, mais je n'y arrive pas. Une boule tend à se former dans ma gorge. Je déglutis avec difficulté, le cœur battant à tout rompre. Il est temps pour moi de lui expliquer :

— Ce soir-là, je dormais chez Océane. J'avais demandé à mes parents l'autorisation de passer la nuit chez elle pour pouvoir y faire des devoirs en commun. En vérité, je ne leur avait pas dit que j'avais rendez-vous avec toi, tout simplement parce que ça n'aurait pas été possible. Océane m'a servi de couverture ce soir-là pour que je puisse te rejoindre. Tout s'est précipité lorsque j'ai appris que mon père était venu surveiller la maison pour voir si j'y étais réellement. C'est pour ça que je t'avais demandé de t'arrêter au bout de la rue ; pour que je puisse passer par le jardin et rentrer sans qu'il ne me voit dehors.

Un sanglot menace d'exploser, mais je me force à poursuivre et à révéler ce que je me tais à moi-même depuis trop longtemps :

— Mon père... n'aime pas me savoir avec un garçon. En fait, il... il me déteste. C'est un fervent croyant, pour lui ma coloration et mes tatouages sont des blasphèmes. C'est lui qui m'oblige à me cacher. Il ne supporte pas la vue de mon corps...

Je m'interromps, les larmes coulant sur mes joues. Bastien ne dit rien. Il essuie tendrement ma joue, l'air attristé. Je secoue la tête en fermant les yeux. Je ne veux pas de sa pitié, ce n'est pas ce que je voulais en lui racontant cette partie de ma vie. Et sa question, celle que je redoute, vient détruire le peu de forces qu'il me restait pour me tenir droite devant lui :

— Il te fait du mal, n'est-ce pas ?

Chapitre 13 _ Bastien

Le silence qui perdure et la souffrance dans le regard de Lili sont clairement la réponse à ma question. Ce que je soupçonne depuis que je l'ai vue à l'hôpital est fondé, et me fais serrer les poings de rage. Je ne le connais pas, mais je hais son père pour ce qu'il a osé infliger à Lili. Comment un parent peut-il lever la main sur son enfant, même pire, le blesser gravement au point de l'envoyer aux urgences ? À quel moment l'humanité peut déserter quelqu'un, ne laissant place qu'à la haine et la violence envers le sang de son sang ?

Tant de questions qui resteraient sans réponse, mais qui menaient à une finalité dramatique : Lili aurait pu mourir entre les mains de son géniteur, et je n'en aurais jamais rien su. Rien que d'y penser, je sens mes entrailles se nouer.

Je la prends alors contre moi. Je la sens se tendre et tenter de se débattre, mais je ne la lâche pas. J'ai besoin de la sentir, de savoir qu'elle est vivante et avec moi. Elle se laisse finalement faire, et sanglote silencieusement contre ma poitrine. J'absorbe comme je peux tout ce qui la ronge depuis si longtemps, en la berçant et caressant ses doux cheveux. Son parfum floral m'avait manqué, plus que je ne voudrais l'admettre.

Et maintenant que je sais pourquoi elle avait gardé ses distances, la blessure dans ma poitrine se referme petit à petit. J'ignore encore pourquoi elle en a été obligée, mais je ne veux pas bousculer Lili. Ses révélations sont déjà un grand pas en avant, elle me fait suffisamment confiance pour me les avoir enfin confiées.

Ensemble, finalement, nous avançons. Nous nous sommes mutuellement avoué ce qui nous pesait le plus sur le cœur, et même si je sens que ce n'est qu'une infime partie de ce qu'elle renferme au fond d'elle, je pressens que Lili aura désormais plus facile de décharger ses lourds fardeaux.

Elle se recule finalement, et je la laisse faire. Ses yeux brillants et sa moue accablée me serrent le cœur. J'ai horreur de la voir dans cet état. Je caresse sa joue avec mon pouce, effaçant une traînée de larmes et un peu de sa tristesse. Elle ferme les yeux et lâche un profond soupir.

— Je suis désolée de t'avoir caché la vérité, souffle-t-elle. J'avais tellement peur des répercussions que j'ai préféré jouer le jeu de mes parents, plutôt que de chercher un moyen de m'en sortir.

— Je crois que je comprends, je lui réponds alors. Tu étais comme dans... une impasse ?

Elle acquiesce, mais n'en rajoute pas plus. Si les larmes ont arrêté de couler, son corps tendu et son air douloureux me font comprendre que la blessure est bien plus profonde qu'il n'y paraît. Je pense alors que lui changer les idées pourrait l'aider à se sentir mieux, et peut-être à se confier définitivement sur ce qui la hante.

Une idée aussi folle qu'excitante germe dans mon esprit. Si nous voulons nous donner une chance pour consolider notre histoire, il nous faut un moment rien qu'à nous, loin de tout. Et pour cela, j'aurais besoin de l'aide de mon beau-père.

— Je reviens dans une minute, je dis à Lili avant de sortir de la pièce.

J'attrape mon téléphone et compose le numéro de la maison.

Avec un peu de chance, ils seront en train de préparer le repas. J'entends une tonalité, puis deux, avant que quelqu'un ne décroche.

 — Bastien ? j'entends alors mon beau-père.

Je souris. Il a une mémoire des chiffres incroyable, si bien que je ne suis même plus obligé de me présenter dès que je l'appelle.

 — Salut. J'aurais besoin que tu me rendes un service.

 — Oui, dis-moi ?

Je prends une grande inspiration et me lance en croisant les doigts :

 — Est-ce que tu crois que je pourrais passer une journée dans la maison de vacances ?

Un long silence s'éternise au bout de la ligne. Un instant, je crains qu'il n'ait raccroché, jusqu'à ce que je l'entende soupirer :

 — Est-ce que je peux avoir confiance en toi pour que ce ne soit pas une excuse pour y faire une grande fiesta ?

 — Non ! Je t'assure que non ! Ce n'est pas mon genre, et Damien ne sera pas là. C'est vraiment pour une... une amie.

J'entends un léger gloussement, et devine que ma mère doit être collée à coté de mon beau-père pour ne pas rater une miette de la conversation.

 — Oh... alors dans ce cas, si c'est pour une amie...

Je devine son sourire taquin sur son visage, et me sens rougir, alors qu'il ne peut pas me voir. Je deviens cet ado cliché qui vient d'être pris sur le fait d'embrasser une fille alors qu'il affirmait la veille que c'était juste une copine.

 — Je veux bien te laisser la maison, mais je compte sur toi pour qu'il n'y ait pas de casse.

— C'est promis, je réponds avec soulagement. Merci, merci beaucoup !

Je raccroche et exécute une petite danse de la joie. La maison de vacances, héritage de mon beau-père, est une charmante maison côtière. Paul n'a jamais voulu la revendre, il est bien trop attaché à cette demeure familiale. Il s'est contenté de refaire tout l'intérieur pour la moderniser, afin que nous ayons tout le confort nécessaire pour y passer des week-ends chaque fois que l'envie nous prend.

C'est la première fois qu'il accepte que j'y aille seul. À chaque fois que Damien avait tenté de l'amadouer pour nous la céder une soirée, Paul se montrait intransigeant ; il refusait de laisser un fêtard comme mon ami pénétrer dans sa maison familiale, tant la peur des dégâts était dévorante. Si je lui en avais voulu pour ça au début (après tout, Damien faisait presque partie de la famille), je comprenais aujourd'hui son raisonnement.

Qu'il me fasse confiance désormais me touche plus que je ne le pensais. J'ai hâte de faire cette surprise à Lili, croisant les doigts pour qu'elle lui fasse plaisir et que nous réussissions à nous retrouver.

Chapitre 14 _ Lili

Bastien est revenu dans la chambre avec un grand sourire. Instinctivement, sa joie communicative a fait naître un sourire sur mes lèvres et m'a mis du baume au cœur. Il m'a demandé de préparer un sac avec des affaires de change et de toilette, me donnant cinq minutes pour le faire. Il a ignoré mes questions, se contentant d'un clin d'œil et d'un « je t'attends dans la voiture » très enjoué.

Intriguée, mais aussi ravie, je lui obéis et rassemble quelques affaires dans un sac à dos. J'ignore ce qu'il est parti faire en dehors de la chambre, probablement parler avec Océane qui a dû l'encourager à me tirer hors de la maison. La simple idée de retourner dans son appartement me fait sautiller d'excitation. J'ai l'impression que ça fait une éternité que je n'y suis pas allée. Là-bas, avec Bastien à mes cotés, je m'y sens bien. Presque autant que chez Océane. Autant dire que les endroits où je suis à l'aise peuvent se compter sur les doigts d'une main.

Alors que je sors dans le couloir, mon sac à la main, je tombe nez à nez avec mon amie. Elle m'observe avec appréhension, pensant sûrement que je vais lui hurler dessus parce qu'elle a osé appeler Bastien. Mais à cet instant, je sais qu'elle ne pensait pas à mal en faisant ça. Bien au contraire, elle fait tout pour me protéger et m'aider, et je ne peux que lui en être reconnaissante. Je laisse alors tomber le sac et la prends dans mes bras. Un instant surprise, elle ne réagit pas, avant de finalement me rendre son étreinte avec force.

— Merci, je lui souffle à l'oreille. Tu es une amie en or,

je ne te mérite pas.

– C'est pas faux. D'ailleurs, je devrais penser à augmenter mes tarifs, rit-elle.

Je me joins à elle de bon cœur. C'est tellement agréable de la retrouver. Elle se démenait pour me soutenir au mieux ; si ça ce n'était pas de l'amitié ! Je réalise que ces dernières semaines, elle s'est pliée en quatre pour me soutenir, préférant passer du temps avec moi plutôt qu'avec Théo, que je n'avais pas revu depuis une éternité. Je sens la culpabilité pointer le bout de son nez, si bien que j'avoue, la gorge nouée :

– Je suis désolée d'avoir accaparé tout ton temps. Par ma faute, Théo ne t'as quasiment pas vue...

– Hé ! me coupe Océane en essuyant une larme solitaire sur ma joue. Ne t'inquiète pas, avec Théo, tout va bien. Il est occupé par le prochain tournoi de boxe, à l'heure qu'il est. On se téléphone tous les soirs, d'ailleurs. Tu n'as pas à t'en faire, si je suis restée auprès de toi, c'est parce que je le voulais. Tu es ma meilleure amie, je ne pouvais pas te laisser seule alors que tu avais besoin d'aide.

– Mais est-ce qu'une véritable amie aurait pu oublier un événement aussi important que le tournoi de boxe de Théo, qu'il préparait d'ailleurs depuis des mois ?

– Tu as eu beaucoup de préoccupations ces derniers temps. Théo l'a bien compris, il ne t'en tient pas rigueur. À condition que tu n'oublies pas de venir avec moi le voir pour la finale, ajoute-t-elle avec un petit rire.

Je souris faiblement, quoique rassurée par les paroles d'Océane. Je m'en veux toujours un peu d'avoir négligé mes deux amis qui avaient toujours été là pour moi, et je compte bien me rattraper.

— Allez, file retrouver ton prince, murmure-t-elle sans pour autant me lâcher.

— Prince, je ne sais pas. Mais je suis sûre d'une chose ; je suis amoureuse.

Le dire à voix haute fait vibrer chaque parcelle de mon corps, et ne font que rendre plus vrais ces mots. Océane couine de joie et se met à sautiller. Je suis le mouvement, et nous voilà, deux grandes gamines qui trépignent et chantonnent une ode à l'amour. Il y avait bien longtemps que je ne m'étais pas laissée aller ainsi, ça m'avait manqué de me sentir libre.

Océane me libère et me pousse gentiment vers la sortie, un grand sourire aux lèvres. Elle me salue lorsque je monte dans la voiture, et je ne la quitte pas des yeux dans le rétroviseur alors que Bastien nous conduit vers une destination inconnue.

Lorsque mon amie disparaît de mon champ de vision, je me tourne vers celui qui fait battre mon cœur. Je croise son regard attendri. Il me prends la main et la presse doucement.

— Merci, dit-il.

— De quoi ?

— De t'être confiée à moi.

— C'est parce que je veux que ça marche entre nous, et je crois que je n'ai plus peur d'être rejetée.

Je réalise que le pense sincèrement. Cette angoisse qui me tordait l'estomac n'est plus là depuis mes aveux. Même si je n'ai pas dit explicitement ce que je subissais auprès de mon père, un poids s'est envolé de ma poitrine. Comme si je savais que désormais, Bastien serait là pour me protéger.

Nous nous arrêtons peu de temps après, devant une charmante petite maison.

– Je reviens dans un instant, attends-moi ici, me demande Bastien.

Surprise qu'il ne m'invite pas, je reste clouée sur mon siège. J'ai bien deviné que nous étions arrivés chez ses parents, reconnaissant sa mère dans l'encadrement de la porte. Mais pourquoi ne veut-il pas me présenter ? Même s'il le faisait en me désignant comme une simple amie, j'aurais apprécié découvrir sa famille. Ou peut-être est-ce trop tôt pour lui ?

Je fronce les sourcils et baisse les yeux vers mon nouveau téléphone, pianotant distraitement l'écran, sans vraiment y faire attention. Je m'en veux de me braquer aussi vite, après tout, nous ne nous sommes pas parlé pendant des mois. Il est logique qu'il refuse pour l'instant de me présenter à sa famille. Néanmoins, je ne peux empêcher cette pointe de déception qui perce dans ma poitrine.

Je jette un coup d'œil vers la maison et aperçoit une jeune fille d'environ seize ans en train de me fusiller du regard depuis une fenêtre. Je hausse un sourcil d'un air provocateur, refusant de baisser les yeux. Je ne sais pas qui est cette morveuse, mais je n'apprécie pas du tout sa manière de me reluquer. Elle plisse ses yeux, mauvaise, avant de rabattre le rideau. Un petit sourire victorieux étire mes lèvres. Je sais que c'est puéril, mais avoir eu le dernier mot me satisfait.

Bastien revient quelques minutes après, un sac à la main, suivi par ce que je pense être son beau-père. Je baisse un peu la vitre, espérant entendre leur conversation. C'est faible, mais je perçois des bribes, comme « attention »,

« deux lits » ou encore « salle de bain ». À ces mots, je vois Bastien devenir rouge pivoine. Il balbutie quelque chose avant de revenir précipitamment vers la voiture. Au vu du sourire taquin de son beau-père, ce dernier a dû faire une allusion sexuelle bien gênante. Le genre qu'on ne veut pas entendre de la bouche de ses parents.

Sans même savoir ce que c'était, je rigole, rien qu'en regardant le garçon qui me plaît. Son air gêné et innocent a quelque chose de touchant, et je me surprends à apprécier être celle qui lui fera sûrement découvrir les joies du sexe.

Bastien reprend place derrière le volant et démarre assez vite. La voiture fait un soubresaut, témoin de la nervosité du jeune homme. Je place alors une main sur son bras pour le rassurer.

— Alors, où m'emmène-tu, jeune rebelle ?
Ses épaules se relâchent un peu.

— C'est une surprise, je ne peux rien dire.
J'esquisse une moue boudeuse, avant d'essayer de battre des cils, mais rien n'y fait. Mes tentatives pour l'amadouer se révèlent être un échec critique. Pour être sûr de ne pas craquer, Bastien refuse de me regarder, un petit sourire aux lèvres. La situation l'amuse.

Nous prenons l'autoroute. Pour passer le temps, et parce que je suis réellement intriguée, je demande :

— Il y avait une fille chez toi. C'était qui ?
La mâchoire de Bastien se contracte.

— Ma presque demie-sœur, Zoé.
Visiblement, il ne la porte guère dans son cœur.

— Tu ne m'en avais jamais parlé avant, je souligne doucement.

– Parce que je n'en voyais pas l'intérêt, rétorque le jeune homme.

Ok, sujet sensible, j'ai bien compris. Je préfère ne pas insister, mais ne peux m'empêcher de rajouter :

– En tout cas, elle n'avait pas l'air ravie de me voir. Si ses yeux avaient pu me tuer, j'aurais été foudroyée sur place.

Bastien tourne brièvement la tête vers moi, l'air étonné.

– Elle t'a vue ?

– Oui, pendant que tu récupérais tes affaires, elle m'a aperçu par une fenêtre. Tu crois qu'elle fusille tout le monde du regard, ou c'est juste ma tête qui ne lui revient pas ?

Bastien hausse les épaules, les lèvres pincés. Il ne répond pas, mais je devine à ses poings crispés sur le volant que ma réponse l'a contrarié. Je meurs d'envie d'en savoir plus, mais je ne préfère pas prendre le risque de me fâcher avec lui, alors que nous commençons tout juste à nous réconcilier. Je laisse alors mon regard dériver sur les paysages, des questions plein la tête.

Chapitre 15 _ Bastien

Nous arrivons assez rapidement à destination. Le trajet, bien qu'il se soit fait dans le silence, n'a pas été chargé de tensions comme je le craignais, au contraire. Nous profitons simplement d'être ensemble, dans un silence détendu et agréable. Pour moi, ça vaut tous les mots qui auraient été là uniquement pour meubler. Seules quelques remarques amusantes sur les autres conducteurs se sont laissées entendre, et ça suffisait amplement. Lili doit penser comme moi : nous aurons tout le temps de parler une fois arrivés.

Elle n'a pas insisté lorsque je me suis tu au sujet de Zoé. Je n'aime pas savoir que cette dernière est désormais capable de reconnaître Lili, car je ne sais pas ce qu'elle serait prête à lui faire pour gâcher notre relation. Elle a déjà fait le coup une fois avec une simple amie, quelques semaines après que nos parents respectifs se soient rencontrés, et je n'ai pas envie de revivre ça...

La jeune femme n'a émis aucun commentaire lorsque nous avons passé le panneau d'entrée du Havre, mais j'ai pu voir ses yeux pétiller d'excitation. Nous avons traversé tout le centre, avant de prendre la direction des Jardins Suspendus*. Arrivés au sommet, je gare la voiture sur le bas-côté et descends, imité par Lili. Je la rejoins et entrelace mes doigts aux siens, ce qui a le don de la faire sourire. Je l'entraîne alors sur une butte qui surplombe Le Havre.

* À visiter, de préférence courant mai si vous aimez les roseraies

La vue me fait toujours le même effet ; j'adore balayer du regard la ville étendue qui paraît minuscule, avant de tourner la tête vers le front de mer. Le ciel gris assombrit la vaste étendue d'eau, mais elle n'en reste pas moins spectaculaire. Cette couleur presque noire m'a toujours fasciné, mais aujourd'hui, je m'attarde moins sur le point de vue, et observe la réaction de mon accompagnatrice.

Lili dévore le paysage du regard. Ses joues devenues rouges à cause du vent hivernal et ses yeux écarquillés d'émerveillement me font comprendre que j'ai eu raison de m'arrêter. Elle regarde partout, semblant vouloir tout enregistrer le plus vite possible. Je me cale dans son dos et enroule mes bras autour d'elle, à la fois pour la détendre et pour la réchauffer. Elle se laisse aller contre moi, un léger soupir traversant ses lèvres.

– C'est sublime, souffle-t-elle alors. Merci.

Je dépose un baiser dans ses cheveux. Nous contemplons encore un instant la ville animée, l'église St-Joseph qui la domine de toute sa splendeur, la mer d'acier quelque peu agitée, jusqu'à ce que je sente Lili frissonner. Un court instant, j'oublie que nous sommes en plein mois de décembre, et que les températures en bord de mer sont plus saisissantes. Nous retournons rapidement jusqu'à la voiture, collant nos doigts frigorifiés contre les ventilations, où l'air chaud nous fait soupirer de satisfaction.

Je reprends la route en direction de la maison. Une part de moi appréhende ce moment où nous serons de nouveau en tête à tête. Car cette fois-ci, ni Damien, ni mes parents ne pourront interrompre quoi que ce soit entre nous. J'en viens inévitablement à me demander si ce sera LE moment tant redouté et attendu...

Je reprends contenance et gare la voiture devant un grand portail, avant d'en descendre. Lili s'empresse de m'imiter, impatiente de découvrir la demeure. Elle lâche un hoquet de stupeur lorsque le portail s'ouvre.

— Bienvenue dans la maison de vacances, je présente avec un petit rire nerveux.

— Ça, une maison ?! Une villa, tu veux dire !

Je rougis d'embarras. Elle n'a pas tout à fait tort, la maison est immense. Sa structure à l'ancienne sur deux étages, avec une piscine couverte, sur un terrain au moins cinq fois plus grand que la maison, me donne la sensation d'être un sale gosse de riches, qui présente avec une fausse modestie l'endroit où il vit.

— Désolé. C'est vrai qu'elle est grande, et comme tout le monde dans ma famille l'appelle « maison », et bien, c'est resté.

Je hausse les épaules, contrit. Mais Lili ne m'en tient pas rigueur. Au contraire, elle me donne un coup de coude en disant :

— Le dernier arrivé paie la pizza !

Elle court jusqu'à l'entrée. Je la précède avec une seconde de retard, mais même si j'ai les capacités pour la rattraper, je n'en fais rien. Je préfère de loin admirer sa silhouette ondulante, ses...

Je relève brusquement les yeux alors qu'elle s'arrête, juste avant qu'elle ne puisse me surprendre en pleine contemplation de ses jolies formes. Elle me tire la langue d'un air enfantin en chantonnant :

— J'ai gagné ! J'ai gagné !

Je fais mine de grommeler, mais intérieurement, je souris.

J'aime voir Lili aussi détendue. J'ai l'impression de retrouver la fille dont je suis tombé amoureux. Ressentir à nouveau ces papillons dans le ventre, avoir sans cesse le sourire aux lèvres ; tout le monde devrait connaître ça, au moins une fois dans sa vie.

Je déverrouille la porte et l'invite à entrer. Elle s'exécute et se dirige lentement vers le grand salon, avant de tourner sur elle-même, les bras en croix. Son visage vers le ciel, elle rit aux éclats.

– Regarde un peu la taille de ce salon ! On pourrait y faire une fête d'enfer, ici !

Je rigole rien qu'en imaginant la scène. Elle a raison ; sur la gauche, le salon l'accueille, sobrement décoré, si bien qu'on aurait facile à tout déplacer. Mon beau-père ayant préféré garder les meubles en bois de ses parents pour rester en harmonie avec les poutres apparentes au plafond, sans rien ajouter de plus, la pièce se retrouve donc avec le strict minimum, chose qui pourrait surprendre venant de la part de propriétaires aussi riches. Mais pas de chichi dans cette demeure : au sol, point de marbre, mais un beau parquet ciré tout neuf qui vient illuminer la pièce. La sobriété et la simplicité avant tout. La maison est le parfait exemple de l'expression « ne pas juger un livre par sa couverture ». Seuls les sols et les trois salles de bain ont été retapées pour un coté un peu plus moderne.

Lili pose son sac à côté du canapé, se dirige vers la cuisine ouverte à droite de l'entrée et me regarde avec amusement.

– On va pouvoir se faire de bons petits plats.

– Parle pour toi, je rétorque avec un sourire. Je préfère la pâtisserie à la cuisine.

Elle me lance un regard admiratif qui me fait rougir.

— Et avant que tu ne me fasses un délicieux gâteau, que faisons-nous ?

Je lui prends la main et la tire vers l'escalier en bois en face de la porte d'entrée. Il me tarde de faire lui voir la vue qui prédomine de la plus belle chambre de la demeure.

— Viens voir, tu n'es pas au bout de tes surprises.

Chapitre 16 _ Lili

L'étage desserre quatre chambres, dont deux avec une salle de bain privative, m'explique Bastien alors que nous montons les marches. Il tient à me montrer là où il dort chaque fois qu'il vient avec sa famille. Apparemment, ce fut un duel acharné entre lui et sa demi-sœur pour l'obtenir, mais cette dernière ayant été insupportable pendant le trajet, la chambre fut cédée à Bastien.

Lorsqu'il ouvre la porte, je reste sans voix. Un grand lit occupe une partie de la pièce, avec en face une armoire qui ressemble à s'y méprendre à celle du film *Narnia*. Aux murs, des étagères avec des bibelots et des livres sont accrochées. Juste à côté de la porte se trouve une petite commode en bois blanc avec des photos de Bastien et sa mère dans divers endroits, comme une plage, ou devant un feu de cheminée. Une porte à côté de l'armoire est entrouverte, laissant un aperçu d'une salle de bain. Mais ce qui rend la chambre spéciale, c'est le petit balcon sous arche qu'elle dessert, avec entre les arbres du jardin, la vue directe sur la mer.

Je m'approche de la fenêtre et admire un instant le paysage. Je me sens apaisée devant ce sublime panorama, qui doit être encore plus époustouflant l'été. Je m'imagine sur ce balcon, assise dans un fauteuil, mes fusains à portée de main. Rien que d'y penser, je meurs d'envie de réaliser mes premières esquisses. Je pivote vers Bastien, qui me détaille avec amusement.

– Je savais que ça te plairait, dit-il avec un grand

sourire, les bras croisés sur son torse.

— J'adore ! Je comprends mieux pourquoi Zoé voulait garder cette chambre.

Son sourire vacille un instant. Il toussote et me montre le couloir.

— Si tu veux, juste en face, il y a une chambre d'amis. Je peux comprendre si tu veux t'y installer.

Le sourire de mon visage disparaît. Le message est on ne peut plus clair ; il n'est pas prêt à dormir de nouveau avec moi. Gênée, je baisse les yeux. Je m'en veux de m'être fait de fausses idées. J'attrape alors mon sac et me dirige vers la porte. Mais alors que j'allais en franchir le seuil, je m'arrête. Notre week-end ne peut pas commencer comme ça ! Je me tourne vers Bastien et lui demande :

— Est-ce que ça t'ennuierait que je dorme avec toi ? Je n'arrive pas vraiment à dormir lorsque je ne connais pas les lieux. Dans tes bras, je me sentirais bien mieux.

Mon excuse est pitoyable, et peut crédible, mais je vois les épaules de Bastien se détendre. Son sourire soulagé témoigne qu'il en avait envie, mais qu'il n'osait probablement pas me le demander.

— Avec plaisir ! Enfin, je veux dire, mets-toi à l'aise...

Il se dandine et se frotte la nuque. Je le regarde avec attendrissement. Ses manières quelque peu maladroites m'avaient manquées. Ça fait partie de lui, et je le préfère nettement comme ça plutôt qu'au moment où il avait voulu joué les bad boys. Toutes les femmes ne rêvent pas de mecs torturés, bien au contraire. Je m'avance vers lui et passe mes bras autour de son cou.

— Hé, je susurre doucement. Tout va bien.

273

Bastien esquisse une moue contrite, que j'efface rapidement en déposant un léger baiser sur ses lèvres. Chaste, comme une petite fille embrasserait son premier chéri, afin de ne pas le brusquer. Un peu de douceur, pour laisser éclater la passion bien plus tard. Je me retourne pour plaquer mon dos contre son torse, comme j'aime le faire. Il passe ses bras autour de ma taille, et nous restons là, l'un contre l'autre, à contempler un moment les vagues s'écrasant sur le sable en contrebas.

***

Bastien a honoré son gage de la meilleure manière possible. Malgré le froid hivernal plus que mordant en bord de mer, nous avons bravé le vent glacial et nous sommes réfugiés dans une charmante pizzeria côtière, quasiment déserte à cette période de l'année. Les pizzas étaient aussi délicieuses que généreuses, et je ris encore en repensant à la tête qu'a esquissé le jeune homme lorsque j'ai dévoré la mienne en un clin d'œil, la finissant avant lui. Nous avons enfin pu bavarder de choses et d'autres, comme nos derniers coups de cœur littéraires. Bon, en vérité, ce sujet nous a occupé la majeure partie du repas, mais j'ai réellement apprécié cet échange.

Bastien décide de m'emmener par la suite dans un grand centre commercial, aux bords des quais. Lorsque nous y arrivons, nous avons le plaisir d'y découvrir des décorations de Noël tout autour de l'entrée, nous rappelant à quelle période de l'année nous sommes. Cette fête n'ayant pas été toujours source de joie dans ma famille, je n'y prêtais plus vraiment attention. Le seul cadeau que j'avais se résumait à un ou deux manuels scolaires, ou au mieux à une carte cadeau pour des vêtements d'un montant si ridicule que je pouvais à peine m'acheter un simple pull.

Lorsque certains s'extasiaient sur cette période magique et spéciale, je me contentais de hausser les épaules et de penser à autre chose. Impossible pour moi de me réjouir d'une fête qui me rappelle le manque de complicité dans ma famille. Et comme je ne supportais pas les regards plein de pitié qu'on me jetait lorsqu'ils apprenaient que je n'avais pas eu le dernier Iphone ou la dernière console de jeu, j'ai fini par me renfermer sur moi-même et faisais comprendre à quiconque abordait le sujet que je ne dirais rien.

Nous pénétrons dans le hall chauffé, dont de splendides étoiles lumineuses pendent du plafond haut. Je reste un instant à admirer les décorations, réalisant malgré tout qu'ils ont réussi à transcrire cette magie que je croyais perdue. Bastien me laisse un instant profiter avant de me demander :

— Alors, par quoi veux-tu commencer ?

J'hésite un instant, avant de lui avouer :

— Par les toilettes.

Au vu de sa mine interloquée, qui me fait éclater de rire, je vois qu'il ne s'attendait pas à ça.

— Oui monsieur. Excusez-moi, mais je suis une dame comme les autres, avec des besoins naturels de soulager sa vessie avant de commencer une séance de shopping intense.

Bastien se ressaisit, légèrement rouge.

— Oui, bien sûr. Je ne m'attendais juste pas à ça. C'est par là.

Il me guide jusqu'au lieu sacré, avant de m'y attendre devant.

Lorsque j'en ressors, il toussote :

— Maintenant, où veux-tu aller ?

La tête qu'il tire ne peut m'empêcher de pouffer de rire. Je passe mon bras sous le sien pour le détendre et lui réponds :

— Où tu veux. Je te laisse me guider.

Il me dirige alors vers un premier magasin de vêtements en me disant :

— Tu as peut-être envie de t'habiller comme tu le désires, maintenant. Tu n'es plus obligée de te cacher, pas tant que tu seras avec moi.

Ses mots m'atteignent en plein cœur. Je sais qu'il a raison, j'ai su à l'instant où j'ai fui mon père que je ne remettrai jamais un pied dans cette maison. Mais je n'osais pas y penser, car arrivera le moment inéluctable où les parents d'Océane finiront par poser des questions et me pousseront à partir. Et penser à l'après, sans nulle part où aller, me terrorise. Je n'ai même plus ma voiture, restée chez mes parents et probablement déjà revendue à l'heure qu'il est, comme toutes mes affaires.

Une boule au ventre se forme en pensant à mes carnets de dessins, à mon ordinateur, ou même mes quelques vêtements d'avant la métamorphose forcée.

Je sais que Bastien ne pense pas à mal en me proposant de refaire ma garde-robe, une partie de moi veut même courir dans le magasin et enchaîner les achats impulsifs, mais l'hésitation s'empare de moi. Que ferai-je de tous ces vêtements si je n'ai nulle part où aller ? Ne serai-je pas mieux d'attendre de trouver un petit boulot pour avoir peut-être un petit studio ?

Bastien doit sentir mes incertitudes, car il presse mes doigts pour me ramener dans le présent.

– Si tu ne te sens pas prête, on peut aller ailleurs. On peut manger une gaufre, si tu t'en sens capable, ajoute-t-il d'un air mutin.

Il réussit à me redonner le sourire.

– Sincèrement, j'aurais bien aimé relever le défi, mais non, je n'en suis pas capable. Ne t'en fais pas, on peut juste se promener, ça me permettra de faire du repérage pour la prochaine fois.

S'il y a une prochaine fois...

Bastien n'insiste pas, et pendant une grande partie de l'après-midi, il me suit à travers les rayons de vêtements colorés, faisant des remarques constructives sur ce qui pourrait m'aller ou non. Il est bien le premier garçon à se comporter ainsi. Même Nathan ne faisait pas ce genre d'effort, se contentant de grommeler ou de dire « c'est comme tu veux, amour » chaque fois que je lui montrais quelque chose. Aujourd'hui, tout est différent. En voyant le jeune homme fouiller dans les vêtements à ma place et me sortir une jolie robe en laine ou un haut rouge et noir, je prends conscience que j'ai trouvé une perle rare, un homme que j'aime et qui m'aime sincèrement en retour, et avec qui j'aurais la chance de vivre la plus belle des vies.

Chapitre 17 _ Bastien

Je n'aurais jamais pensé prendre autant de plaisir dans une séance shopping. Moi qui croyais que j'allais m'ennuyer, au vu du témoignage de Damien chaque fois qu'il accompagnait sa conquête du moment, je voulais au contraire que cette journée ne se termine pas. J'ai réussi à pousser Lili à essayer quelques vêtements, et chaque fois mon ego se gonflait de fierté lorsqu'elle sortait de la cabine, pour esquisser quelques pirouettes dans ces nouveaux vêtements qui mettaient sa jolie silhouette en valeur. Lili me taquinait chaque fois que je la complimentais, me disant que je devrais laisser tomber l'enseignement pour me lancer en temps que conseiller de mode.

Alors que je la vois poser à regret un pull en laine violet aux motifs floraux dans le troisième magasin que nous faisons, je comprends qu'elle ne me dit pas tout. J'ignore pourquoi elle ne veut pas se faire un petit plaisir, mais sa mine défaite qu'elle ne réussit pas à me cacher me brise le cœur. Ses parents auraient-ils été sévères au point de lui couper toute source de revenus ?

Je bous intérieurement. Les questions brûlent de franchir mes lèvres, mais je sais que ce n'est pas le moment. Peut-être pourra-t-elle se confier lorsque nous rencontrerons à la maison. En attendant, je la vois repartir dans les rayons.

— Je jette un petit coup d'œil du côté des hommes, je lui dis alors, faussement décontracté.
Elle hoche la tête distraitement, sans me prêter attention. J'attrape alors le pull et fonce en caisse, où deux filles avant

moi patientent avec un panier débordant. Je gémis et jette fréquemment un œil vers Lili, priant pour qu'elle ne me voit pas avec le vêtement. Je tape du pied, faisant fi des regards agacés des clientes devant moi. Au bout d'un moment, alors que l'une me fait part de son ras-le-bol par un bruyant soupir, je la fusille du regard.

— Désolé d'être impatient, mais là, j'aimerais juste que ça aille plus vite pour cacher le pull que veux offrir à ma copine, qui a juste à tourner la tête pour ruiner ma surprise, j'articule en réussissant à conserver mon calme.

Les deux amies ouvrent la bouche en un O stupéfait, l'une d'elles a même un petit sourire impressionné.

— Un homme qui veut faire plaisir à sa copine en lui achetant des fringues, on en rêve toutes, soupire la première avec un regard rêveur. Vas-y, passe devant, on peut attendre.

— Oh... merci, je balbutie.

Je me faufile entre les deux filles, rouge comme une tomate. Mon petit coup d'éclat n'avait pas forcément cet objectif, mais je ne vais pas m'en plaindre. Au même moment, le couple à la caisse finit de prendre les sacs avant de me laisser la place. Je me jette presque sur le comptoir, devant l'œil ébahi de la vendeuse. Les deux filles derrière moi gloussent.

— J'aimerais bien que Kévin fasse ce genre de surprise, au moins une fois, j'entends l'une d'elles se plaindre.

— Ma pauvre, ce jour n'est pas prêt d'arriver, répond son amie avec pitié. Égoïste comme il est, il préférera s'acheter le dernier jeu vidéo plutôt que de te faire un petit cadeau.

Je lève les yeux au ciel. Ce Kévin me rappelle étrangement Damien, préférant sa petite personne aux autres.

Lorsque je pose enfin le pull sur le comptoir, la vendeuse m'adresse à peine à regard, et ne se donne pas la peine de répondre à mon « bonjour » que j'ai pourtant dis avec enthousiasme.

    – Ça fera trente euros, annonce-t-elle d'une voix traînante. Sac ?

    – Non merci.

    – Par carte ?

Je me retiens de bondir par-dessus le comptoir et sors ma carte bancaire. Elle actionne le terminal de paiement avec nonchalance, mâchonnant un chewing-gum en ouvrant une bouche si grande que je peux voir sa couleur verte. Dégoûté, je plisse les yeux. En temps que vendeuse, n'a-t-elle pas une certaine apparence à tenir vis-à-vis des clients ?

    – Reçu ?

    – Non.

Mon ton sec lui fait lever les yeux. C'est plus fort que moi, j'attrape le pull et marmonne en m'éloignant :

    – C'est pas la politesse qui l'étouffe, celle-là.

Les gloussements des deux filles et le hoquet indigné de la vendeuse m'indiquent que tout le monde m'a entendu. Une partie de moi culpabilise d'avoir été aussi aigri, mais une autre se réjouie de s'être exprimé ainsi ; enfin merde ! Le professionnalisme avant tout ! Ce n'est pas parce que tu as une vie de merde que tes clients doivent en subir les conséquences, dirait Damien s'il avait été avec moi.

Je glisse le pull plié sous mon manteau, espérant que la légère bosse passe inaperçue. Je retrouve Lili à l'autre bout du magasin, les yeux dans le vague. Elle doit sentir mon regard, puisqu'elle tourne la tête vers moi et sourit.

Mais ce n'est pas le sourire complice qui me laisse entendre qu'elle sait ce que je viens de faire. C'est plutôt une mimique ravie de me revoir, comme si je m'étais absenté plusieurs jours.

— On peut rentrer ? Je suis fatiguée, me demande-t-elle avec timidité.

Je lui prends la main et la presse doucement.

— Bien sûr.

Nous quittons le centre commercial et reprenons la voiture, en direction de la maison. La nuit est tombée depuis un moment sur la ville, mais ça n'empêche pas les gens de sortir. Les rues sont animées, et avec les illuminations de Noël un peu partout, les traverser a quelque chose de magique. J'adore Noël et tout ce qui tourne autour : les films, les chocolats chauds ; un vrai cliché ! Combien de fois Damien m'avait embêté à ce sujet, alors qu'en vérité, il était comme moi. Je ne compte plus les fois où nous avions préféré rester à la maison devant un téléfilm plutôt que de sortir avec des amis.

Je ne sais pas si Lili est sur la même longueur d'onde que moi. Son regard indifférent, presque ennuyé, me laisse supposer que les lumières festives ne lui font aucun effet. Je garde mes questions dans un coin de ma tête et conduis jusqu'à la maison.

Une fois arrivés, Lili m'annonce qu'elle va prendre une douche. Je la regarde s'éloigner, le cœur serré. Je sens que quelque chose ne va pas, en particulier depuis que nous avons quitté le dernier magasin.

Est-elle vraiment sans moyens financiers maintenant qu'elle n'est plus chez ses parents ? Et si c'était le cas, que pourrai-je faire pour l'aider ? Car la connaissant, elle refusera tout soutien de ma part. Elle est bien trop fière pour accepter qu'on lui tende la main. Je l'ai bien vu aujourd'hui ; à aucun moment elle ne m'a demandé de lui acheter quoi que ce soit en promettant de me rembourser plus tard.

Alors que j'entends l'eau couler, je retire mon manteau et regarde le pull. Comment va-t-elle réagir lorsque je le lui montrerai ? Sera-t-elle heureuse, ou au contraire pensera-t-elle que j'ai eu pitié d'elle et sera plus vexée qu'autre chose ? Je tourne en rond en tenant le vêtement à bout de bras, comme s'il allait exploser. Peut-être ai-je fait une bêtise en voulant la surprendre.

Mais la conversation des deux filles me revient en mémoire, et réussit en partie à me convaincre que j'ai pris la bonne décision. Je me comporte en petit ami attentionné et amoureux. C'est bien ce que veulent toutes les filles, non ?

Je gémis et me passe une main dans mes cheveux, frustré. Toutes ces questions menacent de me faire perdre la tête et font ressortir cette facette de ma personnalité que je déteste : celui du garçon indécis qui réfléchit trop. Pourquoi donc je n'arrive pas à mettre mon cerveau sur pause, ne serait-ce que quelques minutes ?

Je pivote sur moi-même et tombe nez à nez avec Lili. Une serviette est enroulée autour d'elle, ses cheveux humides retombent en cascade sur ses épaules. À l'idée que sa serviette est juste retenue par sa main, je rougis violemment. À tout moment, elle pourrait se retrouver nue devant moi. Non pas que je n'ai pas envie de la voir ainsi, mais ce qui pourrait s'ensuivre me terrorise...

— Qu'est-ce que c'est ? me demande-t-elle en tendant le doigt vers moi.
Je baisse les yeux vers le pull et écarquille les yeux, réalisant

une seconde trop tard qu'elle vient de cramer ma surprise. Je reste les bras ballants un instant, ne sachant que faire. Maladroitement, je toussote et le lui tend avec un petit sourire contrit.

— C'est pour toi. Surprise ! dis-je d'un ton enjoué quelque peu forcé.

Lili ne bouge pas d'un pouce, sans détacher son regard du pull. Sa non réaction me fait comprendre que j'ai fait une erreur. Je m'en veux, je regrette cet achat impulsif. Soudain, j'ai l'impression que le vêtement pèse une tonne.

— Je... je peux le ramener si... si tu n'en veux pas, je bafouille en me traitant de tous les noms.

Lili semble revenir à la réalité et traverse les quelques mètres qui nous séparent. Elle prend délicatement le pull et ma plus grande stupeur, elle le serre contre elle. Ses yeux sont brillants de larmes.

— Comment... comment tu as su... ? Souffle-t-elle.

— Je ne sais pas. J'ai juste vu que tu l'avais reposé à contrecœur. Ça m'embêtait que tu repartes sans alors qu'il avait l'air de te plaire.

Lili se jette dans mes bras et me sert de toutes ses forces. Je lui rends son étreinte, soulagé, alors que le poids dans mon ventre s'évapore enfin. Tous mes doutes fondent comme neige au soleil, et en cet instant, le simple sourire radieux de ma copine suffit à me redonner confiance en moi.

Chapitre 18 _ Lili

Nous nous laissons entraîner par Taron Egerton dans son rôle de *Robin des Bois,* nos assiettes vides. Après sa surprise, j'ai décidé de cuisiner avec ce qu'il y avait au réfrigérateur, à savoir rien du tout. Mais était-ce si étonnant de le trouver vide, alors que la maison était inhabitée la majeure partie de l'année ? Sauf que ni Bastien ni moi n'y avions pensé, aussi nous nous sommes retrouvés idiots à contempler les étages vides du frigo. Notre meilleure amie l'application de livraison à domicile nous a sauvé d'une famine imminente...

Bon, j'exagère peut-être, mais depuis que Bastien m'a tendu ce pull qui m'avait tapé dans l'œil, j'étais sur un petit nuage, et mes idées n'étaient pas très claires.

La dernière chose qu'un petit ami m'avait offerte, c'était le fameux collier de Nathan, que j'avais désormais en horreur. À aucun moment il ne se serait dit qu'un simple vêtement suffirait à me combler de bonheur. Pour lui, comme pour une grande partie des hommes, les femmes ne sont satisfaites qu'avec des bijoux ou des chaussures. Mais voilà Bastien, l'exception qui confirme la règle. Ça fait quelques mois que nous nous connaissons, et il me connaît mieux que mon ex avec qui je passais pourtant tout mon temps.

Mais alors, l'évidence se montre à moi : avec Nathan, nous avions la plupart du temps une relation plutôt physique ; il me faisait l'amour dès que j'arrivais chez lui, et nous parlions toujours très peu après. Bastien, lui, a fait tout le contraire. Il préfère échanger avec moi, se montrer tendre et câlin sans aller plus loin. Le sexe n'est pas sa priorité, même si je sais que c'est en partie parce qu'il a peur de son inexpérience. Il aurait pu vouloir s'en débarrasser au plus vite, mais au lieu de ça, il a privilégié nos échanges et a appris à me connaître. Ce n'est pas mon corps qui l'intéresse, mais mon esprit.

La tête sur ses genoux, je suis plongée dans le film, Bastien caressant distraitement mes cheveux. Ses soupirs exaspérés devant certaines scènes m'amusent, mais je préfère garder le silence, attendant qu'il craque et me demande de regarder autre chose.

— Non mais sérieusement, à quel moment s'habillait-on comme ça à l'époque des croisades ? s'insurge-t-il au bout d'un moment.

J'éclate de rire mais ne dis rien. Je savais qu'il ne résisterait pas à l'envie de lancer une critique. Je mets le film en pause et me redresse.

— Je le finirai plus tard, je propose en me levant.

— Non, attends ! On peut le finir si tu veux, je promets que je ne dirais plus rien.

Je hausse un sourcil, guère convaincue. Sa grimace me démontre au contraire qu'il ne pourra pas s'empêcher de faire quelques remarques. J'éteins alors la télé, le laissant bouche bée.

— Quelle tête de mule, souffle-t-il, mi-amusé, mi-agacé.

— Vous avez un problème, monsieur Drimal ? je lui lance d'un air provocateur, les poings sur les hanches.

Bastien baisse légèrement le menton en me regardant avec l'air de dire « elle est sérieuse ? ».

— En effet, j'ai un problème, mademoiselle Delahaie. C'est vous, mon problème.

— Vous avez oublié les bonnes manières, mon ami. Pour vous, c'est Votre Altesse.

Le sourire ravageur qu'il m'adresse me fait comprendre que les hostilités sont déclarées. Ni une ni deux, je me précipite vers l'escalier et le monte aussi vite que je le peux. Ses pas se font rapidement entendre, et lorsque je tente de m'enfermer dans la chambre, son pied vient bloquer la porte. Il la repousse sans mal et pénètre dans la pièce, le regard assombrit.

— Alors comme ça, vous tentez de me fuir, *Votre Altesse* ? gronde-t-il.

Son regard affamé et son allure menaçante me font frissonner d'excitation. C'est la première fois que je le vois aussi sombre et intimidant, et je dois avouer que ça ne le rend que plus attirant. Je recule lentement, jusqu'à sentir mes jambes buter contre le lit. Le sourire de Bastien se fait victorieux.

— On est coincée, on dirait.

Avant que je n'esquisse le moindre geste, il me pousse sur le lit et vient se placer au-dessus de moi. Ses pupilles sont dilatées par le désir. Je sens mon corps se couvrir de chair de poule, mon cœur s'emballe d'un coup. J'entrouvre mes lèvres en haletant. Il ne m'a même pas encore touchée que je succombe déjà. Dieu que j'ai envie de lui !

Il vient dévorer mes lèvres, enflammant tout mon être. Quel délice de ressentir ce supplice ! Je viens pour nouer mes bras autour de sa nuque, mais ses mains attrapent mes poignets avant de le clouer au lit. Je gémis bruyamment alors qu'il me tient immobile. Comment cet homme sans expérience peut-il être d'un coup aussi sauvage et entreprenant ?

Une question s'impose à moi, brisant toute mon excitation : aurait-il rencontré quelqu'un pendant ces mois de séparation avec qui il aurait franchi le cap ?

Je me fige, refroidie. Bastien s'en rend aussitôt compte, car il me libère et se redresse d'un coup. Son regard perdu fait vaciller un bref instant mes doutes, mais l'imaginer dans les bras d'une autre me rend malade. Il n'aurait quand même pas fait ça... si ? Je sais que nous n'étions plus vraiment ensemble, mais nous n'étions pas tout à fait séparés, par vrai ?

— Est-ce que tout va bien ? demande doucement Bastien. Je t'ai fait mal ?
Son inquiétude me touche, mais je n'ose pas le regarder. Pas en sachant qu'il a sûrement osé coucher avec une autre, et pas avec moi.

— Lili, s'il te plaît, parle-moi, me supplie le jeune homme.
La jalousie me dévore lentement. Je déteste la brûlure qu'elle laisse dans mes veines.

— Pourquoi tu as fait ça ?
Les sourcils de Bastien se froncent.

— De quoi donc ?

— Ça, le coup des poignets, le baiser... tu n'avais jamais fait ça avant.
Le jeune homme pâlit.

— Je... je ne sais pas, je voulais essayer quelque chose. Je pensais que ça te plairait.

— C'est le cas, mais je ne comprends pas. Tu ne m'avais

jamais fait ça avant. Est-ce que...

Je ravale difficilement ma salive avant de poursuivre :

— Est-ce que tu aurais rencontré quelqu'un pendant qu'on ne se parlait plus ?

Son regard s'agrandit sous la stupeur.

— Oh... non. Jamais je n'aurais pu...

Il se racle la gorge et continue :

— Jamais je n'aurais fait une chose pareille, pas avec la manière ambiguë dont nous avons cessé de nous parler. J'aurais eu l'impression de te tromper, vu que nous n'avions pas vraiment rompu. C'est stupide, je sais.

Mes épaules s'affaissent de soulagement. Ainsi, lui et moi étions réellement sur la même longueur d'onde quant à cette période compliquée.

— Si tu veux tout savoir, j'ai vu ça dans un film, m'explique Bastien, mortifié. Je rentrais des cours, et ma presque demi-sœur était devant la télé avec une amie à elle. J'ai eu un aperçu de la scène, et j'ai cru voir que ça avait l'air de plaire aux filles, donc...

Il hausse les épaules, sans savoir où se mettre. Je ne peux retenir un petit gloussement moqueur qui me vaut un regard furibond du jeune homme.

— Désolée, je ricane en mettant ma main devant ma bouche, tentant de recouvrer mon sérieux. J'essaie juste d'imaginer la scène, et te savoir devant un film romantique aux scènes érotiques, ça a quelque chose de bizarre et amusant à la fois.

— Bizarre ? Pourquoi bizarre ?

— Je ne sais pas. Peut-être parce que je reste avec ce cliché que les mecs ne savent pas apprécier les films à l'eau de rose.

– Et bien, détrompe-toi. J'adore ce genre. Je pourrais te réciter *Love Actually*, si tu veux.

Mes yeux s'agrandissent sous la stupeur. Lui, un inconditionnel des comédies romantiques ? Pincez-moi, je rêve ! Plus j'en apprends sur lui, et plus il me fait craquer.

Je l'embrasse à pleine bouche en passant mes bras autour de sa nuque.

– Monsieur Drimal, décidément vous avez toutes les qualités que l'on peut attendre d'un homme, je lui susurre à l'oreille avant de la lui mordiller.

Il laisse entendre une petite plainte qui m'encourage à me montrer aventureuse. Je l'attire à moi pour qu'il vienne replacer son corps au-dessus du mien. Son regard enflamme tout mon être, qui ne réclame plus que ses caresses sur chaque centimètre de ma peau.

Je le sens hésitant alors qu'il baisse les yeux. Je lui attrape le menton pour l'obliger à me regarder. De ma voix la plus douce possible, je lui murmure :

– Tout va bien. Je suis à toi, là, maintenant. On arrête quand tu veux, d'accord ?

Il semble se détendre et hoche la tête avant de déposer des baisers tout le long de ma mâchoire. Je soupire, les yeux fermés. J'en veux plus, mais je le laisse aller à son rythme. Je ne veux pas le brusquer et risquer qu'il se braque une nouvelle fois. Alors, je le laisse explorer mon corps avec ses lèvres, brûlante du désir que j'éprouve pour lui.

Chapitre 19 _ Bastien

Mes lèvres caressent les joues de Lili, laissent des baisers passionnés. Je picore son cou avant de revenir à ses lèvres. Je tourne en rond, n'osant pas aller plus loin, de peur de faire n'importe quoi. Je crains de m'y prendre mal, et de tout gâcher, une nouvelle fois.

Lili pose une main sur ma joue, m'encourageant à la regarder.

— Veux-tu que je me déshabille ? propose-t-elle sans aucune moquerie dans sa voix.

J'hésite, puis finis par acquiescer. Je vois où elle veut en venir ; elle fait le premier pas pour que je me sente un peu plus à l'aise, et je l'en sais gré. Je recule alors pour lui laisser le champ libre. Elle ôte son pull, puis son tee-shirt, laissant apparaître un soutien-gorge fin et noir, classique mais sexy. Je déglutis, ayant du mal à détacher mes yeux de sa poitrine joliment formée.

Son jean suit rapidement le même chemin que le reste, pour ne rester qu'avec une petite culotte en coton, rouge bordeaux. Pas de dentelle, ni d'assortiment, comme le laissait supposer Damien il y a quelques mois de cela. Lili rit devant mon air dubitatif.

— Sache une chose ; toutes les filles ne portent pas en permanence de la dentelle fine. Mais ce n'est pas pour autant que je n'ai pas envie de toi.

Mes joues s'enflamment alors que je hoche rapidement la tête. Mon cœur, lui, danse la salsa dans ma poitrine, après avoir entendu ma copine avouer avoir envie de passer à l'étape supérieure. Je suis dans le même état, la bosse sous ma ceinture en est témoin. Mais je n'arrive pas à me débarrasser totalement de mon hésitation, à mon plus grand désarroi.

Lili semble le deviner. Elle tend la main vers moi, et lorsque je la saisis, elle me tire à elle, jusqu'à ce que nos corps se frôlent.

– Caresse-moi, souffle-t-elle.

Je m'exécute, passant mes doigts le long de ses bras tatoués, les remontant, avant de descendre timidement sur sa poitrine. Je marque un temps d'arrêt, mais Lili ne m'arrête pas. Au contraire, elle se cambre pour m'encourager à poursuivre. Je m'agenouille alors devant elle, glissant mes doigts sur son ventre avant de descendre vers sa culotte. Je tremble, mais je ne m'arrête pas et la lui retire avant que le courage ne me manque.

J'entends sa respiration s'accélérer, mais elle ne dit rien, me laissant libre cours à toutes mes envies. Je retrace les contours d'un tatouage tout en dentelle et bijoux que je découvre pour la première fois sur sa cuisse. Encore une œuvre qui ne fait qu'ajouter du charme à la jeune femme. Puis, timidement, je viens caresser son intimité humide. Son gémissement laisse supposer que je ne m'en sors pas trop mal. Alors, je tente d'enfoncer un doigt en elle. C'est chaud, très chaud. Et cette chaleur envahit tout mon corps, jusqu'à mon entrejambe qui durcit encore plus. Je n'aurais jamais imaginé ressentir un tel désir juste en touchant ma copine.

Je bouge doucement le doigt, faisant gémir de plaisir la jeune femme. Je porte mon regard vers elle. Elle me fixe, les yeux brillants et la bouche entrouverte. Son expression extatique me donne envie d'aller plus loin. Je porte alors mes lèvres à son intimité et l'embrasse. Son petit cri de stupeur me parvient, mais elle ne me laisse pas aller plus loin. Sa main agrippe mes cheveux et me tire en douceur. Surpris, je hausse un sourcil.

— Tu veux déjà passer aux choses sérieuses, alors qu'il y a tant d'autres choses à découvrir d'abord, me dit-elle d'une voix haletante.

— Pourquoi ? Ça ne te plaisait pas ?

— Oh, trésor, presque toutes les femmes rêvent que leur copain les fassent jouir avec la langue. Mais je préférerai d'abord qu'on pense à ton plaisir, pour ta première fois.
Je rougis et bafouille des paroles intelligibles, mais Lili m'interromps en posant un doigt sur mes lèvres. Ses joues aussi sont rouges, mais pas pour la même raison.

— Déshabille-toi, m'ordonne-t-elle.
Je m'empresse de le faire, jusqu'au moment de retirer mon boxer. Lili remarque mes mains figées et prends le relais. Lentement, elle abaisse mon sous-vêtement, libérant mon érection. Je n'ai jamais vraiment été satisfait de sa taille, loin des protubérances des films porno. Ni longue ni large comme les filles semblent aimer. Je n'ai qu'une seule envie, renfiler mon vêtement et fuir, mais le regard brûlant de Lili, qui n'a pas grimacé à la vue de mon entrejambe, m'encourage à poursuivre ma lancée.

Je m'approche d'elle et commence à l'allonger sur le lit quand elle me dit :

— Tu as des préservatifs ?
Je me serais donné des gifles. Comment ai-je pu oublier une telle chose ? Je recule précipitamment, comme si je m'étais électrocuté. Je sais que mon beau-père avait laissé entendre

qu'il y avait une boîte dans ma salle de bain, et je suis mortifié qu'il se soit senti obligé d'en acheter à ma place, comme s'il savait que je n'y penserais pas. Je m'y dirige rapidement, en marmonnant :

— La honte... comment ai-je pu être aussi inconscient ?

Je trouve ladite boîte, qui me nargue au fond d'un tiroir. Je m'en saisis rapidement, comme si elle m'avait brûlée, et en sors un petit emballage carré. Une nouvelle vague de honte me submerge lorsque je réalise que je ne sais pas comment le mettre. Je n'ai jamais osé m'exercer avant, de peur qu'on ne me surprenne et qu'on se moque de moi. À cette pensée, toute envie passe. Mortifié, je m'écroule par terre. Je n'ose pas retourner dans la chambre, où Lili sera forcément déçue, une fois de plus. En cet instant, je me hais. Je m'en veux de traîner cette virginité et cette inexpérience comme un fardeau.

Des coups à la porte me ramènent au présent. Lili entre dans la pièce, et son visage se décompose lorsqu'elle me voit à terre.

— Oh, Bastien... qu'est-ce qu'il se passe ?

— Désolé, je réponds en essuyant les quelques larmes qui coulent malgré moi. Je suis bête, je ne sais pas m'y prendre. J'ai tout gâché.

— Mais non, voyons. Tu n'es pas bête, tu ne l'as juste jamais fait. Je suis là pour t'aider et te montrer, d'accord ?

Je hausse les épaules, désemparé. Lili me prend le bras et me tire vers le haut.

— Allez, viens. Tout va bien, je t'assure. Si tu veux qu'on arrête, soit. Je respecterai ton choix.

Je laisse échapper un soupir de soulagement et me laisse

guider dans la chambre. Lili nous emmène vers le lit, et nous y tire doucement. Je suis le mouvement et m'allonge à ses côtés. La jeune femme me dévore du regard. Ses lèvres s'entrouvrent et laissent passer un léger soupir. De déception ou d'impatience, je ne saurais le dire. Je frôle sa joue du bout des doigts, avant de venir effleurer son bras nu. Il se recouvre aussitôt de chair de poule, m'indiquant que mes caresses ne la laisse pas insensible.

Lili me laisse faire, les yeux écarquillés et brillants de désir. Je vois qu'elle meurt d'envie d'intervenir, mais me laisse aller à mon rythme, le temps que je reprenne confiance en moi. Je viens alors picorer ses lèvres, la faisant gémir à chaque petit baiser. Je sens de nouveau cette chaleur dans mon bas-ventre, me rendant alors quelque peu plus pressant. Mais sans prévenir, Lili me repousse et vient se placer à califourchon sur moi. La stupeur passée, je plonge mon regard dans celui de la jeune femme. Elle coince une mèche de cheveux derrière son oreille et se mordille la lèvre inférieure.

– Alors, comme ça, on veut redémarrer le feu ?
Sa voix sensuelle et ses petits mouvements de bassin ont raison de moi. Elle réussit à me redonner cette confiance que je pensais éteinte, et me prouve une fois encore qu'elle se moque complètement de mon inexpérience. Elle me fait oublier ce moment mortifiant, comme s'il n'avais pas eu lieu.

J'agrippe alors sa taille, encourageant ses mouvements qui réveillent le désir en un claquement de doigt. J'en veux plus, je veux me sentir en elle. Lili me prends alors le préservatif que je n'avais pas lâché, déchire l'emballage avant de le faire glisser sur mon membre.

Moi qui pensais ressentir une gêne de voir une fille

faire ça à ma place, je me sens au contraire plus excité que jamais. Ses doigts s'entourent autour de moi et débutent un mouvement de va-et-vient qui me fait gémir. Dieu que c'est bon ! Je ne veux pas que ça s'arrête.

La chaleur envahit mon être, laissant une traînée de feu dans mes veines. Je supplie Lili d'aller plus vite, mais elle s'arrête d'un coup, me laissant au bord de l'implosion. Elle se place alors au-dessus de moi, prête à s'empaler sur moi. Mais avant d'aller plus loin, elle me demande :

— Tu es sûr ?

Je hoche la tête, à la fois impatient et angoissé. Lili s'abaisse lentement. L'instant d'après, c'est l'explosion des sensations. Je sens sa chaleur autour de moi, ainsi que son sexe qui se resserre sur mon membre. Elle ne bouge pas, se contentant de plonger son regard dans le mien. C'est délicieux et terriblement érotique ! Elle attend mon accord pour bouger à nouveau. J'en ai conscience, mais l'avoir à califourchon sur moi, nos corps unis en une étreinte passionnée, avec toutes les sensations que je ressens sous la ceinture, je sais que je ne tiendrai pas.

Elle bouge alors lentement, entamant une danse qui désinhibe la Lili que je connaissais jusque là. Elle est douée, je vois qu'elle sait ce qu'elle fait. Mais je n'en ressens pas de gêne, bien au contraire ; pour la première fois, je suis fier que ce soit elle, ma première fois, une femme qui me fasse découvrir son expérience déjà acquise. Elle laisse échapper de petits gémissements loin des cris simulés que je craignais d'entendre. Là, ces sons qui franchissent ses lèvres me donnent des frissons. Je n'arrive pas à croire que c'est moi qui lui fait cet effet-là !

Je sens soudain mon ventre se contracter.

— Lili, je lâche d'une voix rauque, je sens que...

Je n'ai pas le temps de finir ma place qu'arrive la vague ultime qui m'emmène à la jouissance. Je laisser échapper un râle d'extase, agrippant les hanches de Lili, avant de laisser retomber ma tête sur l'oreiller. Je sens vaguement la jeune femme se retirer et venir se lover contre moi. Je la serre fort, ne voulant briser cet instant sous aucun prétexte.

Nos corps chauds et moites unis dans une étreinte romantique, nous restons là, savourant ce moment magique qui me prouve une nouvelle fois que Lili est tout ce que je désire dans ma vie.

Chapitre 20 _ Lili

Le temps semble s'être suspendu un instant, comme pour nous faire pleinement savourer cet instant. Ce qui vient de se passer était juste... incroyable ! Pour moi aussi, c'était une forme de première fois ; celle de faire l'amour avec un jeune homme encore vierge et pour qui mes sentiments allaient grandissants. L'osmose dans laquelle nous nous étions unis avait fait vibrer chaque parcelle de mon corps, réveillant toutes ces sensations endormies depuis un moment.

Je lève les yeux vers lui et je le vois m'observer, l'air comblé.

— Je sais que ça peut être idiot comme question, mais c'était comment ? Est-ce que tu as...

— Joui ? Non. Mais le plaisir que j'ai éprouvé en voyant le tien m'a bien plus comblé qu'un orgasme.

Ses sourcils se froncent, il semble perdu.

— Je ne comprends pas. Je croyais que toutes les filles jouissaient en même temps que leur partenaire.

— Trésor, ce sont des clichés. La vraie vie, c'est qu'un orgasme n'est pas systématique, mais qu'on peut quand même prendre son pied de bien d'autres manières. Me savoir te donner ton premier « vrai » orgasme a été pour moi bien plus satisfaisant que tu ne le penses.

Je devine à sa moue qu'il est déçu, et je ne peux m'empêcher d'éclater de rire.

— Bienvenue dans la vraie vie ! Mais rassure-toi ; ce

n'est pas parce que tu n'arrives pas à faire jouir ta copine que tu es forcément nul au lit. Tu dois juste apprendre à la connaître, et à découvrir son corps.

Il incline la tête, en pleine réflexion. Puis, son sourire coquin apparaît sur son visage.

— Alors, puis-je commencer cette découverte maintenant ?

Je pouffe de rire, ayant un instant l'impression d'être une lycéenne avec son premier flirt.

— C'est gentil de proposer. Qui sait, peut-être que sous la douche, je pourrais te faire voir deux ou trois trucs.

J'appuie mes propos d'un clin d'œil suggestif. Bastien se redresse, l'air ravi, et m'entraîne avec lui dans la salle de bain. Alors qu'il se débarrasse de son préservatif, je me glisse sous le jet d'eau chaude et soupire d'aise. Le jeune homme me rejoint rapidement et m'enlace tendrement.

— Et toi alors, tu ne m'a pas dis comment c'était.

— C'était sensationnel ! Je ne m'attendais pas à ça, m'avoue-t-il. Je ne pensais pas éprouver de telles choses. Mais j'avoue que c'était drôlement rapide, j'espère que je ne suis pas précoce, ou quelque chose dans ce goût-là.

— Non, ne t'inquiète pas, je rigole une nouvelle fois, attendrie par son innocence. J'avais entendu dire que les premières fois sont stimulantes chez les hommes, et que le self-control s'apprend.

Je le sens se détendre, rassuré. Je me retourne pour être face à lui et l'embrasse avec tendresse.

— Si ça ne t'ennuie pas, j'aimerais juste me laver et aller me coucher, je lui annonce.

— Oh... tu ne veux pas qu'on essaie quelque chose ?

Sa moue attristée me fait presque craquer, mais mon corps ne tient plus. Je ne suis pas le genre de femme affamée de sexe qui passera sa nuit à copuler, bien au contraire. La douce étreinte que nous avons eu m'a largement suffit.

— Plus tard, promis.

Bastien capitule et m'embrasse avant de me laisser me savonner. J'ai hâte de lui montrer ô combien on peut s'amuser sous la douche.

***

Le dimanche passe bien trop vite à notre goût. Notre deuxième douce étreinte ne m'a pas fait jouir, au plus grand désarroi du jeune homme qui semblait s'en vouloir. J'ai eu beau tenté de le rassurer, rien n'y a fait. Il a préféré prendre ses distances, me laissant quelque peu frustrée. Pas sexuellement, pas tout à fait. Je ne sais pas quoi faire pour qu'il comprenne que ce n'est pas la fin du monde si je ne jouis pas, car il a l'air bloqué sur l'idée que si une femme ne prend pas son pied, c'est forcément la faute de l'homme.

En début d'après-midi, après avoir mangé dans un silence total, je décide de tenter une approche. Je le rejoins sur le canapé où il s'est posé, un film en fond sonore. Je toussote, gênée par ce que je vais lui dire :

— Je voudrais te confier quelque chose, en rapport avec mon passé.

Intrigué, Bastien consent à détourner le regard de l'écran. Je prends une grande inspiration et me lance :

— Mon ex a mis des mois à me faire réellement jouir. La première fois que je lui avait avoué que je n'avais rien ressenti, il s'était vexé et avait refusé de me toucher pendant quelques jours. J'ai dû simuler, par la suite, pour qu'il arrête de se braquer. J'ai dû lui faire croire qu'il était un « dieu du sexe » pour qu'il accepte de me toucher. Je n'ai pas envie de revivre ça, pas avec toi. Je m'étais jurée d'être toujours honnête sur ce point.

Bastien garde le silence. Son expression reste indéchiffrable. Je me mordille la lèvre, ne sachant pas quoi dire de plus. Finalement, il soupire et passe un bras autour de mes épaules.

— Je suis désolé. J'étais persuadé qu'un orgasme pour les filles était systématique, comme pour les hommes. Je sais que j'ai encore plein de choses à apprendre. Je vais tâcher de faire des efforts et de ne plus me vexer, même si mon ego en prend un coup.

Je pouffe et me retiens d'ajouter que même les hommes n'ont pas systématiquement un orgasme. Je pense qu'il a suffisamment d'informations à digérer pour l'instant.

Au bout d'un moment, Bastien se redresse et me fixe longuement. Je vois à sa tête qu'il veut me demander quelque chose, mais qu'il n'ose pas. Je souris pour l'encourager.

— L'autre jour, je suis rentré dans un salon de tatouage où il y avait ton Aphrodite en affiche.

Stupéfaite, j'écarquille les yeux.

— Tu es allé voir Joujou ?

— Joujou ?

— C'est le surnom de Jouris, le tatoueur.

— Ah oui, c'est vrai ! Il m'avais dit de te dire ce nom, tu aurais compris. Donc oui, j'ai rencontré Joujou, et il m'a vaguement parlé de ton ex. Apparemment, vous étiez très fusionnels.

Je sens comme un reproche dans sa voix, à moins que ce ne soit de la jalousie.

— Je croyais que tes parents étaient très stricts, au point de ne tolérer aucun garçon.

— C'est le cas. À l'époque où j'ai rencontré Nathan, j'avais un studio à deux pas du campus, et ce qui s'y passait n'a jamais atteint les oreilles de mes parents, sinon ils m'auraient étripée.

Il hoche la tête, la mâchoire serrée. Il est furieux, c'est une évidence. Je savais que parler des ex n'est jamais une bonne idée, mais comment taire cette partie de mon histoire ? Elle fait partie intégrante de moi, et je ne peux ni l'effacer ni l'oublier. Je tente alors une diversion, parlant d'une facette sombre que j'aurais bien aimé gommer :

— Mes parents sont croyants. Très croyants, surtout mon père, enfin je crois. Lorsque j'ai commencé à me tatouer, je savais que je prenais un énorme risque, mais j'ai tenté. J'ai réussi à les cacher sous des vêtements chaque fois que je rentrais les week-end. Et un jour, j'ai perdu. Ils sont venus à l'improviste sur le campus, dans mon studio, et m'ont surprise à moitié à poil, avec un garçon, de surcroît. Pas Nathan, j'ajoute précipitamment en voyant le regard sombre de Bastien. Nous avions déjà rompus, et j'étais complètement larguée, je faisais n'importe quoi. Je couchais avec le premier venu.

J'ai honte de cette partie-là. La phase « Lili déprime puis baise ce qui bouge » n'a pas été des plus réjouissantes, même si c'est celle qui m'a aidé à garder pied.

— Et... comment ont-ils réagi ? demande Bastien, malgré tout curieux.

– Pas bien du tout. C'est là qu'ils m'ont tendue un piège. Je perdais ma liberté, mon studio, je devais cacher mes tatouages et mes cheveux pour jouer l'élève modèle, et en contrepartie ils continuaient de financer mes études.

J'avale difficilement ma salive avant d'ajouter d'une voix blanche :

– Mes vêtements couvrants ont aussi été un prétexte pour cacher les coups que me donnait mon père.

Quelque chose se brise enfin en moi, libérant toute la souffrance que je gardais enfouie. J'éclate en sanglots, une main sur ma poitrine. J'ai mal, mais c'est une douleur bienvenue, qui rêvait d'éclater depuis bien trop longtemps. C'est tout ce que mon esprit attendait, que je reconnaisse enfin à voix haute ce que je taisais à mes proches.

Bastien, bouleversé, s'empresse de me serrer contre lui. Je reste ainsi un moment, laissant mon ennemie quitter peu à peu mon corps et mon esprit.

Chapitre 21 _ Bastien

J'ignorais qu'on était capable de ressentir avec autant d'ardeur les émotions de son ou sa partenaire. Car, alors que Lili s'est effondrée en larmes sans aucun signe annonciateur, j'ai pris sa douleur de plein fouet, comme si elle était mienne. Elle m'a enfin avoué son pire cauchemar, qui a été réalité pendant des mois.

Elle a été torturée aussi bien physiquement que mentalement, a encaissé les coups sans broncher, tout ça pour être sûre d'avoir encore sa place à l'université. Elle devait penser que quelques mois à subir tout ça n'était rien, si au bout du compte l'obtention du diplôme la libérait.

Seule une personne aussi forte que ma Lili aurait tenue sans rien dire, mais toute personne a ses faiblesses. Et il a dû y avoir un élément déclencheur, une alerte qui s'est allumée dans sa tête, pour qu'elle préfère la fuite au silence. La goutte de trop, qui l'a conduite à l'hôpital, blessée et détruite.

— As-tu pensé à aller porter plainte ?

— Évidemment, renifle-t-elle en s'essuyant ses joues trempées de larmes. Mais le problème, c'est que mon père a des contacts dans la police, ils n'auraient jamais pris au sérieux ma plainte.

Je serre les poings, débordant de haine. Cet homme n'est pas un père. Un véritable parent devrait prendre soin de sa fille, la protéger, pas être son bourreau.

— Je n'ose même pas imaginer le calvaire que tu as dû endurer, je soupire.

Lili recule précipitamment, le regard horrifié.

— Je ne veux pas de ta pitié !

— Ce n'est pas de la pitié. J'essaie juste de comprendre comment tu as réussi à être aussi forte pour supporter une telle situation.

Lili baisse les épaules, soudain abattue.

— Je ne suis pas forte, au contraire. J'étais majeure, j'aurais pu partir sans me retourner. Mais... financièrement parlant, je n'aurais jamais réussi à payer toute mon année. Et j'ai besoin de ce diplôme, c'est tout ce qui me manque pour réussir à intégrer le métier de mes rêves.

— Je crois que je comprends. Mais pourquoi tu n'as pas envisagé un job étudiant, pour payer ce qu'il restait à financer ? Et les bourses, tu en avais fait la demande ?

Lili ouvre la bouche, puis la referme. Ses joues rouges et son regard fuyant m'indiquent qu'elle n'y avait pas pensé une seule seconde.

— Qu'est-ce que j'ai pu être bête...

— Mais non, voyons ! C'est à cause de tes parents, qui ont réussi à te faire croire qu'ils étaient ta seule option pour rester dans ton cursus. Tu n'as rien à te reprocher.

La jeune femme hausse les épaules, guère convaincue. Elle s'en veut, je le vois. Je lui prends la main et y dépose un baiser.

— Si tu as besoin d'aide, je suis là.

— Non. J'avais un plan de secours, au cas où cette situation arriverait. Lorsque j'ai accompagné mon ex chez Joujou, je patientais en dessinant. Joujou a été subjugué par mes esquisses, si bien qu'il m'en a acheté à très bon prix. J'ai régulièrement dessiné des affiches pour ses réseaux sociaux ou pour les salons où il se rendait. L'argent qu'il m'a donné a été placé sur un compte que j'ai ouvert secrètement une fois que j'ai fêté mes dix-huit ans.

— Oh ! Oui, c'est vrai qu'il m'en a parlé lorsque je l'ai rencontré. Et tes parents ne l'ont jamais rien su ?

— Non, sinon, ils m'auraient probablement obligé à vider ce compte en prenant n'importe quel prétexte, comme le fait que je devais payer ma nourriture, ou un truc du genre. Tous mes courriers arrivaient par mail, et le jour de la réception de ma carte bancaire, j'étais seule à la maison. À croire que la chance était avec moi pour une fois.

Sa voix se brise à cette dernière phrase. Elle reprend contenance et ajoute :

— Avec un peu de chance, ce que j'ai de côté devrait suffire pour finir l'année. Il ne me reste plus qu'à trouver une solution pour un logement. Océane a beau être une amie en or, je ne peux pas rester éternellement chez elle. Ses parents finiront soit par en avoir marre d'avoir une bouche en plus à nourrir, soit poser des questions auxquelles je ne veux pas répondre.

Elle tente d'afficher un air détaché, mais je vois clairement qu'elle est très affectée par la situation. Je voudrais l'aider, mais je ne sais pas comment. Elle refusera toute aide financière, ce que je peux comprendre ; moi le premier, je ne voudrais pas être redevable de cette manière envers qui que ce soit.

Une idée me traverse l'esprit, brillante mais sûrement trop pressante pour Lili. Je tente tout de même de la lui proposer en prenant une voix hésitante, malgré mon cœur qui tambourine dans ma poitrine :

— Tu pourrais... rester quelque temps dans mon

appartement. Ce ne serait que temporaire, je rajoute rapidement en voyant Lili froncer les sourcils. Juste le temps que tu puisses trouver une autre solution. Parce que vivre dans une voiture, ce n'est pas une bonne idée.

Je la vois rougir légèrement, prouvant qu'elle avait envisagé cette idée. Elle ne répond pas tout de suite, et je pourrais presque voir les rouages de son cerveau turbiner à toute vitesse, pesant le pour et le contre de cette proposition.

Il est vrai qu'on ne se connaît que depuis quelques mois, et que vivre ensemble aussi vite est un risque à ce que notre histoire en pâtisse, mais je suis prêt à le prendre. Je préférerai la savoir en sécurité avec moi que dehors, seule, risquant une agression à chaque instant.

— Je vais y réfléchir, annonce-t-elle finalement.

Je soupire de soulagement. Ce n'est pas un non ferme, j'ai l'espoir qu'elle comprenne que c'est la seule option envisageable pour lui permettre de finir l'année scolaire un peu plus sereinement.

Nous partons ranger nos affaires, avant de nettoyer la maison. Tout se fait dans un silence détendu, presque triste. Je dois avouer que ces deux petits jours en tête à tête avec Lili ont été des plus agréables. Si c'est à ça que devra ressembler notre quotidien dans l'appartement, je suis prêt à signer tout de suite. Encore faut-il qu'elle dise oui.

La maison brillant comme un sou neuf, je ferme la porte à regret. Je crois lire dans le regard de ma copine combien elle a aimé cette parenthèse. Ses yeux brillants témoignent qu'elle ressent la même chose que moi. Nous grimpons dans la voiture et reprenons la route, laissant derrière nous d'agréables souvenirs, d'autres un peu moins mais qui ont libéré le cœur de Lili, mais avant tout une chose très importante à mes yeux : le début d'une nouvelle page de notre histoire. À nous de continuer et d'écrire la suite.

Chapitre 22 _ Lili

La sensation d'étouffement qui me possédait depuis des semaines semble s'être enfin évanouie. C'est apaisée que je laisse Bastien nous reconduire chez lui, avec une pointe de mélancolie après ce merveilleux week-end qui vient de s'écouler. Ça ne parait pas grand chose, mais deux jours rien qu'avec mon petit ami, loin des tracas quotidiens, me laisse entrevoir quel avenir pourrait se dessiner pour nous deux.

Sa proposition d'emménager dans son appartement trotte dans ma tête. Quoique plus que tentante, il y a un problème majeur : Damien n'est pas au courant, et risque fort de ne pas apprécier ma présence au quotidien. Même si nous nous entendons plutôt bien, nous ne pouvons pas dire que nous sommes proches comme je le suis avec Océane. Et je n'ai pas vraiment envie de briser les liens d'amitié qui l'unissent à Bastien.

Nous arrivons chez lui bien trop vite à mon goût. Mon copain se tourne vers moi et propose timidement :

– Si tu veux, je vais te présenter mes parents. Sauf si tu penses que ça fait trop tôt.

– Ne t'inquiète pas, je le rassure en souriant. Ta mère me connaît déjà, de toute manière.

Je sors malgré tout à regret de la voiture, emboîtant le pas de Bastien jusqu'à la porte d'entrée. Si j'avais le pouvoir de remonter le temps, je le ferais volontiers dès à présent. Le retour à la réalité est bien trop douloureux.

Lorsque j'entre dans la maison, c'est un foyer vivant qui nous accueille. Les pièces, loin d'être aussi grandes que celle de la villa au Havre, n'en sont pas moins dépourvues de charme, avec ses meubles en chêne massif et tous ces portraits de famille. Une grande bibliothèque encadre le mur du salon autour de la télévision. Dans l'air, flotte une délicieuse odeur de gâteau au chocolat qui me mets l'eau à la bouche.

La mère de Bastien sort alors de la cuisine, les mains recouvertes de farine. Un grand sourire chaleureux étire ses lèvres.

— Alors, les amoureux, ce week-end était comment ?

— Parfait.

— Trop rapide, je réponds en même temps que Bastien.

Sa mère nous regarde tour à tour, les yeux pétillants de malice. Bastien rougit légèrement en se dandinant. Le sentant près à fuir dans le salon, j'ajoute :

— Merci Madame Drimal d'avoir accepté que je vienne dans votre maison.

— Oh, je t'en prie, appelle-moi Clara. Et ce n'est pas ma maison, pas encore en tout cas. C'est celle de mon futur époux.

— Oh, félicitations ! je dis avec un sourire sincère.

Si les enfants ne feront jamais partie de mon futur, je dois avouer que je ne serais pas contre me marier avec l'homme de ma vie. Et qui sait, peut-être l'ai-je déjà rencontré...

Je secoue la tête, préférant mettre un terme à ces visions bien trop précipitées, alors que je viens tout juste de renouer avec Bastien. Quoique idylliques, ces images resteraient enfouies dans un coin de ma tête encore un moment avant d'être réellement envisagées.

— Je te remercie, répond Clara avec un grand sourire

ému. Et toi, jeune fille, comment se porte ton bras ?

— Bien mieux, merci. La rééducation a beaucoup aidé, je ne sens presque plus rien désormais.

Clara hoche la tête en me lançant un regard entendu, comme si elle pouvait lire en moi la raison qui m'avait conduite à l'hôpital. Gênée, je détourne le regard, faisant mine d'admirer la cuisine.

— Bastien t'a dit qu'il y avait eu ton homonyme là-bas, en même temps que toi ?

Je sursaute et tourne brusquement la tête vers la mère du jeune homme. Mon cœur rate un battement. Ai-je bien entendu ? Un homonyme ?

— Comment ça ? je bredouille alors.

— Une dame d'un certain âge a été reçue aux urgences le jour où tu es sortie, m'explique Clara. J'ai d'abord cru à une erreur, comme ça pourrait arriver, mais non. Il y avait une autre Elisabeth Delahaie, et je dois avouer qu'elle m'a bien fait rire, avec son caractère bien trempé et sa langue bien pendue.

Je vois trouble et vacille. Bastien le remarque aussitôt et vient me soutenir. Les paroles de sa mère tournent en boucle dans ma tête. Une femme au fort tempérament... C'est impossible... Comment Clara peut-elle décrire aussi bien ma défunte grand-mère ? C'est une blague, une mauvaise blague, il n'y a pas d'autre explication.

— Que... que faisait-elle là-bas ? je balbutie.

Clara perd son sourire. Me voyant pâle comme la mort, elle m'entraîne dans le salon avec Bastien et nous fait asseoir sur le canapé.

— Est-ce que ce serait quelqu'un de ta famille ?

– Vous venez de me décrire ma grand-mère, qui est morte il y a quelques mois, je dis d'une voix blanche.

Clara écarquille les yeux, comme son fils. Tous deux me dévisagent comme si je venais de perdre la tête.

– Peut-être que c'est quelqu'un d'autre, je tente alors de les rassurer. Quelqu'un qui a le même nom que moi, ça doit être rare, mais c'est drôle, non ?

Non. Ce n'est pas drôle, aucun de nous ne rit, ni ne croit à ce que je viens de dire. Clara toussote et se mordille la lèvre.

– Je ne suis pas censée en parler, secret médical oblige, mais elle a quitté le service il y a quelques jours. Elle réside en maison de retraite, au Vaudreuil. Je ne sais pas si tu réussiras à y entrer, mais ça vaut la peine d'essayer, pour voir qui est cette deuxième Elisabeth.

Je hoche la tête, encore sous le choc. Si c'était vraiment elle, comment réagirai-je en me retrouvant nez à nez avec elle ? Mes parents m'auraient vraiment fait croire qu'elle était décédée ? Mais pour quelle raison auraient-ils pu faire une chose pareille ?! C'est aussi loufoque qu'invraisemblable.

Bastien entrelace ses doigts aux miens, gelés. Sa chaleur me réconforte un bref instant.

– Merci pour ces informations, mais je n'ai aucun moyen d'aller vérifier.

– Je peux t'y emmener, si tu veux, suggère mon copain.

Je croise son regard, et peut y lire une détermination sans faille. Il est prêt à tout pour moi, y compris découvrir un potentiel secret de famille particulièrement ignoble. Je le remercie par un sourire, mais il insiste :

– Il n'est pas tard, on peut y aller maintenant. On est pas très loin du Vaudreuil, d'ici.

J'hésite. J'ai peur. Peur de ce que je vais découvrir là-bas. Pourtant, je hoche inconsciemment la tête et me laisse entraîner par Bastien dehors. J'ai à peine le temps de remercier Clara que nous sommes de nouveau dans la voiture, reprenant la route, mais cette fois-ci pour découvrir quelque chose qui risque de bousculer toutes mes certitudes.

Chapitre 23 _ Bastien

Le trajet se passe dans un silence tendu. Lili garde les yeux fixés sur l'horizon, le visage fermé. Pourtant, je peux presque lire dans son regard toutes ces questions qui s'entrechoquent aussi dans ma tête. Est-ce vraiment la grand-mère de ma copine qui va nous accueillir dans la maison de retraite ? Si c'était le cas, pourquoi serait-elle là-bas, et non pas six pieds sous terre, comme l'avaient laissés croire ses parents ?

Nous arrivons à destination. Extérieurement, le bâtiment est sobre, quoique légèrement flippant. Cependant, rien ne laisse supposer que derrière ces murs, des personnes âgées finissent leur vie, loin de leurs proches ou entourés de ceux qu'ils aiment. Je coupe le moteur, mais Lili n'esquisse pas un geste. Alors que je pose ma main sur sa cuisse, elle sursaute et me jette un regard terrorisé.

— Et si ta mère s'était trompée ? dit-elle, les lèvres tremblantes. Ça se pourrait, pas vrai ? Après tout, mes parents m'ont affirmée qu'elle était morte. On ne peut peut pas mentir sur un truc pareil, non ? Il faudrait être sacrément dérangé pour faire ça.

Un rire nerveux lui échappe. Je ne peux m'empêcher de lui faire remarquer :

— On parle quand même d'un homme qui n'a eu aucun scrupule de frapper sa fille.

Lili pâlit, touchée par mes paroles. Je m'en veux de le lui rappeler, mais si nous sommes là, devant un bâtiment austère, c'est probablement parce qu'ils ont cachés quelque chose à leur fille. Je la vois pianoter nerveusement son genoux, avant de prendre une grande inspiration et d'ouvrir la portière. Mais avant de sortir, elle me lance un regard désespéré.

— Tu veux bien venir avec moi, s'il te plaît ?

— Bien sûr.

Je l'accompagne alors jusqu'à l'entrée, passant mon bras sous le sien. Ses pas se font fébriles, et pendant un instant, je pense qu'elle va renoncer et faire demi-tour. Mais elle reste droite, et sonne à la porte.

Une intonation. Lili tremble légèrement. Deux intonations. Une voix éteinte nous salue.

— Je viens voir ma grand-mère, Elisabeth Delahaie, annonce Lili d'une voix assuré malgré ses yeux paniqués.

Pendant un instant, nous n'avons aucune réponse. Puis, le déclic de la porte se fait entendre. Soulagé, j'entraîne Lili à l'intérieur. Nous attendons dans un sas un bref instant, avant qu'une seconde porte ne s'ouvre sur le hall d'entrée.

Une forte odeur de désinfectant et d'urine vaguement camouflée nous accueillent. Je fronce le nez, incommodé. Lili a la même réaction, mais s'empresse d'aller voir la personne de l'accueil. Je jette alors un coup d'œil autour de moi. Des tables rondes avec quelques personnes âgées meublent le hall. Je sens les regards pesants des résidents sur moi, à la limite de la colère.

Mal à l'aise, je cache Lili comme je peux de leurs regards accusateurs, attendant la jeune femme qui se renseigne pour connaître la chambre de sa potentielle grand-mère. Ils devaient certainement espérer la visite d'un proche, avant d'être (une nouvelle fois?) déçus de découvrir de parfaits étrangers.

Lili se plante devant moi, me sortant de mes songes.

— Elle est au rez-de-chaussée, chambre 24.

Je vois dans son regard qu'elle se sent mal à l'aise. Je m'empresse alors de l'entraîner vers le couloir unique qui mène aux chambres, loin des regards oppressants. Nous arrivons devant une porte entrouverte avec un grand 24 peint en rose dessus. Mais même ces couleurs n'arrivent pas à égayer les lieux. Lili s'avance timidement, lève le poing pour toquer, avant de se raviser. Elle lève les yeux vers moi, tétanisée.

— J'ai peur, souffle-t-elle, la respiration hachée.

Je la prends alors contre moi, avant de déposer un baiser sur son front.

— Tout va bien se passer. Dans le meilleur des cas, tu vas retrouver un membre de ta famille que tu chérissais. Et dans le pire, tu vas illuminer la journée d'une inconnue.

Elle sourit timidement, un peu rassurée. Je me garde bien de dire qu'elle risque aussi d'énerver une étrangère, qui espérait sûrement pouvoir regarder la télé en paix. Ma copine est suffisamment stressée, je n'ai pas besoin d'en rajouter une couche.

Elle prend alors une profonde inspiration et toque à la porte. Un « entrez ! » dynamique lui répond. Lili pousse un peu plus la porte avant de pénétrer dans la pièce. Je la suis de près, et je fais bien. Dès l'instant où ma copine pose les yeux sur la résidente, ses genoux se dérobent. Je la rattrape juste à temps, regardant à mon tour la vieille femme.

La ressemblance me saute aux yeux. J'aurais croisé cette dame dans la rue, j'aurais su qu'elles étaient de la même famille. Les mêmes yeux vert clair, le même air mutin sur le visage. Même le caractère borné s'était transmis, aux

315

dires de ma mère. Nous voilà donc face à Elisabeth Delahaie, bien vivante et tout aussi choquée que sa petite-fille.

— Oh mon Dieu, Elisabeth ! s'exclame-t-elle d'une voix fluette en se levant du lit tant bien que mal.

— Grand-mère, sanglote Lili en se jetant dans ses bras.

Les deux femmes laissent éclater leur joie de se retrouver. Ému, je contemple ce sublime portrait : deux générations réunies dans une seule étreinte, des larmes et des sourires dessinés sur leurs visages. J'essuie à mon tour une larme sur ma joue.

La grand-mère de ma copine prend alors le visage de sa petite-fille entre ses mains ridées, essuyant les larmes qui coulent sans cesse.

— Mes prières ont enfin été entendues, souffle-t-elle avec soulagement. Tous les jours, j'espérais de tout cœur te voir rentrer dans cette pièce. Je n'ai jamais perdu espoir, jamais !

— Je n'arrive pas à y croire, lui dit Lili d'une voix tremblante. Ils m'avaient dit que tu étais morte d'une chute dans tes escaliers.

Elisabeth se redresse de toute sa petite taille, scandalisée.

— Quoi ?! Ils ont osé te raconter de telles âneries ? Voyons, ma petite-fille, tu sais bien que si je dois quitter ce monde, ce sera forcément avec plus de classe et de dignité qu'une vulgaire chute d'escalier.

Lili éclate de rire, et je ne peux retenir le mien. Aussitôt, la vieille dame tourne la tête vers moi. Son regard perçant, bien trop ressemblant à celui de ma copine, me fait me sentir tout petit.

— Peut-on savoir qui est ce beau jeune homme ?
Je rougis violemment. Lili rigole avant de dire :

— Grand-mère, je te présente Bastien, mon amoureux. C'est grâce à lui que suis là.

— Et bien, Bastien, approchez donc ! Je ne vais pas vous manger, je n'ai quasiment plus de dent. Vous avez de la chance d'ailleurs, si j'avais eu quelques années de moins, je vous aurez dévoré tout cru.

Je reste bouche bée devant une telle franchise. Ma mère avait raison, cette dame a la langue bien pendue, et n'a pas peur de dire ce qu'elle pense. Lili est morte de rire. Elle vient m'enlacer avant de me tirer jusqu'à sa grand-mère. Je tends alors ma main devant elle :

— Enchanté, Madame.

— Pas de chichi, moi c'est Elisabeth ! J'espère bien que tu bichonnes ma petite-fille.

Je note que le vouvoiement a disparu, avant de lui répondre :

— Je fais tout pour la rendre heureuse, autant qu'elle me rend heureux.

Elisabeth hoche la tête, satisfaite.

— Bon, si ça ne vous dérange pas, les jeunes, je m'en vais me rasseoir sur mon lit. Cette maudite hanche n'en fait qu'à sa tête aujourd'hui, j'ai du mal à tenir debout.

Lili s'empresse d'aider sa grand-mère à s'installer confortablement. Une fois chose faite, Elisabeth soupire d'aise et nous fait signe de nous installer sur les chaises à coté de son lit.

— Bien, allez-y, prenez un siège. Je pense que nous avons beaucoup de choses à nous dire.

Chapitre 24 _ Lili

Je n'arrive toujours pas à y croire. Ma grand-mère, mon unique source de bonheur dans ma famille de détraqués, est devant moi, bien vivante et très en forme ! Je ne comprends pas pourquoi on m'a menti et fait croire à sa mort, mais qu'importe. Elle est là, devant moi, et je peux de nouveau me blottir dans ses bras, comme lorsque j'étais petite fille, respirant à pleins poumons son parfum poudré.

Je m'assois sur les genoux de Bastien, avant de prendre la main fragile de ma grand-mère dans les miennes. Je sais que c'est ridicule, qu'elle ne risque pas de disparaître, mais c'est plus fort que moi. J'ai besoin de la toucher, de mémoriser son visage qui commençait à s'effacer de ma mémoire. Nous avons beaucoup de choses à nous dire, mais je sais quelle est la première chose que je veux savoir.

— Pourquoi tu es ici, alors que tu allais très bien ?
Ma grand-mère se rembrunit, comme si se souvenir lui était désagréable.

— Oh, ma chérie, pour comprendre pourquoi je suis là, je vais devoir tout te raconter. Quelque chose que tes parents t'ont cachée depuis que tu es toute petite. Je t'ai toujours dit que tu étais pleine de mystères, et que tu comprendrais lorsque tu serais plus grande.

— Je pense que je suivre prête à comprendre, maintenant, je réponds alors.

— Bien sûr. Tu l'étais aussi le jour où j'ai été envoyée ici. C'était le jour où je voulais tout te révéler, après avoir dit à ton père que je m'en chargerait, puisque lui en avait été incapable. Je refusais que tu restes encore dans l'ignorance, mais ton père en a décidé autrement.

Je fronce les sourcils, perplexe.

— Mais qu'aurait-il tant tenu à me cacher, au point de t'éloigner de moi et de simuler ta mort ?

— Et bien, que ta vraie mère n'est pas celle que tu connais, en grande partie.

Il faut quelques secondes pour que cette information intègre mon cerveau. J'ai peur d'avoir mal compris, ou que ma grand-mère me fasse une mauvaise blague, mais son air grave veut tout dire. Elle n'a jamais été aussi sérieuse.

Si je n'avais pas été assise, j'aurais à nouveau senti le sol se dérober sous mes pieds. En l'espace d'à peine une heure, j'ai deux informations à assimiler, et pas des moindres ; je retrouve ma grand-mère soit-disant décédée, et j'apprends que ma mère n'est pas ma mère. Un rire nerveux m'échappe. Il est incontrôlable, secoue mon corps de spasmes. Je n'arrive pas à l'arrêter, jusqu'à ce que Bastien me murmure :

— Mon amour...

Les larmes remplacent subitement mon rire. Je les essuie rageusement avant de couiner :

— Je vais encore en apprendre beaucoup, des bombes de ce genre-là ?!

Ma grand-mère me regarde d'un air attristé.

— Je suis désolée ma chérie, ce n'est pas comme ça que j'aurais voulu que tu le saches. Si ton père n'avait pas été lâche, c'est lui qui t'aurais tout expliqué.

— Je veux savoir, je réponds d'une voix ferme alors qu'intérieurement, je m'effondre. Et je veux que ce soit toi qui me le dise, pas lui.

Ma grand-mère soupire, mais devant mon air inflexible, elle cède.

    – Très bien. La première chose que tu dois savoir, c'est que tes parents étaient très amoureux. Ils se sont rencontrés très jeunes, un peu comme toi et ton chéri aujourd'hui. Ils ont suivi le même cursus universitaire, ont obtenu leur diplôme, et ont rapidement commencé à travailler pour pouvoir s'acheter un appartement. De fil en aiguille, ta mère est tombée enceinte. Ce n'était pas prévu dans leurs plans, ils voulaient faire le tour du monde, avant de pouvoir ne serait-ce qu'envisager une potentielle vie à trois. Mais les faits étaient là, tu étais en route pour vivre à ton tour.

« La grossesse ne s'est pas très bien passée. Ta mère avait tous les symptômes indésirables que les femmes pouvaient redouter ; nausées accompagnées de vomissements, douleurs lombaires, sautes d'humeurs violentes, bref, un cauchemar. Lorsque tu es née, ils se sont senti soulagés. Pour eux, le plus dur était derrière eux, tout du moins c'est ce qu'ils croyaient. Désolée de te dire ça, mais tu as été un bébé on ne peut plus normal.

Elle rigole un instant avant de poursuivre :

    – Bref, comme tous les bébés, tu pleurais chaque nuit, tu empêchais tes parents de dormir ne serait-ce qu'une heure. Je pense que c'est ça qui a fait péter un câble à ton père. En tout cas, c'est ce qu'il avait affirmé pour justifier son comportement. Disons les choses telles qu'elles sont, il avait besoin de se soulager auprès d'une autre, puisque ta mère ne s'était pas encore remise de son accouchement et n'était pas prête à avoir de nouveaux des rapports intimes.

« J'étais très proche de ma belle-fille, bien plus que de mon fils. Nous avions une grande complicité, elle était un peu la fille que je n'avais pas eu. Si bien que lorsque tu es née, ta mère a décidé de t'appeler par mon prénom. J'avais ma première petite-fille, sa mère m'avait fait la plus belle des surprises en la nommant comme moi, c'était à ce moment-là les plus belles choses qui pouvaient arriver à la grand-mère comblée que j'étais.

« Mais ce que je n'imaginais pas du tout, c'est voir la relation de tes parents s'effilocher jour après jour. D'amoureux transis, je les ai vu se disputer au point de se jeter la vaisselle à la figure. Rien ne semblait les rapprocher, pas même toi, qui t'étais assagie et qui étais un véritable ange. De bébé qui faisait regretter la maternité, tu t'étais transformée en une petite fille que toutes les mères auraient voulues.

« Tu as dû passer tes deux premières années avec ta vraie mère. Elle ne savait pas que ton père avait une liaison on ne peut plus cliché avec sa secrétaire, ou alors elle faisait tout pour ne pas le voir. C'est moi qui ait surpris mon propre fils avec sa poule, alors que je l'attendais devant son entreprise avec toi en poussette. Je voulais juste passer du temps avec ma petite-fille et son père, pour comprendre pourquoi il avait un tel rejet de la paternité.

« En voyant cette grande blonde l'embrasser à pleine bouche, j'ai compris pourquoi il rentrait tous les jours un peu plus tard à la maison. Je n'ai pas pu garder ça pour moi, je trouvais ça injuste vis-à-vis de ta mère. Elle ne méritait pas ça. Pas après tous les efforts qu'elle faisait pour tenter d'être un bon parent.

« Si au début elle a essayé de nier et de trouver des excuses à ton père, elle a fini par voir la vérité en face ; son compagnon, qui n'était même pas encore son mari, l'avait trompée. Ce qui a suivi m'a cloué le bec. Ta mère, folle de rage, a attendu le retour de ton père pour lui annoncer son départ. Il était inconcevable pour elle d'être la femme au foyer qui attend que son mari ait fini de s'amuser avec sa maîtresse avant de lui servir un bon petit plat, avec l'enfant à élever toute seule. Elle a fait ses valises, malgré les supplications de ton père pour qu'elle lui accorde une seconde chance. La dernière chose qu'elle lui ait dite, c'était que désormais c'était à lui et à sa poule de t'élever.

« Elle t'a laissé là, trop petite pour comprendre que ta maman t'avait abandonnée, trop innocente pour savoir pourquoi ton papa s'enfermait dans sa chambre avec une grande dame. Après ça, personne n'a su où ta mère est partie, pas même moi.

Ma grand-mère s'interrompt, le souffle court, comme si elle voulait absolument tout raconter d'un coup pour éviter d'oublier une partie de l'histoire. Elle conclut par un dernier coup de grâce :

– Ce qui est sûr, c'est qu'elle a laissé libre accès à la maîtresse, qui aujourd'hui se fait appeler ta mère.

Mon souffle se bloque dans ma poitrine. La femme qui a détruit ma famille, la cause de tous mes tourments, est toujours avec mon père aujourd'hui. Ce n'était pas ma mère...

– C'est... c'est délirant ! je souffle alors, scotchée. Pourquoi je n'ai jamais su une chose pareille ?

– Ton père avait honte. Lui qui tenait à avoir une image du père parfait, il avait tout fichu en l'air pour un simple coup de reins. Car il aurait pu mettre un terme à sa liaison, sauf qu'il est tombé sur la fille d'un grand directeur, qui plus est très croyant. Sa maîtresse l'a incité à suivre ses idéologies, afin d'obtenir le pardon du Grand Patron. Ton père s'est retrouvé croyant du jour au lendemain, probablement par peur de décevoir sa nouvelle belle-famille. Il a donc tout fait pour se façonner une nouvelle identité, et m'avait menacé de m'empêcher de te voir si je te dévoilais la vérité.

« Ça me tuait de voir ton père changer à ce point pour une femme qu'il n'aimait sûrement pas autant que ta mère, mais j'avais tellement peur qu'il mette ses menaces à exécution que je n'ai jamais osé rien dire. J'ai seulement fait quelques allusions, pour bien lui rappeler ce que j'étais capable de faire si jamais je découvrais que ça se passait mal entre sa maîtresse et toi.

J'en reste bouche bée. J'attends quelques secondes pour assimiler toutes ces informations, qui au lieu de répondre à mes questions, en ont au contraire créée de nouvelles, que je meurs d'envie de poser. Je ne sais pas par où commencer, tout se bouscule dans ma tête. Je pose la première question qui me vient alors :

— Mais alors pourquoi mon père m'a fait croire à ta mort ? C'est illogique.

Ma grand-mère me regarde avec tristesse. Ou serait-ce de la pitié ?

— Parce que le jour où il m'a envoyé dans cet endroit sinistre, c'est pour être sûr que je me taise pour de bon, et que tu ne prennes pas le risque de me chercher. Il a profité du fait que j'ai fait un malaise pour expliquer au directeur de cet endroit que je n'avais plus toute ma tête, et malgré mes protestations, disons les choses telles qu'elles sont : on ne croit plus les vieilles personnes, qui seraient prêtes à dire n'importe quoi pour ne pas être entre ces murs.

Elle prend une grande inspiration et lâche une ultime bombe :

— Ton père voulait garder un minimum de contrôle sur ta vie lorsque je lui ai annoncé que j'allais tout te révéler, maintenant que tu étais majeure. J'avais reçu une lettre me disant que ta vraie mère était décédée.

Chapitre 25 _ Bastien

Je pensais qu'avec ma presque demi-sœur obsédée par moi, j'étais unique en mon genre dans la catégorie « petits secrets en famille ». Mais voilà que plus je connaissais Lili, plus je découvrais qu'elle était pire que moi. J'essayais de me mettre à sa place, de savoir comment je pourrais réagir si j'apprenais que toute ma vie n'était que mensonge. Je pense que je me mettrais à hurler, à pleurer, ou les deux en même temps.

Mais pas Lili. Elle encaisse coup après coup, et reste droite et fière. Seule la lueur vacillante dans son regard me laisse entrevoir que tout ce qu'elle apprenait l'affecte. Ce qu'elle a subi de la part de son géniteur l'a plus endurcie que je ne le pensais. Elle se lève de mes genoux et parcourt la chambre avec des pas nerveux. Je la suis du regard en croisant les bras. Elle se mordille la lèvre, semble sur le point de dire quelque chose, mais se ravise. Sa grand-mère semble savoir ce qui la turlupine, puisqu'elle lui dit :

— Quelques mois avant que je ne finisse ici, ta mère avait repris contact avec moi. Je te laisse imaginer ma stupeur lorsque j'ai reçu une lettre de sa part, me suppliant de lui arranger une rencontre avec toi, qui était alors une jeune femme mature, en âge de comprendre pourquoi sa maman était partie. Ce qu'elle ignorait, c'est que ton père t'avait caché toute l'histoire. Elle était persuadée que tu connaissais la vérité.

Lili trépigne. Quelque chose la perturbe, je le sens dans son attitude.

– Mais je ne comprends pas. Pourquoi mon père m'a forcé à me cacher tout ce temps ? Quel est le rapport avec ma mère ? Et de quoi est-elle morte ?

Elisabeth sourit tendrement. Elle adore sa petite-fille, ça se lit dans son regard. Quelle tristesse d'avoir séparé ces deux femmes, dont la complicité est évidente.

– Ma pauvre chérie. Je n'ose pas imaginer ce que tu as dû endurer. Mais qu'est-ce que tu veux dire par « te cacher » ?

Lili écarquille les yeux, avant de réaliser que sa grand-mère ne l'avait jamais vu tatouée. Elle retire alors son pull, laissant apparaître les motifs encrés dans sa peau. Sa grand-mère laisse échapper un petit cri, mais pas d'horreur, au contraire. Elle contemple, émerveillée, les œuvres qui recouvrent les bras de ma copine. Puis, elle éclate d'un rire franc.

– Je comprends mieux maintenant. Ta mère était pareille. Elle était fan de tatouages, ses bras aussi en étaient recouverts. C'est incroyable ce que tu peux lui ressembler ! Ton père a dû en tirer une tête en te découvrant ainsi !

– C'est peu de le dire. Il me détestait tellement qu'il s'est mis à me frapper.

Lili lâche ça d'un air détaché, comme si elle parlait de météo. Mais je sais en voyant ses épaules se raidir que ces mots l'affectent bien plus qu'elle ne le laisse paraître. Sa grand-mère cesse de rire immédiatement et devient livide.

– Mon Dieu, dis-moi que ce n'est pas vrai...

– J'aimerais bien, soupire ma copine. Mais ces derniers mois ont été un véritable calvaire. Tu sais très bien que mon enfance n'était pas mirobolante, et ça a été pire après qu'on m'ait fait croire à ton décès. Celui que j'appelais papa est devenu plus froid, sans parler de ma soit-disant mère. Elle était distante et mesquine, trouvant toujours quelque chose à redire sur mon apparence. Le jour où ils m'ont découverte avec mes tatouages et mes mèches colorées, j'ai signé mon arrêt de mort.

Un rire sans joie jaillit de sa gorge. Sa grand-mère la détaille, l'air grave. Elle doit avoir un sacré choc d'apprendre que son fils battait sa propre fille. Elle tend les bras vers ma copine, qui s'y précipite sans perdre une seconde. Les sanglots qu'elle croyait taris jaillissent à nouveau.

— Je le déteste tellement ! lâche-t-elle en enfouissant son visage dans le cou de sa grand-mère.

Cette dernière lui caresse doucement les cheveux et soupire :

— Je le sais, ma chérie. Et je le comprends parfaitement. Un jour, peut-être trouveras-tu la force de lui pardonner.

— Jamais ! s'exclame Lili en reculant et essuyant rageusement ses joues. Je ne pourrais jamais faire une chose pareille ! Plutôt mourir !

— Ne dis pas ça. Tu risquerais de le regretter. Prends exemple de ta vraie maman ; elle est partie, et a attendu d'être au seuil de la mort pour tenter de renouer avec toi. Paix à son âme, le cancer l'a emporté trop tôt.

Lili accuse le coup en apprenant la maladie qui lui a enlevé un parent qu'elle n'aura pas eu la chance de connaître. Alors qu'elle ouvre la bouche, une infirmière toque à la porte.

— Bonsoir, excusez-moi de vous déranger. Madame Delahaie, c'est l'heure de vos soins.

— Comme si j'avais besoin de qui que ce soit pour me laver le derrière, râle Elisabeth, faisant rire sa petite-fille.

L'infirmière, gênée, se dandine.

— Désolée Madame, je ne fais que mon travail.

— Je sais bien. Il n'empêche que ça me casse royalement les pieds d'être traitée d'infirme, alors que je pourrais courir un marathon.

Je laisse à mon tour échapper un rire avec Lili, amusé par le répondant de la vieille dame. Ma copine me fait signe de me lever.

— Nous allons vous laisser. Je reviendrai dès que possible.

Elle enlace sa grand-mère pour lui dire au revoir.

— Ne t'inquiète pas pour moi, lui dit cette dernière après lui avoir déposé un baiser sur le front. L'endroit est chiant à mourir, mais on a la télé, et j'ai presque convaincu Pierre de dîner avec moi. Va, profite de la vie, aime ton copain, mais pas trop, tu es bien jeune pour déjà t'encombrer d'un mioche.

— Je ferais attention, promis, rit Lili en rougissant légèrement. La prochaine fois, on parlera de ce Pierre.

Je m'avance à mon tour, prêt à serrer la main d'Elisabeth. Mais cette dernière me tire avec une force étonnante pour quelqu'un de son gabarit avant de me coller une bise sur chaque joue.

— J'ai un bon pressentiment sur toi, me souffle-t-elle à l'oreille. Protège ma Elisabeth comme tu protégerai ta voiture de sport.

— Ne vous en faites pas. Une voiture se remplace, pas l'amour de votre vie.

Elisabeth sourit largement, ravie de ma réponse. Elle me libère et nous salue une dernière fois avant que la porte ne se referme.

***

Enlacés sur le canapé dans mon appartement, nous regardons distraitement la télé, mais je sais qu'aucun de nous ne prête réellement attention au film. Lili, assaillie d'émotions contradictoires, m'a presque supplié de l'emmener chez moi, loin des adultes qui pourraient poser des questions auxquelles elle ne voulait pas encore répondre. Elle avait énormément d'informations à digérer, je pouvais donc aisément comprendre qu'elle ait besoin de s'isoler pour faire un tri dans sa tête. Elle ne m'a presque pas décroché un mot depuis que nous étions partis de la maison de retraite, mais je peux voir à son air apaisé que la « résurrection » de sa grand-mère lui a ôté un poids des épaules.

Le film doit être à la moitié, lorsque Lili lève les yeux vers moi.

– Je peux rester dormir avec toi ?

Je l'embrasse au sommet de son crâne.

– Évidemment. Je t'emmènerai plus facilement en cours demain. Par contre, tu n'as pas d'affaires de change.

– Je... j'avais plus ou moins prévu le coup, avant de partir ce week-end, avoue-t-elle en reportant son attention sur l'écran, rouge comme une pivoine. J'ai ce qu'il faut.

Amusé, je me contente de l'embrasser de nouveau. Je repense à ce que m'a dit sa grand-mère, et j'en viens à espérer qu'elle dise vrai, et que Lili soit celle que je cherchais depuis le début. Un autre détail me revient en mémoire. Je n'ai jamais vraiment pensé à ça, mais lorsque Elisabeth en a vaguement fait mention, j'ai réalisé que je n'avais jamais demandé à Lili si elle voyait son avenir avec des enfants.

Je me racle la gore et tout en lui caressant doucement le bras, comme pour l'apaiser avant de risquer un coup de crocs, je demande :

– Dis-moi, ta grand-mère a parlé de potentiels enfants. Tu en voudrais ? Plus tard, évidemment.

Lili se raidit. J'ai touché un point sensible, on dirait. Je m'attends donc à ce qu'elle ignore ma question. Mais voilà qu'elle lâche d'un ton sec :

– Non.

Un instant stupéfait par cette réponse aussi brève qu'efficace, je me détends en un clin d'œil. Elle doit sentir mon corps se relâcher, puisqu'elle se tourne vers moi en me regardant avec interrogation.

– Toi non plus ?

Je secoue la tête. Un sourire soulagé se dessine sur son visage. Elle m'embrasse soudain avec ardeur, me prenant de court. Mon corps, lui, réagit instantanément. Il fait basculer la jeune femme sur le canapé tout en continuant de dévorer ses lèvres. Je suis heureux qu'elle ne veuille pas que je me justifie de ma conviction, tout comme moi qui ne lui ai pas posé la question. Peut-être qu'on en parlera un jour, mais en cet instant, nous sommes sur la même longueur d'onde : nous n'avons pas à justifier cette décision. Un point commun qui nous accorde encore plus. Et en cet instant, je ne pense qu'à une chose ; la prendre, et tenter de lui donner du plaisir, tout simplement. C'est tout ce dont nous avons besoin.

Chapitre 26 _ Lili

Les dernières semaines jusqu'aux vacances de fin d'année sont passées en un clin d'œil. Les cours se sont fait plus complexes à suivre, les premiers examens sont arrivés. Je pense m'en être sortie, du moins je prie pour que ce soit le cas. J'ai rapidement réglé le financement pour pouvoir finir mon année, qui a fait mal à mes économies. Mais le point positif, c'est que je n'ai rien d'autre à payer, à part mon forfait téléphonique.

Car j'ai accepté la proposition de Bastien. J'ai mis quelques jours pour réfléchir, mais je me suis vite rendue à l'évidence : je ne pouvais pas rester indéfiniment chez Océane, malgré les protestations de cette dernière. Elle a finalement reconnue que je risquais d'attirer les soupçons de ses parents, si je séjournais plus longtemps que prévu. Elle a totalement capitulé lorsque je lui ai dit que Bastien m'avait proposé une colocation. Même si cette idée me terrifiait quelque peu, ma meilleure amie, elle, était très emballée. C'est grâce à elle que j'ai définitivement pris cette décision. Même Damien semblait ravi de m'avoir dans leur appartement.

— C'est bien, on a enfin une femme pour faire à manger et le ménage, a-t-il dit alors que Bastien lui a demandé son accord.

Il s'est récolté une tape sur le bras qu'il l'a fait marrer, mais en mon for intérieur, je me suis promis de prendre part aux tâches du quotidien autant que possible pour les remercier de m'héberger. Je n'en ai pas touché un mot à mon copain, qui aurait sûrement protesté et dit que c'était la moindre des choses pour m'aider. Mais je ne le vois pas de cet œil. J'ai malgré moi cette sensation de déranger. Peut-être est-ce un effet qui a grandi en moi à cause de ce que mes parents m'ont fait ressentir toutes ces années, et encore plus ces derniers mois.

Je pense souvent à ce que m'a dit ma grand-mère sur le pardon. Et même si elle essaie de m'en parler chaque mercredi soir quand je vais la voir, je fais la sourde oreille et change de sujet. Car si je ne suis pas prête à pardonner, une part de moi a de plus en plus envie d'aller confronter mon père. Cette idée tourne presque à l'obsession, jusqu'au premier jour des vacances, où ma décision a été prise.

Je rejoins Bastien dans le salon, après que l'on ait tous les deux traîné au lit. Le jeune homme, torse nu dans la cuisine, prépare en chantonnant le petit déjeuner. Je m'adosse contre le mur, réajuste mon nouveau pull en laine violet que j'affectionne particulièrement et croise les bras sur ma poitrine. Je n'ai pas pris le risque de descendre en pyjama, pas encore totalement à l'aise avec Damien. Mais ce matin, pas de rouquin en vu, rien que mon chéri que je mate sans vergogne. Mes yeux descendent jusqu'à ses fesses rebondies, avant de remonter lentement sur son dos délicatement musclé. Je meurs d'envie de venir y déposer des baisers, et une vague de chaleur vient se loger dans mon ventre à l'idée de parcourir mes mains sur ce corps que j'aime tant.

Alors qu'il se tourne vers moi, je sursaute et rougis. Je repense à cette matinée semblable d'il y a déjà quelques mois, alors qu'il m'avait surpris de la même manière. Il me tend une tasse, un air goguenard sur le visage.

– Chocolat, parce que tu n'es qu'une fillette, se marre-t-il, se souvenant lui aussi de ce fameux matin.

Je lui tire la langue, consciente d'avoir les joues aussi rouges que mes chaussettes. Je m'installe à table et sirote doucement ma boisson chaude. Bastien ne me lâche pas du regard, comme s'il pouvait lire en moi. Il sait que j'ai quelque chose à lui demander, il attend juste que je prenne la parole. Je me lance alors avant de changer d'avis :

– Je voudrais aller voir mon père.

Le regard de mon copain s'assombrit.

– Je ne pense pas que ce soit une bonne idée.

– Je sais, mais je pense que si je le fais maintenant, je me sentirais mieux après. J'aurais sa version des faits, et il ne me fera rien si tu es avec moi. Et puis, il y a une petite chance pour que je puisse récupérer quelques affaires.

Je le vois ouvrir la bouche pour protester, alors je m'empresse d'ajouter :

– Je te demande de m'accompagner, alors que j'aurais pu y aller toute seule.

Je ne l'aurais pas fait, mais cet argument fait mouche. Bastien fronce les sourcils de colère.

– Pas question que tu y ailles seule ! Imagine qu'il te séquestre et te fasses du mal. Je ne m'en remettrais jamais, et je m'en voudrais de t'avoir laissé y aller sans moi.

Je lève une main et la pose doucement contre sa joue.

– C'est pour ça que je te demande de venir avec moi. Pour que tu puisses me protéger.

Bastien ferme les yeux, torturé. Je sais qu'il abhorre l'idée même de se retrouver face à mon père, mais son coté raisonné doit comprendre que j'en ai besoin pour tirer définitivement un trait sur ma famille tissée de mensonges. À contrecœur, il hoche la tête. C'est lorsque je sens un soupir de soulagement m'échapper que je réalise que je retenais ma respiration. Nous filons nous préparer avant de prendre la voiture.

Lorsque je donne l'adresse à mon copain, je sens mon cœur s'affoler. Je vois dans son regard qu'il comprend que nous ne serons qu'à quelques maisons de celle d'Océane. Il connaît alors la route, qu'il prend sans allumer son GPS. Je tente de le calmer en respirant lentement, priant pour que Bastien ne se rende pas compte de la panique qui tente de prendre possession de moi. Ce n'est pas le moment de se dégonfler, pas alors que je suis à deux doigts d'avoir le fin mot de toute cette histoire abracadabrante sur ma famille.

Mais alors que je me croyais remontée à bloc, tout le courage me déserte dès que nous nous arrêtons devant la maison. Le trajet entre le campus et mon ancien chez-moi fut bien trop bref, à peine un quart d'heure pour me préparer mentalement. Je vois en cet instant que ça n'a pas été suffisant. Je n'ai qu'une seule image en tête, celle où je fuis mon bourreau aussi vite que je le peux, blessée et terrifiée. Je reste figée sur mon siège, les mains crispées sur les rebords. Bastien le voit et tente de m'apaiser :

– Hé... tout va bien, tu es avec moi.

Je lance vers lui un regard empli de détresse. Je suis en train de commettre une erreur. Je ne suis pas prête, bien au contraire. Je suis à deux doigts de hurler et de supplier Bastien de nous ramener chez lui. Ce dernier fronce les sourcils, inquiet pour moi. Il me frôle la joue du bout des doigts, avant de me déposer un délicat baiser sur mes lèvres. Une vague de chaleur vient se loger dans ma poitrine, effaçant toute trace de panique. Je soupire d'aise et me rapproche pour accentuer le baiser. Bastien gémit lorsque je lui mordille la lèvre inférieure.

— Amour, on ne peut faire ça maintenant, la voiture est bien trop visible...

Je recule, revenant à la réalité. Mon corps proteste, bien trop frustré pour entendre raison. Mais mon coté sage prend le dessus. Je souris tendrement à Bastien. Cet homme a un don pour faire ressortir ce qu'il y a de meilleur en moi, mais aussi de me calmer en un instant. Rassérénée, je prends mon courage à deux mains et sors de la voiture.

Bastien me rejoint et entrelace ses doigts aux miens. Devant la porte, je sonne avant d'être prise d'hésitation et de risquer de faire demi-tour. Je sais qu'il est là, sa voiture est garée devant la maison. Par contre, comme je le redoutais, il n'y a aucune trace de la mienne. Je ressens un pincement au cœur en constatant son absence. Même si elle était horrible à conduire, elle n'en restait pas moins ma seule source de liberté.

La porte s'ouvre, et je me retrouve nez à nez avec mon géniteur. Il met un instant à me reconnaître, et en un rien de temps, son visage avenant s'assombrit. Il plisse les yeux, avant de cracher :

— Regardez qui vient de se souvenir où elle habitait !

— Je ne suis pas là pour rentrer.

— Oh, voyez-vous ça ? Et que crois-tu donc faire, à te pointer ici après tout ce temps ?

— Je viens récupérer mes affaires.

Mon père éclate d'un rire gras et méchant, hérissant mes poils. Je recule d'un pas, de peur qu'il ne me mette une gifle pour avoir osé répondre. Bastien vient m'enlacer, m'enveloppant d'une bulle protectrice. Mon père le remarque, et son rire s'éteint aussitôt.

— C'est qui, celui-là ?

— Un homme qui ne lèvera pas la main sur celle qu'il aime, répond du tac au tac Bastien.

J'admire son sang-froid, surtout après l'avoir senti se raidir de colère. Mon géniteur secoue la tête en affichant une grimace de dégoût.

— Va. Récupère ce que tu veux. Tu as de la chance, ta mère allait tout jeter dans la semaine.

— Ma mère ? Tu veux dire celle que as culbuté pendant que maman galérait toute seule à la maison ? On parle bien de cette femme-là ?

C'était plus fort que moi. Toute cette rage accumulée pendant toutes ces années, combinée à la douloureuse réalité, menace enfin d'exploser. Je sais que j'ai visé juste en voyant le visage de mon père devenir livide.

— Comment... ? Comment peux-tu savoir ça ?

— J'ai parlé à grand-mère. Pas au cimetière, évidemment. Mais je ne t'apprends rien, là.

Si je n'étais pas aussi furieuse, je rigolerais presque de voir mon père ouvrir et fermer la bouche comme un poisson. Pour la première fois depuis une éternité, j'ai cloué le bec de mon géniteur.

— C'est impossible... Tu n'as pas pu la retrouver, pas là où elle a été placée.

Il secoue la tête à toute vitesse, comme s'il cherchait à effacer ce que je venais de dire. La colère jaillit, et alors que je sens la présence rassurante de Bastien à mes cotés, je peux enfin dire ce que j'ai toujours retenue, par crainte de représailles :

— On peut dire que c'est grâce à toi. Tu sais, le jour où je suis partie d'ici ? Tu avais réussi à me casser le bras, et tu m'as cogné tellement fort que j'ai eu un début d'hémorragie. Tu as envoyé sans le savoir ta propre fille à l'hôpital où, par le plus grand des hasards, grand-mère venait d'y être déposée. Un signe du destin, sûrement, pour que je connaisse enfin la vérité sur ta haine envers moi.

— N'exagère pas, je ne te hais pas.

— Tu as failli me TUER ! je hurle à pleins poumons. Qu'est-ce qu'il te faut d'autre comme preuve de ta haine ?

Mon bourreau vacille, toute couleur ayant déserté son visage déjà blanc. Il recule, avant d'aller se laisser tomber lourdement sur un fauteuil. Je le suis avec prudence, Bastien collé à moi. Je le sens lui aussi sur le qui-vive, prêt à s'interposer au moindre signe de menace. Mais contre toute attente, mon père enfouit son visage dans ses mains, étouffant un sanglot. Médusée, je regarde mon copain. Aussi déstabilisé que moi, il hausse les épaules.

— Je... je ne voulais pas en arriver là, bredouille mon père en dévoilant sa figure mouillée de larmes. Je te le jure. Mais c'était si dur... tu étais là, avec ce garçon. Et tous ces tatouages, similaires à ceux de ta mère... j'ai cru pendant un instant la revoir, nous revoir... elle me manquait tellement au quotidien, et toi, tu as remué le couteau dans la plaie en me rappelant cruellement son absence ! C'est de ta faute si elle m'a quitté ! Tu n'aurais jamais dû être là !

Sa dernière phrase est ponctuée d'une rage accusatrice. Je me recroqueville en reculant, apeurée. Et alors que je percute le corps de Bastien, et que ce dernier m'enlace de ses bras comme pour former un bouclier autour de moi, je reprends contenance. Je comprends ce que mon géniteur essaie de faire : il tente de me faire culpabiliser, afin qu'il puisse reprendre le pouvoir qu'il avait sur moi.

Mais c'est terminé. Depuis le début, il me déteste. Ces derniers mois, il a tenté de me changer, jusqu'à me faire oublier mon nom pour en créer un autre, avec une autre personnalité. Aujourd'hui, Lili Delahaie, petite fille modèle effacée, laisse à nouveau place à Elisabeth Delahaie, jeune femme libre et artiste. Il est temps de tirer un trait sur le passé.

Chapitre 27 _ Bastien

J'ai vraiment essayé de me préparer au pire, en arrivant devant l'ancienne maison de ma copine. Mais lorsque j'ai vu la haine dans le regard de son père, j'ai compris à quel point cet homme était prêt à tout pour détruire sa fille, devenue son défouloir. Je n'aurais jamais cru pouvoir ressentir une telle rage envers quelqu'un, au point de devoir serrer les poings dans mon dos pour éviter qu'ils ne partent dans la mâchoire de cet homme qui a tant faire souffrir ma copine. Lorsque cette dernière est venue tout contre moi, je l'ai entourée de mes bras pour la rassurer. J'étais son pilier, son protecteur, et je l'ai sentie relâcher toute la pression que son bourreau de père tentait de lui insuffler.

Lili se détache de mes bras avant d'avancer vers son père. Je me retiens de lui crier de revenir ici, inquiet de ce qu'il pourrait lui faire. J'avance alors d'un pas, mais le regard de ma copine me fait comprendre que je ne dois pas en faire plus. Je m'immobilise et l'observe, tendu. Je ne sais pas à quoi elle pense, et ça m'inquiète de rester inactif.

Dans le plus grand des calmes, après la vague de colère qui a jailli d'elle il y a à peine quelques minutes, Lili s'agenouille devant son père et dit d'une voix forte et sûre d'elle :

– Tout ça, ça n'a jamais été ma faute. Mais uniquement la tienne. C'est toi qui a pris la décision de t'envoyer en l'air avec ta secrétaire. Si comme tu dis tu aimais vraiment maman, tu l'aurais soutenue dans son quotidien particulièrement difficile de jeune mère. Tu n'as pas le droit de me faire le moindre reproche. C'est terminé, à présent. Tu crois m'avoir détruite, mais tu m'as au contraire rendue plus forte que jamais.

Elle se relève, l'air digne. Son visage reflète la force de son caractère, et je ressens une grande fierté de voir ma copine se libérer des chaînes qui l'entravaient depuis trop longtemps. Son père ne dit rien, tremblant dans son fauteuil, encaissant les coups verbaux de sa fille.

    – Je vais récupérer mes affaires, conclut celle-ci. Après ça, tu n'auras plus qu'à oublier mon nom et mon existence. Je n'ai pas besoin de toi pour vivre.

Elle n'attends pas de réponse, qui de toute manière ne vient pas. Elle se dirige vers l'escalier, où je lui emboîte le pas. Nous arrivons dans sa chambre, où elle laisse échapper un petit bruit étranglé. En regardant dans la pièce, je comprends sa réaction : il n'y a qu'un lit entièrement défait, ne restant que le sommier. Une pile de quatre cartons avec écrit en rouge dessus « à donner » meuble la pièce. Pas de bureau, ni de commode. Aucune photo au mur. Rien dans cette pièce n'indique qu'une jeune femme l'occupait.

    Lili, fébrile, se dirige vers les cartons. Elle hésite à y toucher, par peur de découvrir ce qu'ils renferment. Je le fais à sa place, en soulevant un, tristement léger. Je tente alors d'en soulever un autre avec. Y arrivant sans problème, je ne dis rien et retourne jusqu'à la voiture pour les charger. Je reviens chercher les deux derniers, les charge, avant de retourner dans la chambre, où Lili ne bouge pas.

    Elle observe la pièce, les yeux brillants. Elle se précipite jusqu'au lit, qu'elle tire sur quelques centimètres, avant de s'accroupir. Surpris, je la vois retirer une latte branlante qui renferme une grande enveloppe. Elle s'en empare, remet la latte en place avant de décaler le lit dessus. Sans un mot, elle glisse le petit paquet dans son manteau, vient me prendre la main avant de me tirer hors de la pièce.

Dans le salon, son père n'a pas bougé. Il a le regard perdu dans le vague, les épaules lourdement affaissées. J'aurais presque éprouvé de la pitié pour cet homme, si je n'avais pas su ce qu'il faisait au quotidien, loin des regards indiscrets. Lili s'arrête, hésitant à dire quelque chose. Finalement, elle se lance :

— J'espère que tu trouveras la paix. Adieu.

Son père tressaille, atteint par les derniers mots de sa fille. Il lève vers elle un regard douloureux, empli de peine. Pourtant, il ne dit rien et la regarde partir. Dans son silence, il consent à lui rendre la liberté qu'elle mérite. Finalement, peut-être qu'au fond de lui subsiste l'homme amoureux de sa femme, suffisamment présent pour laisser sa fille grandir et s'épanouir sans lui, sans le monstre qui s'était glissé sous sa peau.

Lili s'installe dans la voiture, attache sa ceinture et attend que je reprenne la route. Je m'exécute après avoir attendu quelques secondes, au cas où elle aurait oublié quelque chose. Je démarre et roule en direction de l'appartement. Lili se perd dans la contemplation des paysages. En lui jetant un petit coup d'œil, je vois son corps relâché, enfin débarrassé de cette peur qui la torturait chaque jour depuis sa fugue. Une larme solitaire vient s'échouer sur son manteau. Je ne peux m'empêcher d'y voir une image, celle de la dernière entrave qui se détache enfin d'elle.

Je pose ma main sur son genoux, avant d'y tracer de petits cercles avec mon pouce. Ce geste réconfortant semble lui faire du bien. Elle soupire d'aise et ferme les yeux, se laissant bercer par la voiture.

— Je t'aime, souffle-t-elle.

Je manque de faire une embardée. Je m'attendais à tout, sauf à ça. Ces trois petits mots me chamboulent bien plus que je ne le pensais. Mon cœur est gonflé de bonheur, à tel point que j'ai peur qu'il en explose. Je regarde Lili, qui me contemple avec amour. Elle semble attendre ma réponse, mais je ne veux pas le lui dire sans pouvoir l'embrasser derrière. Je m'engouffre alors dans un petit chemin de terre que je repère un peu plus loin, tournant un peu brusquement le volant. Lili laisse échapper un petit cri de stupeur. Je coupe immédiatement le moteur, détache ma ceinture et me jette sur elle.

Mes lèvres viennent s'unir aux siennes dans un baiser ardent. Je la dévore, mordillant et léchant sa lèvre inférieure. Lili gémit et se tortille sur son siège. Ses mains agrippent ma nuque pour m'empêcher de reculer. Comme si j'en avait eu l'intention. Je tâtonne pour détacher sa ceinture, avant de passer mes mains sur sa taille et de la tirer à moi. Lili comprend mon intention et vient se placer à califourchon sur moi. Son corps vient titiller la bosse qui étire mon jean. Je tremble de désir pour elle. Mes mains sont partout sur elle, caressant chaque centimètre de son corps. Mon souffle se fait court, je laisse passer un sifflement entre mes lèvres lorsque Lili place sa bouche sur mon cou, avant d'aspirer délicatement la peau.

J'enfouis mes mains dans ses cheveux avant de les tirer en arrière. Lili plonge son regard brûlant dans le mien, le souffle court et les lèvres gonflées. Elle a envie de moi, autant que j'ai envie d'elle. Je me penche du mieux que je peux vers la boîte à gants, que j'ouvre d'un coup sec avant d'en extirper une boîte de préservatifs. Lili ricane.

– Monsieur avait prévu son coup, on dirait.

– Disons que j'espérais en avoir l'occasion, je rectifie avec malice.

Toute gêne a fini par me déserter. Je me sens en confiance avec Lili, suffisamment pour cesser de rougir à chaque allusion sexuelle qui m'aurait mis mal à l'aise quelques jours plus tôt. Cette femme a vraiment fait de moi un nouvel homme, qui me correspond bien mieux.

Ma copine glisse alors sa main jusqu'à ma ceinture, qu'elle s'empresse d'enlever, avant de tirer du mieux qu'elle peut mon jean. Elle m'arrache presque le préservatif des mains et l'ouvre fébrilement.

– Impatiente ? je la taquine pour masquer ma propre envie d'accélérer la cadence.

– Plus que tu ne le crois.

Elle glisse le préservatif sur mon membre dur, avant de retirer son propre jean. Elle se débat avec, jure en manquant de basculer sur le coté. Hilare, je l'aide comme je peux. Mon rire se coupe net lorsqu'elle me prends en main et commence un mouvement de va-et-vient.

– Alors, c'est toujours drôle ? demande-t-elle, un éclat provocateur dans le regard.

Je secoue la tête, savourant sa prise en main. Lili se place alors au-dessus de moi et vient s'empaler sur moi. Nous poussons tous deux un cri de bien-être, avant qu'elle ne commence à bouger. J'agrippe ses hanches, poussant au fond d'elle en me mordant la lèvre. Que c'est bon d'être en elle ! Une idée me vient. Je la force à s'arrêter. Lili me regarde avec étonnement, alors que je porte la main jusqu'à son bouton de rose.

Je commence à le frotter doucement, avant de reprendre mes mouvements. Lili écarquille les yeux sous la stupeur et gémit de plaisir. Encouragé, je poursuis et la laisse bouger comme elle le désire. La jeune femme ne se fait pas prier, et laisse sa tête retomber dans le creux de mon cou où elle souffle :

— Oh mon Dieu ! Ne t'arrête pas...

— Jamais, je promets, le souffle court.

Notre danse s'accélère dans des gestes saccadés. Nos mains libres viennent s'entrelacer avec force, unies comme nos corps, comme si nous cherchions à fusionner. Je sens la pression monter, mais je fais tout pour me retenir. Je veux lui donner un maximum de plaisir. Mais Lili se laisse tomber en arrière en criant de plaisir, signant ma perte. Je bascule dans la jouissance, bien plus intense dans cette position. Le souffle court, je relâche tout mon corps, comblé. C'est seulement là que je dis :

— Je t'aime.

Lili sourit, soulagée que je lui réponde enfin. J'ai entendu dans un film que cette déclaration comptait bien plus après avoir fait l'amour qu'avant. Je ne sais pas si la jeune femme en a conscience, mais c'était de cette manière que je voulais lui prouver la force de mes sentiments. À son tour, elle vient me murmurer ce que je rêvais d'entendre depuis ma première fois :

— Trésor, tu as réussi à me faire jouir...

Parce que j'ai écouté ses désirs, parce que j'ai voulu faire passer son plaisir avant le mien, je lui ai prouvé mon amour et mon envie de m'engager avec elle. Je l'aime, au point de

344

m'arrêter dans le premier chemin venu, au risque d'être vu par des promeneurs. Mais à cet instant, je n'en avais strictement rien à faire. J'avais besoin de la sentir, et voir combien notre histoire était réelle.

Je la serre contre moi, et nous restons là, l'un contre l'autre, comblés et heureux. Libres de continuer notre histoire. C'est tout ce qui compte en cet instant.

Epilogue _ Bastien

Je suis Bastien Drimal, et je viens de trouver l'amour de ma vie. Voilà ce que j'aimerais pouvoir crier au monde entier, pour qu'il partage avec moi mon bonheur et ma joie de vivre. On a eu des hauts, des bas, comme tous les couples normaux, mais aujourd'hui encore plus qu'hier, nous sommes unis et prêts à faire front commun contre tous les obstacles qui oseraient se dresser devant nous. Nous avons affronté mon passé chaotique et détruit ma plus grande honte. J'ai aidé ma copine à avouer ses faiblesses et à surmonter ses douloureuses épreuves, la soutenant chaque fois que la vie lui assénait un nouveau coup.

Elle a tiré un trait sur son ancienne vie, où elle devait se cacher et taire sa vraie personnalité. J'en ai fait de même, me débarrassant du rôle qui ne me convenait pas du tout, pour laisser libre cours à cette partie de moi qui autrefois me faisait défaut. Nous nous sommes trouvés, pour pouvoir nous compléter et se soutenir l'un l'autre. Qui aurait cru que tout cela puisse être possible grâce à un site de rencontres ?

Nous sommes jeunes, étudiants sur le point d'entamer le plus gros rush de l'année, moi pour la poursuivre, elle pour l'achever. Mais quel que soit le résultat final, nous serons ensemble. Nous sommes à l'aube de notre vie, presque insouciants des tracas quotidiens.

Après tout, nous sommes amoureux, ne formant qu'un. Que pourrait-il nous arriver ?

À suivre...

Remerciements

Je tiens à te remercier toi, lecteur(ice), pour avoir lu l'histoire de Lili et Bastien jusqu'au bout. Ce roman, c'est l'aboutissement de trois ans de travail, entrecoupé de (trop) longues pauses, mais qui aujourd'hui connaît enfin son point final.

L'histoire de nos jeunes protagonistes est née sur Fyctia, pour le premier concours New Romance, avec pour sujet principal « les sites de rencontre »(d'ailleurs, *TrueStory* n'existe pas, il est purement fictif). Je remercie toutes celles et ceux qui sont passés un jour lire les chapitres mis en ligne au compte gouttes, et qui m'ont vivement encouragée à écrire la suite.

Ce qui n'étaient que des mots sur une plateforme d'écriture sont bien plus, désormais. Ils sont l'aboutissement d'un rêve de petite fille, qui écrivait ses premières histoires sur un cahier de brouillon dans les couloirs des écoles.

La petite fille a bien grandit, son imagination et ses écrits aussi, et aujourd'hui tu viens de l'aider à réaliser son rêve : être lue !

Alors, encore une fois, merci ! N'hésite pas à passer me voir sur les réseaux et à me dire ce que tu en as pensé (j'accepte toutes les critiques, pourvu qu'elles soient constructives).

Sur ce, je retourne à mes occupations. À ce qu'il paraît, l'histoire de Lili et Bastien n'est pas totalement achevée...

Des bisous !

Laëtitia Bernard

Suis-moi sur Instagram !

@laetitia_bernard_auteure

Promis, je ne mords pas ;-)

© 2024 Laëtitia Bernard
Édition : BoD • Books on Demand GmbH, In de
Tarpen 42, 22848 Norderstedt (Allemagne)
Impression : Libri Plureos GmbH, Friedensallee 273,
22763 Hamburg (Allemagne)

ISBN : 978-2-3225-4438-7
Dépôt légal : Août 2024